HEYNE

Das Buch

In einer schäbigen Hinterhauswohnung unweit von Notre-Dame wird die Leiche eines jungen Mannes gefunden. Während Kommissar LaBréa und sein Team die Ermittlungen aufnehmen, überfällt ein maskierter Mann eine Filiale der LCL-Bank. Unter den Bankkunden befindet sich zufällig LaBréas Freundin Céline, die im dritten Monat schwanger ist. Als LaBréa von dem Überfall erfährt, begibt er sich sofort zum Ort des Geschehens. Der Bankräuber kann nur wenig Geld erbeuten und nimmt die Kunden und Angestellten als Geiseln. Zwei von ihnen erschießt er. Der Verbrecher fordert ein Fluchtfahrzeug und verlässt mit Céline als Geisel die Bank. Ohnmächtig muss LaBréa mitansehen, wie die Spur des Fluchtautos sich verliert. Gegen Abend meldet sich der Geiselnehmer und fordert ein Lösegeld. Doch das ist nicht so leicht aufzutreiben. Mehrfach ruft der Geiselnehmer aus verschiedenen Telefonzellen an, um seiner Forderung Nachdruck zu verleihen. Die Angst um Céline und das ungeborene Kind raubt dem Kommissar fast den Verstand. Lebt Céline noch? Und wo hält der Bankräuber sie gefangen? Die fieberhaften Ermittlungen führen LaBréa geradewegs in seine eigene Vergangenheit.

Die Autorin

Alexandra von Grote ging in Paris zur Schule, studierte in München und Wien Theaterwissenschaften und promovierte zur Dr. phil. Nach einer Tätigkeit als Fernsehspiel-Redakteurin beim ZDF war sie Kulturreferentin in Berlin. Seit vielen Jahren ist sie als Filmregisseurin tätig. Sie schrieb zahlreiche Drehbücher, Gedichte, Erzählungen und Romane. Alexandra von Grote lebt in Berlin und Südfrankreich. Weitere Infos zur Autorin unter www.alexandra-vongrote.de

Lieferbare Titel

*Mord in der Rue St. Lazare*
*Tod an der Bastille*
*Todesträume am Montparnasse*
*Der letzte Walzer in Paris*
*Der tote Junge aus der Seine*

ALEXANDRA VON GROTE

# Der lange Schatten

Ein Fall für Kommissar LaBréa

Roman

WILHELM HEYNE VERLAG
MÜNCHEN

MIX
Papier aus verantwortungsvollen Quellen
FSC® C014496
FSC www.fsc.org

Verlagsgruppe Random House FSC-DEU-0100
Das für dieses Buch verwendete
FSC®-zertifizierte Papier *Holmen Book Cream*
liefert Holmen Paper, Hallstavik, Schweden.

Originalausgabe 07/2011

Printed in Germany 2011
Umschlagillustration und Umschlaggestaltung:
Hauptmann & Kompanie Werbeagentur, Zürich
Satz: C. Schaber Datentechnik, Wels
Druck und Bindung: GGP Media GmbH, Pößneck

ISBN: 978-3-453-40833-3

www.heyne.de

»So regen wir die Ruder, stemmen uns gegen den Strom – und treiben doch stetig zurück, dem Vergangenen zu.«

F. Scott Fitzgerald, *Der große Gatsby*

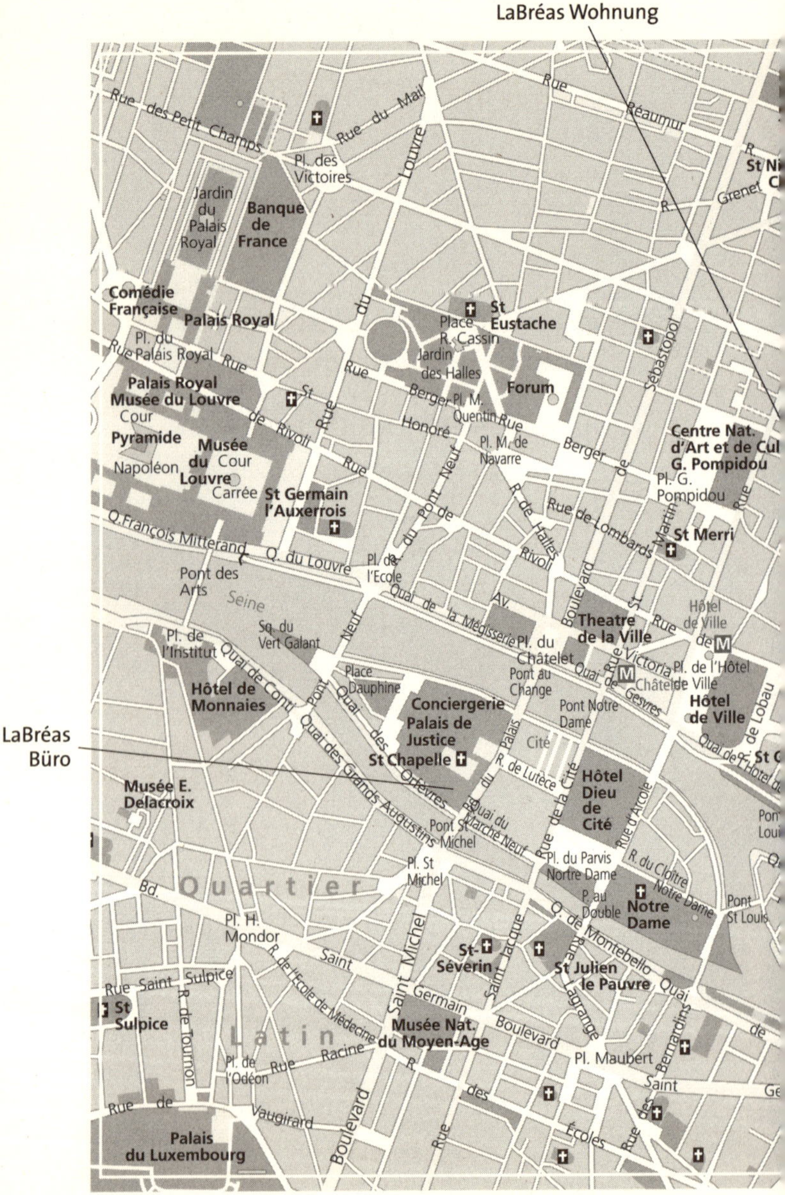
LaBréas Wohnung
LaBréas Büro
Rue des Petit Champs
Rue du Mail
Rue Réaumur
Pl. des Victoires
R. St Ni
R. Grenet
Jardin du Palais Royal
Banque de France
Louvre
Comédie Française
Palais Royal
Pl. du Palais Royal
Rue
St Eustache
Place R. Cassin
Jardin des Halles
Sébastopol
Rue Berger
Forum
Palais Royal Musée du Louvre
Cour
Pyramide
Napoléon
Musée du Louvre
Cour Carrée
Rue St
de Rivoli
Rue
Honoré
Pl. M. Quentin
Rue Berger
Pl. M. de Navarre
Centre Nat. d'Art et de Cul
G. Pompidou
Pl. G. Pompidou
St Germain l'Auxerrois
Rue du Pont Neuf
R. de Halles
Rue de Lombards
Martin
St Merri
Q. François Mitterand
Q. du Louvre
Pl. de l'Ecole
Rivoli
Boulevard
Pont des Arts
Seine
Quai de la Mégisserie
Av.
Theatre de la Ville
Hôtel de Ville
Rue de
Pl. du Châtelet
Sq. du Vert Galant
Pl. de l'Institut
Quai de Conti
Pont Neuf
Place Dauphine
Quai des Orfèvres
Pont au Change
Rue Victoria
Quai de Gesvres
Pl. de l'Hôtel de Ville
Châtelet
Hôtel de Monnaies
Conciergerie Palais de Justice
St Chapelle
Pont Notre Dame
Hôtel de Ville
de Lobau
Quai de l'Hôtel de
Cité
R. de Lutèce
Bd. du Palais
Hôtel Dieu de Cité
Rue d'Arcole
Musée E. Delacroix
Quai des Grands Augustins
Quai du Marché Neuf
Pont St Michel
Rue de la Cité
Pl. du Parvis Notre Dame
R. du Cloître Notre Dame
Pont St Louis
Pl. St Michel
Bd.
Quartier
P. au Double
Notre Dame
Pl. H. Mondor
Saint
R. de l'Ecole de Médecine
Saint Michel
St-Séverin
Saint Jacque
Q. de Montebello
St Julien le Pauvre
Rue Lagrange
Quai de
Rue Saint Sulpice
St Sulpice
R. de Tournon
Germain
Boulevard
Bernardins
Latin
Musée Nat. du Moyen-Age
Pl. de l'Odéon
Rue Racine
Pl. Maubert
Saint
Rue de Vaugirard
Boulevard
R. des Écoles
Rue des
Palais du Luxembourg

»Brûlerie«

Lycée Charlemagne, Jennys Schule

Commissariat central IV. Arrondissement

# PROLOG

Regennasses Kopfsteinpflaster.

Uneben, rutschig.

Das Klacken von Schritten. Immer schneller.

Sind es meine Schritte? Da muss doch noch jemand sein … Wir waren zu zweit! Wo ist er, mein Kumpel? Ich höre meinen Herzschlag. Dumpf, wie rasch aufeinanderfolgende Hammerschläge. Warum so aufgeregt? Warum diese hastigen Atemzüge, die in der Stille der menschenleeren Straße nachhallen wie das Zischen eines riesigen Blasebalgs?

Rechts und links die Schatten der Häuserfronten. Autos parken dicht an dicht, sie wirken verzerrt und bedrohlich. Ziehen vorbei wie im Zeitraffer.

Wo ist Luc? Eben war er noch hinter mir. Ich drehe mich um, doch die Straße liegt in völliger Dunkelheit. Ein schwarzes Nichts, das näher zu kommen scheint. Wenn ich nicht aufpasse, greift es nach mir.

Ich haste vorwärts. Luc, wo bist du? Allein schaffe ich das nicht. Oder doch? Vielleicht ist es leichter als gedacht. Aber *du* warst doch derjenige, *du* wolltest doch … Und es war deine Idee! Verdammt, wo bist du?

Da. Jetzt taucht es vor mir auf. Das zweistöckige Haus mit Vorgarten. Luc hatte es vor einigen Tagen ausspioniert. Eine sichere Sache, vor allem um die Abendzeit. Kein Licht hinter den Fensterscheiben. Ist sie überhaupt da? Aber ja, sie ist immer da um diese Uhrzeit. Luc hat es gecheckt.

Die Stufen zum Hauseingang. Plötzlich verschwimmen sie vor meinen Augen, als würden sie von Wasser überspült.

Die Haustür. Sie ist verschlossen. Aber Luc hat vorgesorgt. Wo ist er?

»Luc, wo bist du?« Meine Stimme hallt wie ein tausendfaches Echo. Gleich wird Licht aufflammen in den umliegenden Häusern, Fenster werden aufgerissen ... Doch nichts geschieht. Schwarz ist die Nacht und wird es bleiben.

Langsam gehe ich auf den Hauseingang zu. Wie von Zauberhand tauchen die Stufen wieder aus dem Wasser auf. Von irgendwoher weht ein scharfer Wind, er fegt welke Blätter vor die Eingangstür. Als ich dort ankomme, wate ich knöcheltief im Laub.

Luc, wo bist du? Du musst die Tür öffnen ... Mein Blick fällt auf das Messingschild neben dem Eingang. Ich vergewissere mich. Ja, hier ist es. Hier wollen wir hin. Wir holen uns das, was wir brauchen.

Wie von weit her dringt plötzlich eine Stimme an mein Ohr.

»Na los, Kumpel, worauf warten wir?«

Luc ist wieder da. Unsichtbar, ein Phantom, aber er ist da. Ich höre ihn.

»Hol dein Messer raus!« Seine Stimme ist in mir, kommt aus meinem Innern. »Ich zeig dir, wie es geht.«

Ich befolge seine Anweisung und lasse das Schloss aufschnappen. Das Messer behalte ich in der Hand. Langsam öffne ich die Tür. Ein erneuter Windstoß. Das Laub von meinen Füßen drängt in den Spalt, scheint mir den Weg zu weisen.

Innen die gleiche Dunkelheit wie draußen.

»Luc, bist du noch da?«

»Ja, ich bin da!«

Warum sehe ich ihn nicht?

»Du musst es tun!« Erneut Lucs Stimme.

Ja. Ich muss es tun. Ich habe keine Wahl. Luc ist an meiner Seite, so oder so.

Mein pochender Herzschlag, meine Atemzüge aus dem Blasebalg. Das Brausen des Windes schwillt an, begleitet mich auf meinem Weg durch den ersten Raum. Im düsteren Licht eine Reihe Stühle. Plakate an den Wänden, Poster. Auch eines, das sich an Leute wie mich wendet. Ich spüre, wie meine Lippen sich zu einem verächtlichen Grinsen verziehen.

Es treibt mich jetzt immer stärker voran. Da ist die Tür zum nächsten Raum. Sie steht einen Spalt offen. Was ist, wenn meine Schritte zu hören sind? Niemand zeigt sich, niemand reagiert. Und doch weiß ich, dass sie da ist. Sie wird allein sein und mich nicht hören.

Ist Luc bereit? Ich bin es. Fest umklammert meine Hand das Messer. Mit dem Fuß stoße ich die Tür auf.

Sie ist da, und sie sitzt an ihrem Schreibtisch. Der Lichtkegel ihrer Lampe schimmert schwach. Die Hände ineinander verschränkt, den Kopf gesenkt, demütig, als hätte sie auf uns gewartet. Und auf ihr Schicksal. Jetzt springt sie auf, will sich in Sicherheit bringen. Doch schon bin ich über ihr. Ich weiß, dass Luc an meiner Seite ist. Gemeinsam tun wir es. Sie wehrt sich, doch wir sind zu zweit. Es ist leichter, als ich dachte. Eine leichte Beute! Im Handumdrehen erledigt. Ihr Blut spritzt nach allen Seiten, es füllt den Raum, steigt an wie eine Flut. Schnell greife ich nach ihrer Handtasche, die auf dem Schreibtisch liegt. Im Portemonnaie finde ich nur 75 Euro. Zu wenig! Es reicht nicht einmal für eine minderwertige Notration. Panik wallt in mir auf. Mein Körper rebelliert. Er ist bereits am Limit.

Verzweiflung, Wut.

Noch einmal steche ich zu. Obwohl es nicht notwendig wäre. Doch es tut gut, sich abzureagieren. Dann renne ich den Weg zurück, ohne zu wissen, ob Luc mir folgt. Zeit und Raum greifen ineinander, bis alles zu zerfließen scheint.

Es hat sich nicht gelohnt!, hämmert es in meinem Kopf. Meine Schritte auf dem regennassen Kopfsteinpflaster durchbrechen die Schallmauer und eilen mir weit voraus. Immer noch habe ich das Messer in der Hand. Ich schwenke es durch die Luft und renne, renne …

Von Luc keine Spur.

Ich bin allein in meinem Traum.

# ERSTER TEIL

# 1. KAPITEL

*Der Dieb Jacques-Nicolas Pelletier hatte das traurige Privileg, als Erster einer Reihe zum Tode Verurteilter seinen Kopf zwischen die halbkreisförmig ausgesägten Bretter zu legen. Die Exekution verlief zur völligen Zufriedenheit sämtlicher anwesender Zeugen. Das scharfe Fallbeil wog 37 Kilogramm und traf den Hals des Verurteilten aus einer Höhe von 2 Meter 25, mit einer Geschwindigkeit von 23,4 Kilometer in der Stunde. Der Tod trat infolge der Durchtrennung der Halswirbelsäule ein.«*

»Hör auf, Papa, das ist ja schrecklich!« LaBréas Tochter Jenny wandte sich ab.

»Wieso? Erstens steht das hier auf der Tafel, und zweitens ist das ja schon lange her.«

»Trotzdem. Wenn ich mir das vorstelle: Man bekommt den Kopf abgehackt …«

Voller Abscheu, doch auch mit einem leisen Schauer des Grauens warf Jenny erneut einen Blick auf die Guillotine. Sie ragte an der Kopfseite des Ausstellungsraumes auf, drohend, düster, ein Schreckensmahnmal aus vergangener Zeit.

Céline Charpentier, LaBréas Freundin, blätterte im Katalog der Ausstellung.

»Die Hinrichtungen, besonders zur Zeit der Revolution, fanden unter großer Anteilnahme eines schaulustigen Publikums öffentlich statt«, las sie laut. »Die letzte solche *öffentliche* Hinrichtung gab es 1939. Da wurde ein sechsfacher Mörder zum Tod durch die Guillotine verurteilt. Der letzte Mensch, der in Frankreich auf der Guillotine hingerichtet wurde, war 1977 ein Mann aus Marseille, der seine Geliebte erdrosselt hatte.«

»Und 1981 wurde dann die Todesstrafe durch Präsident Mitterrand in unserem Land ganz abgeschafft«, fügte LaBréa ergänzend hinzu. »Gott sei Dank, kann ich nur sagen!«

Die drei verließen den halbdunklen Raum mit der hoch aufragenden Fallbeilkonstruktion, deren hunderttausendfacher Gebrauch während der Revolution nicht nur die Feinde des Volkes getroffen hatte. Zur Zeit der Schreckensherrschaft von Robespierre rollten wöchentlich auch Tausende Köpfe unschuldiger Bürger in die blutgetränkten Weidenkörbe unter dem Fallbeil.

Im nächsten Ausstellungsraum waren Gemälde und Zeichnungen zu sehen. Sie stammten aus verschiedenen Epochen und widmeten sich allesamt dem Thema »Schuld und Sühne«. Es war die erste große Ausstellung dieser Art in Paris. Céline, als Malerin eine leidenschaftliche Besucherin von Museen und Galerien, hatte LaBréa und Jenny am heutigen Mittwoch, dem schulfreien Tag in Frankreich, ins Musée d'Orsay entführt.

Jenny und Céline betrachteten ein Gemälde von Paul Baudry, während LaBréa sich einem Bild von Edvard Munch näherte. Beide Kunstwerke zeigten die Ermordung von Jean Paul Marat durch Charlotte Corday. Munchs Bild stammte aus dem Jahr 1907, und Opfer und Täterin hatte der Künstler nackt dargestellt. Während LaBréa noch über die mögliche Bedeutung dieser künstlerischen Eingebung nachsann, klingelte sein Handy.

Jenny wandte den Kopf und warf ihrem Vater einen vorwurfsvollen Blick zu.

»Ja?«, sagte LaBréa, verstummte einen Moment und fragte dann: »Rue Massillon, das ist doch gleich hinter Notre-Dame. Welche Nummer? Gut, ich bin gerade im Musée d'Orsay – zu Fuß schaffe ich es in einer knappen Viertelstunde.«

Er wandte sich an Céline und Jenny. »Leider muss ich sofort weg.«

»Hätte man sich ja denken können«, warf Jenny schnippisch ein. »Nicht *einmal* kann man irgendwas in Ruhe mit dir unternehmen!«

»Eben hatte ich noch den Eindruck, als ob du hier so schnell wie möglich wieder rauswillst!«, antwortete LaBréa. Ostentativ wandte sich Jenny erneut dem Gemälde Baudrys zu.

LaBréa küsste Céline auf die Wangen.

»Tut mir leid, Liebes, dass ich dich nicht zur Ärztin begleiten kann. Ich hoffe, dass alles in Ordnung ist.«

»Davon gehe ich aus, Maurice.«

»Ich melde mich bei dir!«

Céline nickte. Als LaBréa mit eiligen Schritten den Ausstellungsraum verließ, legte Céline den Arm um Jennys Schultern.

»Das ist nun mal sein Job, Jenny. Dann sehen wir uns die Ausstellung eben allein an. Da kommen noch wahnsinnig interessante Bilder. Charlotte Corday – weißt du, wer das war?«

Jenny nickte.

»Klar. In Geschichte sind wir ja gerade bei der Französischen Revolution. Unser Geschichtslehrer hat gesagt, Marat war ein Despot, und Charlotte Corday hätte mit seiner Ermordung der blutigen Herrschaft der Jakobiner ein Ende machen wollen.«

Auf dem Museumsvorplatz empfing LaBréa ein trüber Spätherbsttag. Ein kalter Wind fegte durch die Straßen. Die Schlange der Menschen, die vor dem Eingang des Museums warteten, war lang. Die Ausstellung »Schuld und Sühne« galt als eines der Highlights unter den aktuellen Veranstaltungen in Paris.

LaBréa lenkte seine Schritte Richtung Quai Voltaire. Er nahm sein Handy und wählte die Nummer von Ermittlungsrichter Joseph Couperin. Zwischen ihm und LaBréa hatte es im Sommer ein schweres Zerwürfnis gegeben. Im Zusammenhang mit der Zerschlagung eines Kinderschänderrings war Couperin der Fall des toten Jungen aus der Seine entzogen worden. An seiner Stelle leitete die junge Richterin Virginie Allard die Ermittlungen. Rasch und unkonventionell hatte sie LaBréa und seinen Leuten den Weg zu einer ungewöhnlichen Polizeiaktion geebnet. In den darauffolgenden Wochen hatte Direktor Thibon alles dafür getan, seinen Intimfeind Couperin versetzen zu lassen. Doch der Gerichtspräsident, der große Stücke auf Couperin hielt, wusste dies zu verhindern. Im Anschluss an den zermürbenden Machtkampf zwischen Polizeidirektion und Justizpalast hatte Couperin sich krankgemeldet und war danach zu einem längeren Kuraufenthalt ans Meer gefahren. Nun versah er seit einigen Tagen wieder seinen Dienst, und LaBréa musste weiterhin mit ihm zusammenarbeiten. Ob das gute Vertrauensverhältnis von früher zwischen ihnen je wiederherzustellen war?

Couperin meldete sich nach dreimaligem Klingeln. Nachdem LaBréa ihn über das Wichtigste informiert hatte, erklärte der Ermittlungsrichter, er wäre in einer halben Stunde am Tatort. Seine Stimme klang steif und förmlich.

Am Pont Neuf überquerte LaBréa den Seitenarm der Seine, ging an seinem Bürogebäude am Quai des Orfèvres vorbei und erreichte wenig später den Platz vor Notre-Dame. Dort parkten die üblichen Touristenbusse. Zum ersten Mal seit Jahren war kein Baugerüst an der Kathedrale angebracht. Hell ragten die Sandsteintürme des Gotteshauses in den wolkenverhangenen Himmel.

Die Rue Massillon, eine kleine Seitenstraße an der Nordseite der Kirche, war an beiden Enden abgesperrt. Polizeifahrzeuge standen in doppelter Spur. Der Hauseingang Nummer sechs mit einem blauen, massiven Holztor bot eine größere Tordurchfahrt. Dahinter lag der Aufgang zum vorderen Gebäudeteil. Vom quadratischen Innenhof führten Eingänge in zwei einander gegenüberliegende Nebengebäude. Während Hausflur und Treppen im Vorderhaus relativ sauber und gepflegt wirkten, sah der Hof verwahrlost aus. Abfälle lagen hier herum, Papier- und Plastikfetzen, vom Wind in den Ecken zusammengetrieben. Das grobe Kopfsteinpflaster stammte aus einer längst vergangenen Zeit und zeigte tiefe Schlaglöcher. An den Nebengebäuden blätterte der Verputz ab, in einem der unteren Geschosse hatte man die Fenster mit Brettern vernagelt. In den übrigen beiden Stockwerken waren die Scheiben verschmutzt, keine Vorhänge oder Jalousien wiesen darauf hin, dass hier Menschen lebten.

In der Hofmitte standen der Dienstwagen von Dr. Foucart, der Rechtsmedizinerin, ein Leichenwagen sowie das Fahrzeug der Spurensicherung.

Aus dem linken Nebengebäude trat Jean-Marc Lagarde, genannt »Paradiesvogel«. Er winkte LaBréa zu, der mit wenigen Schritten bei ihm war.

»Claudine und Franck sind auch schon vor Ort. Dr. Foucart sowieso.« Jean-Marc lächelte. Mit seiner violett glänzenden Baseballjacke und dem bunten Halstuch machte er seinem Spitznamen auch heute alle Ehre. »Diesmal war ich vor ihr da, Chef. Vom Büro aus ist es ja nur ein Katzensprung.«

Hinter der mit Graffiti verzierten Eingangstür betraten LaBréa und sein Mitarbeiter einen dunklen Gang. Es roch nach Katzenpisse, Rattengift und angebranntem Essen.

»Wohnt hier sonst noch jemand?«, wollte LaBréa wissen.

»Nein. In der Küche des Opfers steht ein Topf auf dem Herd. Irgendjemand hat da in den letzten Tagen was anbrennen lassen. Vielleicht Fleisch. Sieht jedenfalls widerlich aus und riecht auch entsprechend.«

Am Ende des Flurs stand eine Tür offen, die direkt in die Küche führte. Wände und Decke glänzten speckig und verrußt und hatten seit Jahrzehnten keinen frischen Anstrich mehr gesehen. In der Spüle stand ein Berg schmutziges Geschirr. Der Geruch nach Verbranntem vermischte sich mit dem Gestank von verdorbenem Essen.

Der angrenzende Raum war groß und wurde offenbar als Schlaf- und Wohnraum genutzt. Vollgestopft mit alten Möbeln, einem Haufen Männerklamotten, Altpapier und Müll, vermittelte das Zimmer einen chaotischen Eindruck. Neben einer auf dem Boden liegenden Matratze mit zerwühltem Bettzeug stand ein alter Fernsehapparat. Leere Bierdosen, Weinflaschen, angebrochene Konservendosen und Baguettereste türmten sich auf zwei Holztischen. Drei Kollegen von der Spurensicherung warteten darauf, dass sie zum Einsatz kamen. Der Polizeifotograf hatte seine Arbeit soeben beendet und übergab Jean-Marc den Chip aus seiner Digitalkamera.

Claudine und Franck standen bei Brigitte Foucart, die sich über den Leichnam des Opfers beugte. LaBréa begrüßte die Anwesenden knapp und warf einen ersten Blick auf den Toten. Dieser lag rücklings auf dem schmutzverkrusteten Laminatfußboden, beide Hände weit von sich gestreckt. Sein großes, quadratisches Gesicht wirkte noch jung. LaBréa schätzte ihn auf Anfang zwanzig. Die rotblonden Haare waren halblang geschnitten und bedeckten die Ohren. Der Mann trug eine helle, fleckige Cargohose. Er war barfuß, und LaBréa stellte erstaunt fest, dass er für einen Mann relativ kleine Füße hatte. Das weiße, langärmelige T-Shirt war blutgetränkt.

»Brustschuss«, bemerkte Brigitte Foucart trocken. »Und zwar aus nächster Nähe. Welches Teil des Herzens hauptsächlich betroffen ist, sehe ich bei der Autopsie. Vielleicht Vorhof oder Herzkammer. Der hohe Blutverlust erklärt sich durch innere Blutungen im Gewebe.«

LaBréa ging neben Brigitte in die Hocke.

»Siehst du die klaffenden Wundränder?«, fragte sie ihn. »Sie lassen sich nicht schließen. Eindeutiges Anzeichen für den Einschuss.«

»Also wurde er von vorn erschossen.«

»Richtig. Die Kugel ist durch das T-Shirt in die Brust gelangt.«

LaBréa nickte. Er sah den schwärzlichen Abstreifring auf dem T-Shirt, dort, wo die Kugel eingedrungen war. Vorsichtig drehte Brigitte den Leichnam um. Auf dem Rücken klaffte eine weitere Wunde.

»Der Ausschuss«, meinte Brigitte. »Der Beweis dafür: Die Wunde hier am Rücken ist sternförmig und aufgeplatzt.« Vorsichtig betastete sie die Hautfetzen. »Die Wundränder können zur Deckung gebracht werden. Also ein glatter Durchschuss.«

LaBréa drehte sich zu Jean-Marc. »Was ist mit der Tatwaffe?«

»Bisher haben wir nichts gefunden, Chef.« Der Paradiesvogel strich sich über seinen kurzen Bürstenhaarschnitt, der heute mit einer lila Strähne verziert war, passend zur Jacke.

»Suchen Sie alles gründlich ab. Irgendwo hier sollten Projektil und Geschosshülse liegen.« LaBréa gab den Mitarbeitern der Spurensicherung einen Wink, damit diese sich an die Arbeit machen konnten.

»Ich tippe auf eine großkalibrige Waffe«, fuhr LaBréa fort. »Wie lange ist er schon tot, Brigitte?«

»Noch nicht lange. Die Totenstarre ist noch nicht einmal zur Hälfte ausgeprägt. Ich habe gleich nach meiner Ankunft seine Körpertemperatur gemessen. Nach einer ersten Schätzung ist er höchstens sechs Stunden tot.«

LaBréa blickte auf seine Uhr. Es war kurz nach elf.

»Dann ist er in den frühen Morgenstunden erschossen worden. Zwischen vier und fünf. Vielleicht auch später.« Er drehte sich zu Claudine um. »Wie heißt der Mann?«

»Luc Chambon. Zweiundzwanzig Jahre alt. Sein Personalausweis lag zwischen den leeren Flaschen auf dem Tisch. Hat die Wohnung hier vor einem halben Jahr gemietet.«

»Wer hat ihn gefunden?«

»Der Hausbesitzer. Sein Name ist Dominique Faubin. Heute Morgen kurz nach halb zehn hat er an die Küchentür von Luc Chambon geklopft.«

»Was wollte er?«

»Ihm die Kündigung überbringen. Die beiden Nebengebäude hier im Hof sollen abgerissen werden.«

»Wo ist der Mann jetzt?«

»Zu Hause. Er wohnt ein paar Straßen weiter. Ich habe ihm schon gesagt, dass Sie sicher mit ihm reden wollen, Chef.«

»Irgendwelche Zeugen? Hat jemand was gehört oder gesehen?«

Claudine schüttelte den Kopf.

»Hier im Haus nicht, Chef.«

LaBréa runzelte die Stirn.

»Ein Schuss in den frühen Morgenstunden – und niemand hört was?«

»Auch falls kein Schalldämpfer verwendet wurde: Hier im Haus ist sonst niemand.«

»Und im Vorderhaus?«

»Da sind im Moment nur zwei Wohnungen vermietet. In der einen wohnt ein alter Mann, der beinahe taub ist. In der anderen ein älteres Ehepaar, zur Zeit verreist.«

»Wieso wohnen hier so wenig Leute? Soll das Vorderhaus auch abgerissen werden?«

»Nein, die Wohnungen werden in Eigentumswohnungen umgewandelt. Der Hausbesitzer will alle Leute raushaben. Er vermietet nicht mehr neu, wenn jemand ausgezogen ist.«

»Gut. Verteilt euch nachher, und fragt in der Nachbarschaft nach. – Wann kannst du mir mehr sagen, Brigitte?«

»Im Lauf des Tages, eher gegen Abend. Zaubern kann ich nämlich noch nicht.«

Brigitte Foucarts Mitarbeiter legten den Leichnam in einen Plastiksack. LaBréa und seine Mitarbeiter begannen mit der Durchsuchung der Wohnung.

Im nächsten Moment ertönten Schritte. Ermittlungsrichter Couperin war eingetroffen. Er trug seinen altmodischen Fischgrätmantel, einen grauen Hut wie aus den dreißiger Jahren und wirkte betont distanziert. Mit einer Handbewegung stoppte er die Mitarbeiter der Gerichtsmedizinerin, die soeben den Leichensack verschließen wollten, und beugte sich mit hinter dem Rücken verschränkten Händen über das Opfer.

»Schon irgendwelche Erkenntnisse, Commissaire?«, fragte er LaBréa kühl.

»Noch nicht, Monsieur le Juge. Wir fangen gerade erst an.«

»Ein einziger Schuss, wie es scheint.« Sein Blick schweifte durch den Raum. »So wie es hier aussieht, gab es für den Mörder nichts zu holen. Es sei denn, es ging um Drogen oder es handelt sich um einen Racheakt. Vielleicht war der Mann ein kleiner Dealer, der zu gierig wurde. Eine Beziehungstat käme natürlich auch infrage.« Couperin atmete tief durch. »Rufen Sie mich an, wenn Sie einen Verdächtigen präsentieren können.« Er blickte auf die Uhr. »Wenn Sie mich jetzt entschuldigen würden … Während meiner Abwesenheit hat sich eine Menge Arbeit angesammelt.« Er warf LaBréa einen letzten, eisigen Blick zu und verließ den Tatort.

Als er außer Sichtweite war, verzog Franck das Gesicht.

»O Mann, der ist ja immer noch stinksauer! Ich hätte gar nicht gedacht, dass er so nachtragend sein kann.«

»Ich auch nicht, Franck.«

Corinne, die junge Technikerin der Spurensicherung, kam jetzt zu LaBréa.

»Hier, Commissaire, das war unter den kaputten Fernseher gerutscht. Wir haben alles in dem Umfeld abgesucht, wo möglicherweise die Schussbahn verlaufen ist.« Sie reichte ihm ein Projektil. Es war leicht verbogen und knapp zweieinhalb Zentimeter lang. LaBréa zog einen dünnen Gummihandschuh über, nahm es vorsichtig zwischen Zeigefinger und Daumen und betrachtete es genau.

»Wie ich schon sagte«, meinte er zu Franck. »Großkalibrig.«

»Darf ich mal sehen, Chef?«

LaBréa legte das Projektil auf Francks flache Hand, die ebenfalls durch einen Gummihandschuh geschützt war.

»Sieht aus wie Kaliber .45 ACP. Aber ich kann mich auch irren. Wir brauchen die Geschosshülse, dann sehen wir den Waffentyp und das Kaliber. Wenn wir Pech haben, hat der Täter die Hülse mitgenommen. Die Tatwaffe könnte eine Glock 21 sein, wenn ich mit dem Munitionstyp richtigliege.« Er steckte das Projektil in eine kleine Plastiktüte und ließ sie in die Tasche seines Lederblousons gleiten.

LaBréa deutete auf die Haufen herumliegender Kleidungsstücke. »Nehmen Sie sich sämtliche Kleidungsstücke vor«, bat er Jean-Marc. Er blickte auf seine Armbanduhr. Drei viertel zwölf. Céline befand sich vermutlich bereits auf dem Nachhauseweg. LaBréa ging nach draußen in den gepflasterten Innenhof und drückte die Kurzwahltaste für Célines Handynummer. Sie meldete sich gleich.

»Hallo, Céline. Ich wollte nur kurz fragen, wie es bei der Ärztin war.«

»Alles bestens, Maurice. Auf dem Ultraschallbild erkennt man schon das kleine Näschen, sogar die winzigen Fingernägel. Dr. Dumont hat das Bild ausgedruckt. Damit du es dir ansehen kannst.«

LaBréa lächelte und schloss einen Moment die Augen. Céline war im dritten Monat schwanger; LaBréa und sie erwarteten ihr erstes Kind. Ein Gefühl von Dankbarkeit und Glück durchströmte ihn und ließ ihn einen Moment alles vergessen. Den Mordfall in dieser schäbigen Behausung im Schatten von Notre-Dame; das schwierige Verhältnis zu Couperin; die zähen Ermittlungen, die vor ihm lagen. Er würde zum zweiten Mal Vater werden, und Jenny hatte diese Tatsache erstaunlich gelassen, ja sogar mit einer gewissen Vorfeude aufgenommen. In einigen Wochen war die Hochzeit geplant, ein großes Familienfest auf dem Weingut von Célines Eltern im Burgund.

»Ich bin froh, dass alles so glatt läuft, mein Liebes«, sagte er. »Kann man denn schon feststellen, ob es ein Mädchen oder ein Junge wird?«

»Ja. Aber ich will's gar nicht wissen. Es ist viel schöner, wenn wir es erst bei der Geburt erfahren, Maurice. Findest du nicht?«

»Du hast Recht. Früher hat man auch nicht vorher gewusst, was es wird.«

»Wie läuft es bei dir?«

»Die übliche Routine. Wir stehen ganz am Anfang. Mord durch Erschießen. Ich sehe zu, dass ich nicht allzu spät nach Hause komme.«

»Ich koche uns heute Abend was Schönes. Jetzt bin ich gerade auf dem Weg zu meiner Bank. Wenn ich da fertig bin, nehme ich mir ein Taxi.«

Die Filiale der LCL-Bank, bei der Céline schon seit vielen Jahren Kundin war, befand sich am Boulevard Diderot/Ecke Rue Beccaria.

»Gut. Also, bis später. Ich liebe dich«, flüsterte LaBréa zärtlich.

»Ich dich auch, Maurice.«

»Pass auf dich auf!«

LaBréa beendete das Gespräch. Einen Moment blieb er noch im Hof stehen, dann kehrte er zum Tatort zurück. Die hässliche Wirklichkeit des Mordfalls stülpte sich wieder über ihn.

# 2. KAPITEL

Marguerite Brancard stellte das Kopfteil des Bettes ein wenig höher, hob behutsam den Nacken ihrer Mutter an und rückte das Kissen zurecht.

»Nicht so hoch!« Die Stimme der alten Frau klang schrill und unwirsch. »Stell es niedriger!«

»Eben war es ja niedriger, aber das wolltest du nicht. Eine Zwischenstufe gibt es nicht, Maman.«

Marguerite zog die Bettdecke über die ausgemergelten, mit Altersflecken übersäten Arme ihrer Mutter. Mit einer heftigen Bewegung stieß diese die Decke zurück.

»Lass das, sonst wird mir gleich wieder so warm! Nie kannst du es so machen, wie ich es brauche.« Unter ihren schweren, beinahe violettfarbenen Lidern heftete sich der Blick ihrer wasserblauen Augen auf die Tochter. Marguerite kannte diesen Blick. Verachtung lag darin, Härte, Vorwurf, Unzufriedenheit und eine unverhohlene Freude, an Marguerite herumnörgeln zu können. So war es schon immer gewesen. So lange Marguerite zurückdenken konnte, gab es diese Blicke. Als Kind hatte sie deren vielfältige Abstufungen noch nicht zuordnen können, obwohl sie stets eine diffuse Angst verspürte, wenn die Augen ihrer Mutter auf ihr ruhten.

Doch im Lauf der Jahrzehnte hatte sie gelernt, jede Nuance zu deuten. Und genau das war ein Fehler gewesen. Heute, im Alter von beinahe sechzig Jahren, wusste sie das. Sie hätte die Blicke ignorieren sollen. Sich ihnen entziehen müssen. Wäre sie doch nur weggegangen, weit weg! Damals, als noch Zeit gewesen wäre. Ein eigenes Leben führen, davon hatte sie geträumt. Die Welt erobern. Freundschaften schließen, sich verlieben, wer weiß … Doch es war anders gekommen. Die Blicke hatten sie festgehalten, ihr keine Wahl gelassen. Die Träume von einem selbstbestimmten Leben schwanden dahin wie langsam schmelzendes Eis. Darüber waren die Jahre verstrichen. Vergeblich hatte sie in einem Winkel ihres Herzens darauf gehofft, dass die Augen ihrer Mutter einmal etwas anderes verströmen würden, nämlich das, was man gemeinhin Liebe nennt.

*Sie waren rettungslos aneinander verloren.* Wo hatte Marguerite diesen Satz einmal gelesen? Sie wusste es nicht mehr. Sie wusste nur, dass er hundertprozentig auf sie und ihre Mutter zutraf. Verloren. Aneinandergekettet. Während Marguerite schon lange in die seelische Abhängigkeitsfalle getappt war, hatte sich die Abhängigkeit der Mutter von der Tochter erst mit zunehmendem Alter ergeben, bis die Mutter schließlich vor zwei Jahren mit schwerer Osteoporose bettlägrig wurde. Mit ihren fünfundachtzig Jahren benötigte Hélène Brancard rund um die Uhr Betreuung und Pflege. Sie war hilflos und auf ihre Tochter angewiesen. Milde,

Gelassenheit oder gar Weisheit hatte das Alter ihr nicht geschenkt. Etwas Unversöhnliches, ja geradezu Feindseliges brannte weiter in ihr wie ein loderndes Feuer. Es würde erst mit ihrem Tod erlöschen … und vielleicht nicht einmal dann. Marguerite kannte die Ursache für die Ablehnung nicht, die ihre Mutter ihr von Anfang an entgegengebracht hatte und aufgrund derer Marguerite schon als Kind wie ein Pawlow'scher Hund nach ihrer Liebe gelechzt hatte. Nicht auffallen. Es der Mutter immer Recht machen. Sich anpassen. Gute Schulnoten mit nach Hause bringen. Der Mutter zur Hand gehen, wo sie konnte. Eigene Interessen zurückstellen. Die Schule vorzeitig abbrechen. Kein Studium. Nur eine schnelle Ausbildung zur Sekretärin und dann ein Halbtagsjob, aus dem sie vor vier Jahren ausgestiegen war. Verzicht auf allen Ebenen. Immer für Maman da sein, ihr jeden Tag aufs Neue zeigen, wie sehr die Tochter die Mutter liebte.

Und doch war alles umsonst gewesen.

Ein vergeudetes Leben; verlorene Liebesmüh.

Ihren Vater hatte Marguerite nicht gekannt. Die Mutter sprach nie über ihn. Nur einmal hatte sie Marguerite gesagt, sie hätte seine Augen und wäre ihm auch sonst ziemlich ähnlich. Das war an Marguerites fünfzehntem Geburtstag, und im Blick der Mutter lag eine intensive Mischung aus Hass und Verachtung. Für immer hatte er sich in Marguerites Herz gebrannt, und die Wunde würde nie verheilen.

»Hast du gehört?« Die scharfe Stimme der Mutter riss Marguerite aus ihren Gedanken. »Manchmal glaube ich, du machst es mit Absicht!«

Marguerite erwiderte nichts. Sie wandte sich zur Tür, blieb einen Moment unbeweglich stehen und sagte dann leise:

»Also, ich gehe jetzt zur Bank, Maman.«

»Bleib nicht wieder so lange weg!«

»Ich bleib doch nie lange weg.«

»Doch, jedes Mal, wenn du die Wohnung verlässt, muss ich eine Ewigkeit auf dich warten.« Marguerite wusste, dass das nicht stimmte, doch sie hatte es schon lange aufgegeben, ihrer Mutter zu widersprechen.

»Weil es dir Spaß macht, dass ich hier hilflos und allein liege«, fuhr Hélène giftig fort. »Aber in deinem Leben hast du ja noch nie Verantwortungsgefühl gezeigt.«

Marguerite verließ das Zimmer ihrer Mutter. So leise sie konnte, schloss sie die Tür. Ihre Hände zitterten, und schon spürte sie das Zucken um ihren Mund.

Bloß jetzt nicht losheulen!, dachte sie und zwang sich, tief durchzuatmen. Gleichwohl rollten schon die ersten Tränen über ihre Wangen. Mit einer heftigen Geste wischte sie sie weg. Vom Garderobenhaken nahm sie ihren beigen Mantel und den gelb-blau gestreiften Schal. Ihr Blick in den Spiegel über der Flurkonsole zeigte ein starres Gesicht mit zusammengekniffenem Mund und einer steilen Falte zwischen den Brauen, kräftige, graue

Strähnen im gewellten, halblang geschnittenen Haar, das stumpf und spröde herunterhing. Tot.

Wie tot fühlte sie sich. Erloschen, in eine Starre versetzt, die für immer anhalten würde. Der Gedanke, ihrem Leben ein Ende zu setzen, war vor einigen Jahren kurzzeitig aufgeflackert und bald wieder verworfen worden. Dann hätte sie Maman im Stich gelassen, und ihre Schuld wäre noch größer geworden. Eine Schuld, an der sie zu ersticken drohte, obwohl sie nicht wusste, wie sie sie überhaupt auf sich geladen hatte. Durch ihre bloße Existenz? Nie würde sie eine Antwort darauf finden, und der Ursprung all dessen lag viel zu lange zurück, als dass man den Faden je wieder würde aufrollen können.

Im Treppenhaus lauschte sie einen Augenblick. Aus der Wohnung der alleinerziehenden jungen Mutter im ersten Stock erklang gurrendes Lachen, dann vernahm Marguerite einzelne Gesprächsfetzen. Die junge Frau telefonierte. Mit ihrem neuen Freund, der sie seit einigen Wochen regelmäßig besuchte? Ein wehmütiges Lächeln huschte über Marguerites Gesicht. Dann straffte sie sich, schüttelte energisch Kopf und Schultern, als müsste sie sich von einem nie in Erfüllung gegangenen Wunsch befreien, und setzte ihren Weg fort.

Die Filiale der LCL-Bank lag nur zwei Straßen weiter. Um fünf vor zwölf erreichte sie den Blumenladen in der Rue des Citeaux. Von hier aus waren es nur wenige Schritte bis zu dem Kreditinstitut.

Er ordnete die Manuskriptseiten auf seinem Schreibtisch, legte sie akkurat auf die linke Seite. Ein frischer Computerausdruck, der Anfang des dritten Kapitels. Am gestrigen Tag hatte er es begonnen und am heutigen Morgen korrigiert.

Christian Chatel lebte nach einem festen Rhythmus. Manche seiner Kollegen arbeiteten vorwiegend nachts, während er ein ausgesprochener Morgenmensch war. Er stand um sieben Uhr morgens auf, absolvierte sein zehnminütiges Hanteltraining, frühstückte und saß gegen acht am Computer. Später als zum Beispiel Jonathan Franzen, der angeblich oft schon um vier Uhr morgens mit der Arbeit begann. Das hatte Christian vor einigen Tagen in der Zeitung gelesen. Nicht, dass er diese Story glaubte. Amerikaner neigten zu Übertreibungen, ganz besonders Leute, die als Crème de la Crème des Literaturbetriebs galten.

Mittags unterbrach Christian seine Arbeit für eine Stunde, dann schrieb er noch einmal zwei Stunden am Nachmittag. Disziplin, darum ging es. Sie war unumgänglich, wollte man als Schriftsteller reüssieren. Zumal als Verfasser von Kriminalromanen! Tummelten sich in diesem Genre doch die meisten Autoren. Die Konkurrenz war groß, ein hart umkämpfter Markt. Die Verlage wurden mit Stapeln von Manuskripten überschüttet, und nur wer durch Zufall oder die richtigen Connections nach oben kam, der hatte ausgesorgt. Den anderen blieb die Hoffnung, es vielleicht auch einmal zu schaffen. Alles in allem hatte Christian Chatel Glück gehabt. Zwar war er weit davon entfernt, ein Bestsellerautor zu sein, doch er hatte seinen Platz im unteren Mittelfeld der französischen Krimiautoren gefunden, was bedeutete, dass er von einem kleinen Verlag publiziert wurde – wenn er auch von den bescheidenen Vorschüssen nicht leben konnte. So war ein zweites Standbein notwendig, um einigermaßen über die Runden zu kommen. Der Krimiautor war Teilhaber einer kleinen Agentur, die Nachhilfestunden für Gymnasialschüler anbot. Büro und Räume der Agentur befanden sich am Boulevard Voltaire, unweit der Place de la Nation. Im näheren Umkreis lagen mehrere Schulen. An vier Abenden in der Woche gab Christian Chatel Schülern der Abschlussklassen Nachhilfe in Mathematik. Ein Broterwerb, der wenig Spaß machte, ihm jedoch ein Grundeinkommen sicherte.

In der übrigen Zeit schrieb er. Mal mehr, mal weniger, doch immer diszipliniert, oft gegen die Einsamkeit am Computer und die zeitweise Ideenlosigkeit ankämpfend. Vor sieben Monaten hatte seine Freundin Daphne sich von ihm getrennt und sich mit einem Eventmanager zusammengetan. Ein gelackter Typ mit kahl geschorenem Schädel und einem Brillanten im Ohrläppchen. Seitdem lebte Christian allein in der winzigen Zweizimmerwohnung im zwölften Arrondissement, die jeden Monat eintausendfünfhundert Euro Kaltmiete verschlang. Da blieb von seinen knappen Einkünften nicht mehr viel übrig. Seit Daphnes Verschwinden hatte es einige kurze Affären gegeben, aber nichts Ernsthaftes. Christian hatte es nicht eilig mit einer neuen Beziehung. Klar, irgendwann wollte er eine Familie gründen und Kinder in die Welt setzen. Aber mit fünfunddreißig Jahren konnte er das in aller Ruhe angehen und warten, bis er endlich die Richtige traf. Außerdem – vielleicht kam doch noch sein Durchbruch! Denn einen Autor, der erfolgreich ist, finden die meisten Frauen attraktiv, den verlassen sie nicht so schnell. Vier Kriminalromane hatte er bisher geschrieben, jeder nur ein mäßiger Erfolg bei den Lesern. Eine Siebenzeilenkritik in *Le Monde* vor einem halben Jahr war bisher die einzige öffentliche Reaktion auf seine Arbeit, und der Idiot von Kritiker hatte sich auch noch genüsslich über Christians Text ausgekotzt. Ein Verriss, gegen den man sich als Autor nicht zur Wehr setzen konnte, obwohl der Schreiberling weder den Plot verstanden noch den Inhalt des Buches korrekt wiedergegeben hatte.

Christian glaubte an sich. Beim Lesen der Bücher von Vargas oder Grangé oder Autoren aus dem Ausland fragte er sich oft, wieso diese Leute derartig hohe Auflagen schafften? Er selbst schrieb nicht schlechter als sie! Seine Ideen waren originell, die Plots spannend, seine Sprache knapp und präzise. Mit seiner gehbehinderten, dunkelhäutigen Kommissarin Laurence Dart, die in den Pariser Vororten ermittelte und deren Eltern als analphabetische Immigranten von der Elfenbeinküste nach Paris gekommen waren, hatte er eine Figur geschaffen, die es in der Krimilandschaft noch nicht gegeben hatte. Auch international gesehen nicht. Woran lag es, dass die Leser dies nicht honorierten und er bis jetzt erfolglos geblieben war? Christian wusste es nicht. Er wusste nur, dass er nicht aufgeben würde, weil er fest von sich überzeugt war.

In dem Roman, an dem er momentan arbeitete, ging es um den Fall eines soziopathischen Leichenschänders, der nachts in die Räumlichkeiten von Bestattungsunternehmen einbrach und über die aufgebahrten Toten herfiel. Ein Thriller der Extraklasse, wie Christian fand. Als er seinem Verlag den Plotvorschlag unterbreitete, blieb die Reaktion seiner Lektorin lau und zurückhaltend.

»Nekrophilie ist heutzutage nicht mehr originell, Christian. Das gibt es schon haufenweise«, hatte die Lektorin lakonisch erwidert und wollte nur dann einen Buchvertrag genehmigen, wenn Christian damit einverstanden war, dass sein Vorschuss herabgesetzt wurde. Der Verkauf seiner Bücher stagniere, meinte die Lektorin, es drängten einfach zu viele neue Autoren auf den Markt. Beim letzten Roman hatte er dreitausend Euro erhalten, jetzt sollten fünfhundert abgezogen werden. Trotz erbitterter Gegenwehr blieb ihm am Ende nichts anderes übrig, als zu akzeptieren.

Ein knallhartes Geschäft. Wenn der neue Roman nicht bessere Verkaufszahlen erreichte als die anderen, war es das gewesen. Dann konnte er sich einen neuen Verlag suchen, Klinken putzen. Doch so weit war es noch nicht.

Christian warf einen letzten Blick auf die sieben neuen Seiten, die er am gestrigen Tag in den Computer getippt hatte. So recht zufrieden war er damit nicht. Noch fehlte die Idee, wie es danach weitergehen sollte. Jetzt unterbrach er erst einmal die Arbeit – vielleicht flog ihm in den nächsten Stunden ein Geistesblitz zu.

Es war immer gut, die Arbeit ruhen zu lassen, wenn man mit der Story in eine Sackgasse geriet. Ein Break. Eine kurze schöpferische Pause. Er hatte ohnehin einige Einkäufe zu erledigen. Seit gestern gähnte ihn ein nahezu komplett leerer Kühlschrank an. Vor dem Gang zum Supermarkt und dem sich anschließenden Mittagessen wollte er noch rasch auf seine Bank. Möglicherweise war sein Konto mal wieder überzogen, doch als langjähriger Kunde verfügte er über einen kleinen Überziehungskredit.

Hoffentlich saß heute Bernadette Gaspard am Kassenschalter! Sie hatte die Gabe, jedem Bankkunden das Gefühl zu geben, dass sie nur für ihn da sei. Christian flirtete gern mit ihr. Der kurze Augenblick am Schalter, ihr strahlendes Lächeln und ihre ausgesprochen sexy Erscheinung konnten ihm den ganzen Tag versüßen. Einmal hatte er sie privat angesprochen und zum Abendessen eingeladen. Sie hatte gelacht und ihn mit dem Hinweis auf ihre ausgesprochen glückliche Ehe charmant abblitzen lassen. Schade. Die tollsten Frauen waren immer schon vergeben.

Viertel vor zwölf verließ er seine Wohnung. Knapp zehn Minuten später erreichte er die Bank, gerade noch rechtzeitig, bevor die ihren Laden über Mittag dichtmachten.

# 3. KAPITEL

Guy Thinot war der Besitzer des Blumenladens in der Rue des Citeaux, nur wenige Schritte von der LCL entfernt. Die Bank diente bereits als Hausbank seines Vaters, von dem Guy vor fünfzehn Jahren das Blumengeschäft übernommen hatte. Damals war der Laden noch klein und hätte die Familie nicht ernähren können, wenn Guys Mutter nicht als Sachbearbeiterin in der Verwaltung des Hôpital Saint Antoine dazuverdient hätte.

*Millefleur* war zwar kein besonders origineller Name für einen Blumenladen, doch das Geschäft war fest im Viertel etabliert und hatte seine Stammkundschaft. Von der allein konnte man natürlich nicht leben, und so hatte Guy sich vor einigen Jahren darum bemüht, in ausgesuchten Restaurants die täglichen Blumenarrangements zu liefern. Inzwischen gehörten Lokale wie das berühmte *Train bleu* in der Gare de Lyon zu seinen Kunden. Auch einige ausländische Botschaften belieferte er anlässlich von Empfängen und festlichen Abendessen. Irgendwann würde er es bis in den Elyséepalast schaffen, davon war er überzeugt. Die Präsidentengattin legte Wert auf ausgefallene Tischdekorationen. Jetzt galt es nur, sich dort ein Entree zu verschaffen und dann die

Konkurrenz mit raffinierten Ideen und einem Dumpingangebot auszuschalten. Guy Thinot besaß einen gesunden Geschäftssinn und wusste genau, wann man mit den Preisen heruntergehen musste, um neue Kunden zu gewinnen. Kurzum: Sein Geschäft florierte, und Guys einzige Sorge bestand darin, dass sein Sohn Serge den Laden eines Tages nicht übernehmen würde, weil er Schiffsbauingenieur werden wollte. Guy und seine Frau Betty, die im Laden mithalf und sich um die Buchhaltung kümmerte, hatten sich mit den Plänen ihres einzigen Sprösslings abgefunden. Bettys Großmutter stammte aus einer Fischerfamilie in der Bretagne, und daraus erklärte sich vielleicht Serges Sehnsucht nach Schiffen und Meeresluft.

Guy arrangierte den Strauß bunter südamerikanischer Rosen, die sein Großhändler am Morgen geliefert hatte. Frische Ware, langstielig, die Köpfe ganz dick und herrliche Farben. Er stellte den Kübel ins Fenster, füllte noch etwas Wasser nach und ging am Tresen vorbei ins Büro. Betty saß am Computer und checkte die Mails.

»Hat sich das Hôtel *Raffaël* schon gemeldet?«

Betty schüttelte den Kopf.

»Bisher noch nicht.«

»Herrgott, wie lange brauchen die denn, bis sie sich entscheiden? Ich habe denen ein Superangebot gemacht! So einen Preis kriegen die nie wieder!«

Betty lehnte sich zurück, griff nach ihrer Packung mit Mentholzigaretten und zündete sich eine an.

»Die werden sich schon melden, Guy.« Der Rauch kam stoßweise aus ihrem Mund, hing einen Moment im Raum und stieg Guy in die Nase. Er wedelte ihn mit der flachen Hand weg.

»Wann hörst du eigentlich endlich auf?«, fragte er, ohne es wirklich ernst zu meinen.

»Gar nicht, das weißt du doch. Weil's mir schmeckt.« Die Antwort klang kurz und trocken. Es war ein altes Spiel zwischen ihnen. Fast so alt wie ihre Beziehung. Er selbst hatte vor zwei Jahren mit dem Rauchen aufgehört.

»Dann tu mir wenigstens den Gefallen und wechsle die Marke.«

Betty schenkte ihm einen spöttischen Blick aus grünbraunen Augen, klemmte die Zigarette zwischen ihre Lippen und widmete sich wieder dem Computer. Ihr Mann betrachtete sie einen Augenblick. Ein Lichtstrahl der Deckenbeleuchtung fiel auf ihr dunkles Haar. Keine einzige graue Strähne war dort zu sehen. Trotz ihres beginnenden Klimakteriums glänzten die Haare wie bei einer jungen Frau. Ein Lächeln schob sich in Guys Mundwinkel. Er liebte Betty, hatte sie vom ersten Tag ihrer Begegnung an geliebt. Das erotische Feuer der ersten Jahre brannte natürlich inzwischen auf sehr viel kleinerer Flamme, doch das hatte ihre Ehe keineswegs beeinträchtigt. Seit fünfundzwanzig Jahren waren sie nun verheiratet, im Dezember wurde silberne Hochzeit gefeiert. In einem Land, in dem beinahe jede zweite Ehe geschieden wurde, galt eine langjährige Lebensgemeinschaft als ebenso kostbar wie exotisch. Guy seufzte, es war ein wohliger Laut. Er empfand sich als glücklichen Menschen, jeden Tag aufs Neue. Das große Los im Leben ziehen, darauf kam es an. Und er hatte es gezogen, privat und beruflich. Aus dem bescheidenen Blumenladen seines Vaters war ein kleines Unternehmen geworden, das immer weiter expandierte.

Er beugte sich zu Betty hin und küsste sie auf den Hals.

»Ich geh jetzt zur Bank, *chérie*. Bevor die über Mittag schließen. Bin in zehn Minuten zurück. Und denk drüber nach, aufzuhören.«

Betty nahm die halb gerauchte Zigarette aus dem Mund und drückte sie im Aschenbecher aus.

»Du kannst es einfach nicht lassen, Guy!«

»Wenn ich es lasse, dann liebe ich dich nicht mehr.«

Als er sein Geschäft verließ, begegnete er Marguerite Brancard, die mit schnellen Schritten durch die Rue des Citeaux Richtung Boulevard Diderot ging. Sie trug einen hellen Mantel, einen selbst gestrickten groben Schal und altmodische Stiefeletten, die ein gutes Stück unter der zu kurzen schwarzen Hose hervorlugten. Guy Thinot kannte sie schon, seit er ein Kind war. Ihr genaues Alter wusste er nicht, aber zehn Jahre älter als er war sie mindestens. Bis vor einigen Jahren war sie von Nachbarn und Geschäftsleuten noch mit »Mademoiselle« angeredet worden. Nach und nach waren die Leute dann zu »Madame Brancard« übergegangen. Vielleicht, weil »Mademoiselle« für eine ältere, unverheiratete Frau in heutiger Zeit nicht mehr angemessen schien. Vielleicht aber auch, weil ihre Mutter, die sich die Anrede Madame durch Heirat erworben hatte (wobei niemand wusste, ob sie tatsächlich je verheiratet gewesen war oder noch immer ihren Mädchennamen trug), aus gesundheitlichen Gründen die Wohnung nicht mehr verließ und daher immer mehr in Vergessenheit geriet. Marguerite schien gewissermaßen an ihre Stelle getreten zu sein.

Marguerite Brancard war eine langjährige Kundin. Bevor Guy das Geschäft von seinem Vater übernommen hatte, kam sie schon jeden Sonnabendvormittag und kaufte einen kleinen Strauß Blumen. »Für Maman«, sagte sie jedes Mal. »Etwas Hübsches, nicht zu teuer.« Nicht zu teuer hieß: unter zwanzig Francs, und seit es den Euro gab, bis zu fünf Euro. Dafür bekam man normalerweise nicht viel. Im Frühjahr einen Veilchenstrauß oder Maiglöckchen, im Sommer bunte Feldblumen oder Sonnenblumen, und das ganze Jahr über kleine, bunte Rosen im Sonderangebot. Bei Marguerites sonnabendlichen Käufen zeigte Guy sich großzügig. Die Sträuße, die er ihr anbot, lagen eigentlich um die acht Euro.

Guy wusste nicht viel über sie und ihre Familie. Man sah Marguerite stets allein oder mit ihrer Mutter, die bis vor einigen Jahren noch einen ziemlich rüstigen Eindruck gemacht hatte. Jetzt war sie schon seit vielen Jahren bettlägrig und wurde von ihrer Tochter rührend umsorgt. Der wöchentliche Blumenstrauß zeugte von großer Liebe; nicht jede Mutter hatte eine Tochter, die ihr regelmäßig Blumen schenkte. Guy Thinot mochte Marguerite. Sie war eine zurückhaltende Person, dezent in ihrer Art, ja, beinahe menschenscheu. Dass sie als Frau wenig Attraktivität ausstrahlte, sich sogar mit zunehmendem Alter äußerlich ein wenig vernachlässigte, erschien ihm unwichtig. Für Guy war sie jemand mit sozialem Gewissen und Verantwortungsgefühl. Ein Mensch, der seine alte Mutter nicht im Stich ließ. Ob sein Sohn sich später auch einmal so um seine Eltern kümmern würde? Heutzutage galten die traditionellen Werte nicht mehr viel. Kinder waren oft selbstsüchtig und scharf aufs Erbe. Doch man musste Vertrauen haben. Serge würde sich gewiss als guter Sohn erweisen.

Er deutete eine galante Verbeugung an und grüßte.

»Madame Brancard ...«

»Guten Tag, Monsieur.« Ihre Stimme war leise, ein kleines Lächeln zeigte sich. Nach kurzen Zögern ging sie weiter, und Guy gesellte sich zu ihr.

»Scheußliches Wetter, was?«, sagte er und schlug den Kragen seiner Jacke hoch. »Wenn der Wind nicht wäre, würde es schon regnen. Aber das kommt noch!«

Marguerite nickte und warf ihm einen kurzen Blick zu.

Gleich darauf erreichten sie die Bank. Guy beeilte sich, die Tür aufzudrücken und Marguerite den Vortritt zu lassen. Gut gelaunt meinte er: »Wie ich sehe, haben wir das gleiche Ziel. Bitte!«

»Danke, Monsieur Thinot. Sehr freundlich.«

Er fiel gar nicht weiter auf. Ein junger Mann wie viele andere, in tarngrünen Cargohosen, einem dunklen Anorak und Doc-Martens-Stiefeln. Gleich gegenüber vom Eingang der Bank schlenderte er den Bürgersteig entlang. Er presste sein Handy ans Ohr und tat so, als telefonierte er. Dabei lachte er, sagte »Ja, ja« und »Vielleicht, mal sehen«, und behielt währenddessen aus den Augenwinkeln die Straße im Blick. Autos fuhren vorbei. Zwei Passanten eilten an ihm vorüber. Niemand kümmerte sich um ihn.

Der dunkelblaue Rucksack, den er lässig über die Schulter geworfen hatte, sah relativ neu aus. Und das war er auch. Letzte Woche in einem Billigladen am Boulevard de Clichy gekauft, eigens für diesen Zweck. Vor dem Schaufenster eines Trödelladens, der geschlossen hatte, blieb er stehen. Weiterhin sein Telefonat vortäuschend beobachtete er im Spiegel der Schaufensterscheibe den Eingang des Geldinstituts. Zeitig am Morgen hatte er den schwarzen Motorroller direkt vor der Bank abgestellt, zwischen dem Briefkasten und der jungen Platane, die an der Ecke gepflanzt war. Danach hatte er sich aus der unmittelbaren Umgebung der LCL zurückgezogen, damit er nicht auffiel. In einem Café einige Straßen weiter hatte er einen Kaffee getrunken und gegen zehn die Besuchertoilette im Erdgeschoss des Hôpital Saint-Antoine benutzt. Seit einer Viertelstunde waren das Terrain rund um die Bank gecheckt und die Kunden registriert, die die LCL betraten und verließen. Jetzt, wenige

Minuten vor zwölf, herrschte verhältnismäßig wenig Betrieb. Die Bank würde gleich schließen. Es war Zeit zu handeln. Er beendete sein gefaktes Telefonat und steckte das Handy in die Anoraktasche.

Ein euphorisches Gefühl durchströmte ihn. Er war hellwach und voller Power. Bevor er am Morgen losgezogen war, hatte er sich eine anständige Prise reingezogen. Die Wirkung der heutigen Dosis würde erst nach elf bis zwölf Stunden nachlassen. Dann brauchte er Nachschub. Im Rucksack steckte noch eine weitere Ration. Zwölf Stunden … Das war massig Zeit! Bis dahin war er längst über alle Berge.

Jetzt kam ein stattlicher Mann mit Backenbart anmarschiert, in Begleitung einer alten Frau, die zu kurze Hosen und einen grell gestreiften Schal trug. Der Mann hielt der Frau die Tür auf, und beide verschwanden im Eingang der Bank. Verdammt! Er hätte schneller sein müssen! Mit den beiden befanden sich jetzt vier Kunden in der LCL. Dazu noch die Kassiererin und zwei Leute an den Serviceschaltern. Er entspannte sich. Trotzdem, alles war immer noch im grünen Bereich. Überhaupt – früher hätte er die Bank gar nicht betreten dürfen. Erst jetzt, kurz bevor sie wegen der Mittagspause schlossen, war der richtige Moment.

Rasch überquerte er die Straße.

# 4. KAPITEL

Céline Charpentier legte den Kugelschreiber auf die Tischplatte und hielt einen Moment inne. Mit der Hand strich sie kurz über ihren Bauch, dem die Schwangerschaft noch nicht anzusehen war. Ein Lächeln huschte über ihr Gesicht. Sie freute sich auf das Baby. Es war ein Wunschkind, und es würde den Namen seines Vaters tragen, Célines baldigem Ehemann. LaBréa und sie hatten sich entschlossen, ihre Beziehung zu legitimieren, damit ihr Kind ehelich geboren wurde. In diesen Dingen waren beide altmodisch und widersetzten sich dem Trend zur Patchworkfamilie mit unterschiedlichen Namen der Kinder aus unterschiedlichen Verbindungen.

Sie nahm die beiden Überweisungsformulare, die sie am Kundenplatz ausgefüllt hatte, erhob sich und ging zur Kasse. Dort warteten bereits eine ältere Frau und ein bärtiger, schwergewichtiger Mann. Céline stellte sich hinter die beiden. Der Mann, der gerade am Kassenschalter bedient wurde, ließ sich offenbar Zeit. Er trug einen abgeschabten schwarzen Lederblouson und verwaschene Jeans. Ganz offensichtlich flirtete er mit Bernadette Gaspard, der Kassiererin. Die lächelte ihn freundlich an und zahlte ihm eine Summe aus. Ohne

Eile zog der Mann seine Geldbörse aus der Brusttasche der Jacke und verstaute die Scheine darin. Als die Kassiererin jetzt Céline entdeckte, hob sie kurz die Hand und grüßte. Der Mann warf der Kassiererin einen letzten Blick zu und verließ den Schalter. Céline blickte kurz in ein graues, unrasiertes Gesicht, das sie an den amerikanischen Schauspieler Mickey Rourke in jungen Jahren erinnerte. Er wirkte älter, als er vermutlich war, wofür die tiefen Falten rechts und links der Mundpartie eine nicht unwesentliche Rolle spielten.

Die ältere Frau trat an den Kassenschalter.

Einer der Bankangestellten, die rechts vom Kassenschalter an ihren Arbeitsplätzen saßen, blickte auf seine Armbanduhr und stand auf. Aus der Tasche seiner Anzughose zog er einen Schlüssel und wandte sich an die Kunden.

»Zwölf Uhr«, rief er den Anwesenden zu. »Ich schließe jetzt ab, meine Herrschaften. Aber Sie können sich ruhig Zeit lassen. Denn raus kommen Sie immer!« Er lachte und ging zur Sicherheitsschleuse. Der Doppelgänger von Mickey Rourke folgte ihm.

Die Kassiererin tippte etwas in ihren Computer und blickte auf den Bildschirm. Dann griff sie ins Kassenfach und holte einige Scheine heraus, um sie der älteren Frau auszuhändigen.

Plötzlich hörte Céline vom Eingang her eine laute, schneidende Stimme.

»Alles hinlegen, los, runter auf den Boden!«

Ein schwarz maskierter Mann mit Handschuhen hielt eine Pistole in der Hand und trieb den Mann im Lederblouson sowie den Bankangestellten durch die offene Sicherheitsschleuse zurück in die Bank. Letzterem gab er einen kräftigen Stoß, so dass der Mann stolperte und hinfiel. Sofort war der Maskierte über ihm und drückte ihm die Waffe ins Genick. Seine Stimme klang aggressiv.

»Alle runter auf den Boden, sag ich!« Im Raum herrschte Totenstille. Der Maskierte blickte zur Kassiererin. »Und du da, heb die Hände hoch, mach ja keinen Blödsinn!« Er wandte sich an den zweiten Bankangestellten. »Los, steh auf und komm hier rüber. Die Hände über den Kopf!« Seine Augen hinter den Schlitzen in der Maske funkelten bösartig. Auch dort, wo sein Mund war, gab es eine Öffnung in der wollenen Maske. Céline sah wulstige Lippen und große, kräftige Zähne

All das ging unglaublich schnell. In Bruchteilen von Sekunden war Céline die Situation klar. Ein Banküberfall. Ein bewaffneter Täter, der kurz vor Schließung der Bank die Gelegenheit ergriff. Ihre Gedanken überschlugen sich. Um Gottes willen!, schoss es ihr durch den Kopf. Für einen kurzen Augenblick dachte sie an das ausgedruckte Sonografiebild ihres ungeborenen Kindes, das in ihrer Jackentasche steckte. In ihrem Zustand musste sie Aufregung und Stress unbedingt vermeiden … Angst fraß sich in ihr Herz, das wie wild schlug. Ohne zu zögern folgte sie der Anweisung des Maskierten und legte sich auf den Boden.

Der zweite Bankangestellte, ein blonder junger Mann, dessen Namensschild am Revers ihn als Leonardo Nadal auswies, kam mit erhobenen Händen hinter seinem Schreibtisch hervor und ging langsam in die Mitte des Raumes. Dort hatte sich der bärtige, korpulente Mann bereits auf dem Boden ausgestreckt; er wandte Céline sein Gesicht zu. Die ältere Frau am Kassenschalter betrachtete mit aufgerissenem Mund das Geschehen – sie hatte sich nicht gerührt. Der Maskierte schrie sie an.

»He, Oma, wird's bald? Auf den Boden, hab ich gesagt!« Die Frau ging steif in die Knie und legte sich langsam hin.

Aus den Augenwinkeln spähte Céline zum Kassenschalter. Wie würde Bernadette Gaspard reagieren? Von LaBréa hatte Céline einmal erfahren, dass sich unter der Tischplatte jedes Bankkassierers ein Alarmknopf befand. Doch den konnte Bernadette Gaspard schlecht betätigen, denn sie hatte die Hände erhoben. Vielleicht hatte sie vorher noch die Gelegenheit gehabt, in dem Moment, als der Täter in die Bank gestürmt kam?

Plötzlich war von der Sicherheitsschleuse her ein Geräusch zu hören, wie das Zuschnappen oder Einrasten einer Tür. Céline ahnte, was das war. Die Kassiererin hatte anscheinend tatsächlich auf irgendeine Weise Alarm schlagen können. Und das bedeutete vermutlich, dass die Schleuse sich automatisch verriegelte.

Der Maskierte erfasste die Situation ebenfalls sofort. Er richtete die Waffe auf die Kassiererin.

»Du Miststück!«, schrie er. »Ich hab doch gesagt, mach keinen Blödsinn!« Er gab einen gezielten Schuss ab, der die Kassiererin mitten in die Brust traf. Ohne einen Laut sank sie zu Boden und verschwand hinter dem Kassentresen. Sofort war der Maskierte bei ihr, zerrte ihren leblosen Körper in die Mitte des Raumes und ließ ihn wenige Meter vor Céline liegen. Céline sah, wie Blut den hellen Pullover in Windeseile durchtränkte. Wie gelähmt starrte sie auf den sich schnell ausbreitenden Fleck und in die gebrochenen Augen der jungen Frau.

Als der Schuss fiel, waren mehrere Schreie zu hören gewesen. Céline konnte nicht sagen, ob sie selbst auch geschrien hatte.

»Damit das für alle klar ist«, bellte der Maskierte jetzt. »Das hier ist keine Gameshow! Wer nicht tut, was ich sage, den leg ich um!« Céline glaubte ihm aufs Wort.

Lähmendes Entsetzen hatte sich nun im Raum breitgemacht. Céline konnte nicht glauben, dass sie mitten in ihrer Bank auf dem Boden lag, neben der toten Bernadette Gaspard, die ihr vorhin noch zugewinkt hatte. Von der Stirn des dicken Bankkunden, der schräg vor ihr auf dem Boden lag, perlten Schweißtropfen. Céline blickte geradewegs in seine braunen Augen, in denen die nackte Panik stand. Die ältere Frau auf dem Boden vor dem Kassenschalter fing an zu schluchzen.

»Schnauze, hör auf zu flennen!«, herrschte der Maskierte sie an. Als hätte man einen Schalter umgelegt, verstummte die Frau. Ihr Körper lag in Célines Blickfeld, und Céline sah, dass sich eine kleine Pfütze auf dem dunklen Fliesenboden unter ihr ausbreitete.

Der Geiselnehmer marschierte zur Schleuse und drückte auf den grünen Knopf, mit der sie geöffnet wurde. Nichts. Er trat mit seinen Stiefeln gegen das Panzerglas. Dann stürmte er in den Raum zurück und rief: »Okay, Programmänderung, meine Herrschaften! Wie gut, dass ich so vorausschauend war und an alles gedacht habe.« Der Maskierte, ein durchtrainierter, sportlich wirkender Mann, nahm seinen Rucksack von der Schulter. Ohne die Waffe zu senken, warf er ihn irgendjemandem zu. Leonardo Nadal, dem zweiten Bankangestellten?

»Mach den Rucksack auf, und hol die Plastikfesseln raus. Leg sie den Leuten an. Los, beeil dich!«

Céline konnte Leonardo Nadal aus ihrer Position nicht sehen, doch sie wusste, dass jetzt ein entscheidender Moment gekommen war. Der Täter würde alle Geiseln fesseln, danach seine Beute zusammenraffen … und dann? Die Schleuse war immer noch verriegelt. Und die Fenster? Waren sie vergittert? Céline glaubte sich zu erinnern, dass das nicht der Fall war. Aber wenn doch? Dann würde es vielleicht noch weitere Opfer geben. Der Maskierte hatte bereits gezeigt, wozu er fähig war.

Céline musste sofort eine Entscheidung treffen. Sollte sie das Risiko eingehen? Dann begab sie sich selbst in tödliche Gefahr. Und nicht nur ihr eigenes Leben, auch das ihres ungeborenen Kindes würde sie gefährden.

Jetzt geriet Leonardo Nadal in ihr Blickfeld. In der Hand hielt er einige Plastikschnüre, Handfesseln, wie sie die Polizei seit einigen Jahren benutzte. Der Täter trat zu ihm und richtete seine Waffe auf ihn. Dabei drehte er Céline den Rücken zu.

»Los, beeil dich!«, blaffte er den Bankangestellten an.

Das war der Moment. Mit der rechten Hand tastete Céline nach ihrem Handy, das in ihrer Jackentasche steckte. Es war eingeschaltet. Sie drückte rasch die Taste 2, die Kurzwahl für LaBréas Handynummer. Dann suchte ihr Finger die grüne Verbindungstaste links unter dem Display. In der nächsten Sekunde zog sie ihre Hand zurück und legte den Arm in die alte Position. Sie hoffte inständig, dass sie tatsächlich die richtigen Tasten erwischt hatte.

Der Täter hatte nichts bemerkt. Doch der dicke Mann mit dem Backenbart, dessen Gesicht inzwischen schweißüberströmt glänzte, hatte die Aktion verfolgt. Ein kurzes Flackern seiner Augen signalisierte Céline eine Art komplizenhaftes Einverständnis. Ahnte er, dass sie ihr Mobiltelefon eingeschaltet hatte?

Christian Chatel hatte das Gesicht zur Seite gedreht und dachte fieberhaft nach. Er konnte kaum fassen, was soeben geschehen war. Bevor der tödliche Schuss auf die Kassiererin fiel, hatte nur ein Gedanke ihn durchzuckt: Eine Minute früher, und du wärst draußen gewesen! Hättest du dir an der Kasse nicht so viel Zeit gelassen und Bernadette schöne Augen gemacht, dann … Jetzt lag sie leblos und blutüberströmt in seinem Blickfeld. Er und die anderen befanden sich in der Gewalt eines durchgeknallten Typen, der vor nichts zurückschreckte. Wäre ihm das möglich gewesen, hätte Christian jetzt laut aufgelacht, so absurd erschien ihm die Situation. Ein Krimiautor in der Gewalt eines Bankräubers … Es war geradezu zynisch. Vor einigen Jahren, in seinem zweiten Roman, »*Der Atem der Angst*«, hatte es als Nebenhandlung einen Banküberfall gegeben. Auch da war eine Geisel ermordet worden. Kurz darauf hatte die Polizei die Bank gestürmt und den Täter erschossen. Seinerzeit war Christian überzeugt gewesen, dass seine Fantasie ausreichte, um das Geschehen realistisch zu schildern. Er hatte sich in die Personen hineinversetzt, ihre Angst nachempfunden, Spannung aufgebaut. Doch hier ging es nicht um Geschichten und Fantasie, hier befand er sich mitten drin im realen Geschehen. Es ging um Leben und Tod, um seine eigene, ganz persönliche Angst im Hier und Jetzt. Alles würde davon abhängen, wie die hier anwesenden Personen sich verhielten und wie die Dinge sich entwickelten. Bernadette Gaspard hatte einen entscheidenden Fehler begangen, und der hatte sie das Leben gekostet, einfach so. Vermutlich gab es hinter ihrem Schalter einen Alarmknopf, am Boden oder an einer Kante ihres Schreibtisches. Sie hatte ihn mit dem Bein oder dem Fuß betätigt, und jetzt war die Sicherheitsschleuse verriegelt. Diente dieser Knopf auch zur Alarmierung der Polizei? Christian war davon überzeugt. Dann konnte es nicht mehr lange dauern, bis ein Riesenpolizeiaufgebot draußen vor der Bank Stellung bezog. Die Gefahr für die Geiseln würde sich dadurch zuspitzen, je nachdem, welche Strategie Polizei und SEK verfolgten.

Der Ärger über das knappe Zeitfenster, in dem er die Bank hätte verlassen können, wich immer mehr einem Gefühl der Angst. Wie eine Endlosschleife durchlebte er das Geschehen immer wieder bis zu dem Zeitpunkt, als er sich auf den Boden gelegt hatte. Nachdem er am Kassenschalter seine Geldbörse wieder eingesteckt hatte, ging er mit beschwingten Schritten zum Ausgang der Bank. In Gedanken studierte er bereits die Menükarte beim Thailänder in der Nähe seiner Wohnung, wo er heute zu Mittag essen wollte. Der junge Bankangestellte von Schalter zwei stand von seinem Platz auf, hielt seinen Schlüssel in der Hand, bereit, hinter ihm die Bank zusperren. Christian betrat die Sicherheitsschleuse, die sich nach wenigen Sekunden öffnete, und griff nach der Klinke der massiven hölzernen Eingangstür. Diese wurde im gleichen Moment von außen aufgestoßen, und Christian blickte in den Lauf einer Pistole. Ein maskierter Mann, mit Handschuhen und in dunkler Kleidung, drängte ihn zurück. Im gleichen Moment verließ der Bankangestellte die Sicherheitsschleuse. Der Maskierte packte ihn am Handgelenk und zischte: »Schließ die Tür ab, na los, wird's bald?« Zu Christian sagte er:

»Und du, mach die Jalousien zu. Los, auf beiden Seiten!« Um seinen Befehlen Nachdruck zu verleihen, hielt er seine Waffe in Hüfthöhe abwechselnd auf beide Männer gerichtet. Mit zitternden Fingern steckte der Bankangestellte den Schlüssel ins Schloss und drehte ihn zweimal um. Gleich darauf riss der Maskierte ihm den Schlüssel aus der Hand und stopfte ihn in seine Hosentasche.

Mechanisch gehorchte Christian. Rechts und links der hölzernen Eingangstür waren an den beiden Fenstern zum Boulevard Diderot blaue Vertikaljalousetten angebracht. Er betätigte die Schnüre, und die Jalousetten schlossen sich. Die Sicht nach draußen war nun versperrt.

»Los, beide zurück in den Schalterraum. Und sorg dafür, dass die Schleuse geöffnet bleibt, sonst knall ich dich ab!«, sagte der Mann zu dem Bankangestellten. »Bewegt auch!« Er stieß Christian und den Angestellten in die Schleuse und folgte ihnen. Es war eng in der kleinen Kabine, und Christian spürte den Lauf der Waffe in seinem Rücken. Die Schleuse schloss und öffnete sich wieder, jetzt befanden sie sich alle drei im Schalterraum. Der Bankangestellte betätigte einen Knopf seitlich an der Schleuse, damit sie geöffnet blieb.

Sofort begann der Täter seine Befehle zu bellen. Ihm war der perfekte Überraschungscoup gelungen. Dass sich wenig später die Sicherheitsschleuse schließen würde, damit hatte er nicht gerechnet.

Eines war Christian klar: Nun waren sie allesamt in der Bank gefangen. Dem Täter war der Fluchtweg versperrt. Seinen Plan, durch einen Überraschungscoup schnell an die Beute zu kommen und ebenso schnell wieder zu verschwinden, konnte er abschreiben. Er hatte die Nerven verloren und die Kassiererin ermordet. Sein Stresslevel war jetzt auf höchstem Niveau, und das war nicht gut. Gar nicht gut.

Christian versuchte, einen Blick hinter den Kassenbereich zu werfen. Dort ging eine Tür nach hinten ab. Da sie in ein System von Wandschränken eingelassen war, war sie auf den ersten Blick nicht zu entdecken. Christian hatte vor einigen Wochen einmal gesehen, wie die Kassiererin dahinter verschwand. Vermutlich lagen dort Büro- und Verwaltungsräume. Es gab keinen Sichtkontakt dorthin. Irgendjemand musste den Schuss gehört haben und hatte sicher ebenfalls die Polizei alarmiert. Hoffentlich waren die Leute so schlau und ließen sich nicht im Schalterraum blicken, und hoffentlich konnten sie die Tür von ihrer Seite aus abschließen.

Die Kassiererin blätterte ihr die Banknoten hin, zweihundert Euro in gemischten Scheinen, wie Marguerite Brancard es gewünscht hatte. Als sie das Geld an sich nehmen wollte, hörte sie einen dumpfen Schlag, als ob jemand hingefallen wäre. Gleichzeitig vernahm sie die Stimme eines Mannes, der allen befahl, sich sofort auf den Boden zu legen.

Nach einem kurzen Blick auf die Kassiererin, die wie versteinert wirkte, drehte Marguerite sich um. Ein maskierter Mann hielt eine Waffe in der Hand. Einer der Bankangestellten und der junge Mann, der vor ihr am Kassenschalter bedient worden war, lagen am Boden.

Lieber Gott, hilf mir ... Wie versteinert stand sie da. Eine Welle von Panik erfasste Marguerite. Kein Zweifel, hier fand soeben ein Banküberfall statt. Erneut suchte sie flehentlich den Blick der Kassierin. Diese hielt schon die Hände über dem Kopf und trat langsam hinter ihrem Schalter hervor. Dabei zögerte sie kurz, wobei sie den Maskierten keinen Moment aus den Augen ließ.

Erneut wandte Marguerite den Kopf. Alle im Schalterraum, bis auf den jungen Bankangestellten namens Nadal, lagen bereits auf dem Boden. Marguerite erschrak, als der Maskierte sie jetzt anbrüllte. »He, Oma, wird's bald!« Marguerites Herz hämmerte. In einem plötzlichen Schwächeanfall spürte sie, wie ihr die Beine wegzusacken drohten. Langsam glitt sie nach unten, legte sich auf den Bauch, streckte ihre Arme vor und wandte ihr Gesicht der Rückwand des Kassenschalters zu. Es war vielleicht besser, so wenig wie möglich von dem Geschehen im Raum mitzubekommen. Unauffällig bleiben, keine Aufmerksamkeit erregen.

Plötzlich fiel ein Schuss. Marguerite zuckte zusammen. Die Kassiererin, von der Marguerite wusste, dass sie verheiratet war und einen sechsjährigen Sohn hatte, sackte hinter den Kassenschalter. Eine neue Welle von Panik brach über Marguerite herein. Wie von selbst bewegten sich ihre Lippen zu einem stummen Gebet. *Der Herr ist mein Hirte, mir wird nichts mangeln …* Die raschen Schritte des Maskierten ließen ihre innere Stimme verstummen. Aus den Augenwinkeln sah Marguerite, wie der Bankräuber den Körper der Kassiererin hinter dem Tresen hervorholte und durch den Raum schleifte. War sie tot? Herr im Himmel, hilf uns allen! *Er weidet mich auf einer grünen Aue und führet mich zum frischen Wasser … um seines Namens willen. Und ob ich schon wanderte im finsteren Tal …*

Erneut brach sie ab. Ein Gedanke durchzuckte sie und schaltete für einige Sekunden alles andere aus. Maman! Ihre Mutter lag allein zu Hause und wartete auf Marguerites Rückkehr. Sie hätte längst auf dem Heimweg sein müssen! In wenigen Minuten hätte sie die Haustür aufgeschlossen, wäre in die Wohnung geeilt in der Hoffnung, dass die Vorwürfe und Nörgelei der Mutter sich diesmal in Grenzen hielten. Stattdessen war sie hier gefangen, als Geisel eines Wahnsinnigen, der soeben auf die Kassiererin geschossen hatte. Nie im Leben würde Maman ihr diese Geschichte glauben! Regelrecht toben würde sie, wenn Marguerite nicht zum Mittagessen zurück war. Wie spät mochte es sein? Normalerweise aßen Marguerite und ihre Mutter um halb eins zu Mittag. Maman legte Wert auf Pünktlichkeit und wich nie von ihren Gewohnheiten ab.

Bevor sie zur Bank gegangen war, hatte Marguerite das Essen schon vorbereitet. Sie brauchte es nur noch aufzuwärmen.

Marguerite presste verzweifelt die Lippen aufeinander. Es war nicht abzusehen, wann sie die Bank wieder verlassen konnte. Wenn sie überhaupt lebend hier herauskam! Sie spürte, wie ihr Mund ganz trocken wurde. Ihre Hände zitterten. Ihr linkes Knie, das sich schon seit geraumer Zeit immer wieder mit starken Schmerzen meldete, tat jetzt höllisch weh. Ein Dauerschmerz, der bis in den Oberschenkel zog. Als würde man ihr ein Messer ins Fleisch bohren. Der Schmerz und die Angst vor dem, was geschehen war, und vor dem, was kommen mochte, waren überwältigend. Schwach und ihrem Schicksal ausgeliefert lag sie auf den Steinplatten hier im Schalterraum der Bank, und das Stechen in ihrem Knie wurde immer unerträglicher.

Als es plötzlich geschah, spürte Marguerite es, doch sie konnte es nicht verhindern. Etwas Warmes floss zwischen ihren Beinen entlang und suchte sich einen Weg durch den Stoff ihrer Hose. Aus Scham und Verzweiflung fing Marguerite leise an zu weinen. Sie hoffte inständig, dass der Maskierte es nicht bemerkte. Was würde passieren, wenn er sie erschoss? Das durfte nicht geschehen! Dann wäre Maman ganz allein auf der Welt. Wer würde sich um sie kümmern? *Und ob ich schon wanderte im finsteren Tal, fürchte ich kein Unglück; denn du bist bei mir …*

Der Maskierte sagte etwas, was Marguerite nicht genau verstand. Nur das Wort »Plastikfesseln« drang in ihr Bewusstsein. Dann herrschte sekundenlang eine unheimliche Stille im Schalterraum, wie der Vorbote eines großen Unglücks. Konnte es denn noch schlimmer kommen? *... dein Stecken und Stab trösten mich ...*

Marguerite vernahm Schritte, dann ertönte die laute Stimme des Maskierten.

»Los, fang bei der Oma vorn an der Kasse an!«

Jemand bewegte sich auf sie zu, beugte sich zu ihr. Es war Monsieur Nadal, ihr Bankberater. Die sonst so sorgfältig gekämmten Haare fielen ihm ins Gesicht, sein Blick flackerte angstvoll.

»Tut mir leid, Madame Brancard«, flüsterte er kaum hörbar. »Legen Sie bitte Ihre Hände auf den Rücken.«

Marguerite ahnte, was das bedeutete. Sie folgte der Aufforderung und spürte, wie sich ihre Schulter gegen die ungewohnte Bewegung auflehnte. Ein weiterer Schmerz durchzuckte Marguerites Körper.

»Nicht so fest, Monsieur Nadal. Bitte nicht so fest!« flehte sie mit tränenerstickter Stimme und hoffte zudem, dass der junge Mann nicht mitbekam, welches Malheur ihr passiert war.

Ein dünnes Band legte sich um ihre Handgelenke. Erneut näherten sich Schritte, und eine grobe Hand zurrte das Band mit einem Ruck fest. Marguerite schrie vor Schmerz auf.

»Nur nicht so zimperlich«, sagte der Maskierte zu dem Bankangestellten. Dann lachte er kurz auf. Ein gehässiger, bedrohlicher Laut, bei dem Marguerite erneut zusammenzuckte.

»Die Oma hat sich vor Angst in die Hosen gepinkelt!«, rief und versetzte Marguerite einen kräftigen Tritt. Sie wusste nicht, welches Gefühl schlimmer war: der Schmerz an ihrem Hüftknochen oder die unendliche Scham.

»Und jetzt der Nächste!«, herrschte der Maskierte den Bankangestellten an. »Aber ein bisschen plötzlich!«

# 5. KAPITEL

Der Hausbesitzer Dominique Faubin wohnte in der Rue de la Colombe, wenige Schritte vom Tatort Rue Massillon entfernt. LaBréa hatte sein Kommen telefonisch angekündigt, um sich den Haustürcode geben zu lassen. Seine Mitarbeiter würde er um vierzehn Uhr zur Talkrunde in seinem Büro treffen. Bis dahin gab es hoffentlich erste Ermittlungsergebnisse und Resultate der Spurensicherung.

Dominique Faubin wohnte im zweiten Stock eines herrschaftlichen Hauses. Gehörte es ebenfalls ihm? LaBréa würde es herausfinden.

Es gab Menschen, für die empfand er auf den ersten Blick so etwas wie Sympathie. Dominique Faubin gehörte nicht dazu. Als er seine Wohnungstür öffnete, blickte LaBréa in ein mürrisches Gesicht mit hellbraunen, misstrauischen Augen. Dieser Mann schien kein Freund der Polizei zu sein. Nur widerwillig ergriff er LaBréas ausgestreckte Hand.

»Darf ich reinkommen, Monsieur Faubin?«

Der Mann nickte vage.

»Lässt sich ja nicht vermeiden. Aber viel kann ich Ihnen sowieso nicht sagen. Ich kannte den Mieter kaum.«

Bevor LaBréa die Tür schließen konnte, klingelte sein Handy. Er fingerte es aus der Tasche seines Trenchcoats und warf einen Blick auf das Display. »Céline« stand dort, und ein kleines Lächeln huschte über LaBréas Gesicht. Zum Hausbesitzer gewandt hob er entschuldigend den Arm und ging zurück ins Treppenhaus. Dominique Faubin stand in der offenen Tür, die Hände in die Hosentaschen vergraben. Er dachte nicht daran, sich diskret in seine Wohnung zurückzuziehen.

LaBréa drückte auf den Empfangsknopf.

»Ja, *chérie*?«

Doch Céline meldete sich nicht. LaBréa vergewisserte sich, dass die Verbindung hergestellt war. Kein Zweifel, jetzt sah er auch Célines Nummer auf dem Display.

»Ja, hallo, Céline?«, sagte er etwas lauter und presste das Gerät fester an sein rechtes Ohr. Er vernahm ein Rauschen, dann eine männliche Stimme. Was sie sagte, konnte er nicht verstehen.

»Céline, melde dich doch! Kannst du mich hören?«

Céline antwortete nicht.

Komisch, keine Verbindung, oder was?, dachte LaBréa und wollte das Gespräch wegdrücken. Da hörte er plötzlich, wie ein Mann ganz deutlich sagte: »Los, fang bei der Oma vorn an der Kasse an!« Es war dieselbe Stimme wie eben.

LaBréa stutzte. Was hatte das zu bedeuten?

»Céline? Kannst du mich hören?«, fragte LaBréa noch einmal, doch diesmal dämpfte er unwillkürlich seine

Stimme. Irgendetwas stimmte da nicht. Er war zweifelsfrei mit Célines Handy verbunden, doch sie meldete sich nicht. Stattdessen ... Angestrengt lauschte LaBréa. Er hörte rasche Schritte. Sie kamen näher und entfernten sich. Plötzlich ertönte ein dreckiges Lachen, und die Stimme von eben rief: »Die Oma hat sich vor Angst in die Hosen gepinkelt! Und jetzt der Nächste. Aber ein bisschen plötzlich.« Der Mann sprach mit südlichem Akzent.

LaBréa spürte, wie alles Blut aus seinem Gesicht wich. Instinktiv wusste er, dass es sich hier weder um einen schlechten Scherz von Céline handelte noch um eine fehlgelaufene Handyverbindung. Irgendetwas musste geschehen sein. Er blickte auf die Uhr. Fünf nach zwölf. Céline hatte ihm vor einer Viertelstunde gesagt, dass sie noch auf ihre Bank wollte ...

Er fuhr zu dem Hausbesitzer herum, der ihn unverwandt fixierte.

»Ich muss sofort weg, komme später wieder!«, sagte er leise und rannte mit dem Handy am Ohr die Treppe hinunter. Dominique Faubin knurrte etwas Unverständliches und knallte seine Wohnungstür zu.

Im Hausflur unten blieb LaBréa stehen. Angestrengt lauschte er ins Telefon. Erneut waren am anderen Ende der Leitung Schritte zu hören. Klackende Schritte auf einem Steinfußboden. Auf einmal ertönte Célines vertraute Stimme. Doch sie sprach nicht mit ihm, und ihre Worte klangen fremd und wie durch einen Wattebausch gefiltert.

»Bitte, Monsieur, Sie brauchen uns doch nicht zu fesseln! Packen Sie das Geld ein, und verschwinden Sie durch eines der Fenster. Niemand von uns rührt sich. Und niemand von uns kann der Polizei etwas sagen, weil niemand Sie gesehen und erkannt …«

Die fremde Männerstimme unterbrach Celine brüsk.

»Halt die Schnauze!«

LaBréa hörte einen dumpfes Geräusch und einen leisen Aufschrei von Céline. Dann vernahm er ein Rascheln und ein Stöhnen. Mit einem Schlag war ihm klar, dass er über die Verbindung zu Célines Handy Zeuge eines Banküberfalls in der LCL am Boulevard Diderot wurde. Irgendwie hatte Céline es geschafft, seine Nummer auf ihrem Handy anzuwählen. Vermutlich hatte sie den Täter bewusst laut angesprochen, in der Hoffnung, dass LaBréa das Gespräch mithörte und eins und eins zusammenzählte. LaBréa lief es eiskalt über den Rücken. Seine schwangere Freundin befand sich in der Gewalt eines Bankräubers, der sich anscheinend nicht mit dem schnellen Raub der Beute begnügt hatte, sondern die Menschen in der Bank fesselte und als Geiseln nahm. Warum? Was war schiefgegangen? War er allein? Gab es einen Komplizen? Wer war außer Céline und den Bankangestellten noch in dem Geldinstitut? Hatte irgendjemand in der Bank bereits den Alarm auslösen können?

In höchster Anspannung lauschte LaBréa in den Hörer. In dem Moment öffnete ein junger Mann die Haustür.

Wohnte er hier? LaBréa zog seinen Dienstausweis aus der Manteltasche und hielt ihn dem Mann vor die Nase. Ohne sein Telefon vom Ohr zu nehmen, zischte er ihm zu: »Haben Sie ein Handy?« Der junge Mann blickte ihn irritiert an und nickte dann.

»Dann geben Sie es mir. Schnell!«

Der junge Mann holte es aus der Brusttasche seiner Regenjacke und reichte es LaBréa, der seinen Dienstausweis wieder eingesteckt hatte. Geschickt wählte er mit der freien Hand die Nummer von Claudine. Sie meldete sich sofort.

»Brigade Criminelle, Leutnant Millot.«

»Hier LaBréa.«

»Chef? Auf dem Display sehe ich ja gar nicht Ihre ...«

LaBréa unterbrach sie. »Hören Sie gut zu, Claudine. In der LCL-Bank am Boulevard Diderot, Ecke Rue Beccaria, hat es allem Anschein nach einen Banküberfall gegeben. Checken Sie sofort, ob deswegen schon Polizeialarm ausgelöst wurde. Falls nicht, erledigen Sie das umgehend.«

»Ein Banküberfall? Woher wissen Sie ...«

»Meine Freundin befindet sich in der Bank. Sie hat irgendwie ihr Handy betätigen und meine Nummer wählen können. Ich kann alles mithören. Daher ist *mein* Handy blockiert. Ich sehe zu, dass ich, so schnell es geht, zu der Bank fahre. Sie und die anderen machen mit den Ermittlungen im Fall Chambon weiter.«

»Wie kann ich Sie erreichen, Chef?«

»Über ein anderes Handy.«

»Und die Nummer?«

Fragend blickte LaBréa den jungen Mann an.

»Ihre Handynummer, Monsieur?«

Der junge Mann, der LaBréas Gespräch atemlos verfolgt hatte, reagierte sofort.

»0609546277.« LaBréa wiederholte die Nummer für Claudine. Dann drückte er das Gespräch weg und steckte das Handy des Mannes ein. »Sie bekommen es wieder«, sagte er rasch.

Der junge Mann protestierte. »Moment mal, so geht das nicht!«

»Ich muss mir sofort ein Taxi suchen, und ich brauche Ihr Telefon, weil meines gerade blockiert ist!«

»Okay«, erwiderte der junge Mann schnell. »Ich bin selbst Taxifahrer. Mein Wagen steht direkt vor der Tür. Boulevard Diderot/Ecke Rue Beccaria, richtig?«

LaBréa nickte erleichtert, froh über diesen Zufall. Kurz darauf warf er sich in den Fond des Taxis. Auf der Personalkarte neben dem Taxameter sah er das Foto des jungen Mannes und las dessen Namen: Thierry Delarque. Mit quietschenden Reifen fuhr der Wagen an.

LaBréa lehnte sich im Sitz zurück. Fieberhaft lauschte er in sein Handy, um das Geschehen in der Bank über die Telefonverbindung zu verfolgen. Die Verkehrsgeräusche auf der Straße störten, dennoch hörte LaBréa erneut klackende Schritte, die näher kamen und sich wieder entfernten. Plötzlich vernahm er das Schrillen eines Handys. Nach viermaligem Klingeln brach der Ton ab.

»Scheißtelefone!«, hörte LaBréa den fremden Mann brüllen. »Wer hat noch alles sein Handy dabei?«

LaBréa hielt den Atem an. Vier verschiedene Stimmen, alle männlich, soweit LaBréa einschätzen konnte, antworteten mit »Ich«. Céline blieb stumm. Hatte der Täter sie misshandelt und verletzt? Oder riskierte sie, die Verbindung zu LaBréa so lange offen zu halten, wie es irgendwie ging? Obgleich sie gar nicht sicher sein konnte, dass ihr Plan überhaupt aufgegangen war. Das Handy steckte vermutlich in ihrer Jackentasche. Wenn der Täter die Leute in der Bank durchsuchte, würde er es unweigerlich finden.

Ohnmächtig vor Zorn und Sorge um Céline ballte LaBréa seine Faust.

»Los, Mann, fahren Sie schneller!«, rief er dem Taxichauffeur zu. Soeben raste der Wagen über den Boulevard Henri IV.

Durch das Handy waren weitere Schritte und Raschelgeräusche zu hören. Dann einige Worte, ganz dicht an der Sprechmuschel von Célines Funktelefon.

»Sieh mal an, das Scheißding läuft ja die ganze Zeit!«

Dann war plötzlich Stille.

»Verdammter Mist!«, rief LaBréa, nahm das Handy vom Ohr und starrte auf das Display. Das Gespräch war weg, und das Logo von LaBréas Provider erschien.

»So eine verdammte Scheiße.« LaBréa konnte nur noch flüstern, seine Stimme zitterte. Im Rückspiegel bemerkte er den kurzen Blick des Taxifahrers. LaBréa legte die Hände auf die Kopflehne des Fahrersitzes und beugte sich nach vorn.

»Damit eins klar ist, Monsieur Delarque: Kein Wort zu irgendjemandem von dem, was Sie hier mitbekommen haben. Weder zu Ihren Taxifahrerkollegen noch an die Presse. Haben wir uns verstanden?«

Delarque nickte.

»Klar doch, Monsieur. Hab längst kapiert, was da läuft. Auf mich können Sie sich verlassen.«

Franck, Claudine und Jean-Marc befanden sich noch am Tatort in der Rue Massillon. Nachdem Claudine ihre Kollegen über das Gespräch mit dem Chef informiert hatte, rief Jean-Marc im Commissariat Central des 12. Arrondissements in der Avenue Daumesnil an. Dort sagte man ihm, dass vor wenigen Minuten Alarm in der LCL-Bank am Boulevard Diderot ausgelöst worden war. Uniformierte Kollegen sowie ein Spezialkommando befanden sich bereits auf dem Weg dorthin.

Franck wählte jetzt die Handynummer, die LaBréa Claudine hinterlassen hatte. Der Chef meldete sich sogleich.

»Hier ist Franck. Wie steht's?«

»Leider nicht gut, Franck. Der Kerl hat anscheinend alle Handys eingesammelt und spitzgekriegt, dass das

Gerät meiner Freundin die ganze Zeit auf Empfang gestellt war. Jetzt ist die Verbindung weg.«

»Scheiße.«

»Das kann man wohl sagen.« LaBréa klang sehr angespannt.

»Von zwei Seiten her wurde aber bereits Alarm ausgelöst. Einmal vom Schalterraum aus.«

»Durch den Kassierer?«

»Ja. Wenn im Kassenbereich ein Alarmknopf gedrückt wird, geht ein Notruf ans Kommissariat, und die Sicherheitsschleuse verschließt sich automatisch und definitiv.«

»Das heißt, der Täter sitzt mitsamt den Geiseln in der Falle.«

»Sie sagen es, Chef. Außerdem hat ein weiterer Bankangestellter die Polizei angerufen. Aber nicht vom Schalterraum aus.«

»Sondern?«

»Hinter dem Schalterraum sind offenbar Büros, getrennt durch eine Tür nach vorn. Der Bankangestellte hat die Tür von seiner Seite aus abgeschlossen, als er einen Schuss gehört hat.«

»Einen Schuss? Wann war das?«

»Etwa zwei Minuten nach zwölf.«

»Okay, dann war das, bevor Céline die Kurzwahltaste gedrückt hat. Gibt es in der Bank Videoüberwachung?«

»Leider nein. Auch von den Büros zum Schalterraum gibt es keinen Sichtkontakt. Deshalb kann niemand aus dem hinteren Bereich sagen, was sich da drinnen abspielt. Aber der Anrufer dort und seine Kollegin sind anscheinend in Sicherheit.«

»Wenigstens etwas.« LaBréa legte auf.

Franck steckte sein Handy in die Tasche seiner Lederjacke. Er wandte sich an Claudine.

»Kennst du eigentlich die Freundin vom Chef?«

»Kennen ist zu viel gesagt. Ich hab sie ein oder zweimal gesehen. Sie ist Malerin, soweit ich weiß.«

»Ich kann mir vorstellen, wie der Chef sich jetzt fühlt«, bemerkte Jean-Marc.

»Ja«, erwiderte Franck. »Und deswegen wird's ein paar Probleme geben. Wenn der Schöngeist und die Typen vom SEK mitkriegen, dass seine Freundin unter den Geiseln ist, werden sie ihn garantiert aus der Sache raushalten wollen.«

»Tss ... Ich glaube kaum, dass ihnen das gelingt«, meinte der Paradiesvogel. »Okay. Ich mache weiter mit den Klamotten.«

»Ich geh ins Büro und lass den Namen des Opfers durchs Programm laufen«, meinte Claudine. »Vielleicht gibt es eine Akte über ihn.«

»Ich würde am liebsten zu der Bank fahren, falls der Chef mich dort braucht«, sagte Franck.

»Davon hat er aber nichts gesagt«, erwiderte Claudine. »Du kannst dich nicht einfach aus den Ermittlungen hier ausklinken, Franck.«

Franck seufzte und strich sich übers unrasierte Kinn.

»Vielleicht hast du Recht. Dann schaue ich mal bei Fourès vorbei. Vielleicht hat der was über Chambon.«

Denis Fourès war der Leiter der Abteilung Drogenfahndung. In seiner umfangreichen Datenbank fanden sich alle Namen, die in den letzten fünf Jahren je mit der Verbreitung und dem Konsum von Drogen in Verbindung gebracht worden waren. Nicht nur in Paris, auch im übrigen Teil des Landes.

# 6. KAPITEL

Ein schmaler Lichtstrahl fiel plötzlich durch eine Ritze am Fenster, das zur Rue Beccaria führte. Die Jalousien dort waren geschlossen, ebenso wie an den Fenstern neben der Eingangstür. Trotzdem drang jetzt dieser Lichtstrahl hindurch. Wie eine Lanze legte er sich über den Schreibtisch von Leonardo Nadal, glitt über den Steinfußboden und endete einen halben Meter vor dem Blumenhändler Guy Thinot, der in der Mitte des Schalterraums lag. War das Wetter umgeschlagen, hatte die Sonne die Wolkendecke durchbrochen? Im selben Moment wurde Guy Thinot bewusst, wie absurd ein solcher Gedankengang angesichts der Situation schien, in der er und die andern in der Bank sich befanden. Gefesselt auf dem Boden, und die Kassierin war erschossen worden. Als wenig später ihr Handy klingelte, das irgendwo am Kassenschalter lag, hatte der Kerl allen die Handys abgenommen, auch Guy. Aber es war ohnehin nicht eingeschaltet gewesen.

Die Nylonschnur, die Leonardo Nadal ihm angelegt hatte, schnitt schmerzhaft in seine Handgelenke. Die dunkelhaarige Frau schräg hinter ihm stöhnte immer noch. Als der Bankräuber das Handy aus ihrer Jackentasche gezogen und weggelegt hatte, verpasste er ihr einen Tritt in den Unterleib. Dann drückte er ihr seine Waffe an die Schläfe und schrie: »Du willst wohl die Nächste sein, was?« Guy hielt den Atem an, und die Frau flüsterte: »Bitte nicht …« Es fiel kein Schuss, obwohl Guy damit gerechnet hatte, dass jetzt die zweite Geisel liquidiert werden würde.

Irgendwie war es ihr gelungen, jemanden anzurufen, der möglicherweise das Geschehen in der Bank mitverfolgen konnte. Es lag im Auge des Betrachters, diese Handlungweise als mutig oder leichtsinnig zu bewerten. Guy war sich nicht sicher, wie er darüber urteilen sollte. Es fiel ihm schwer, einen klaren Gedanken zu fassen – zu sehr hatten sich die Ereignisse überstürzt. Die Leiche der Kassierin lag teilweise in seinem Blickfeld. Zum Glück sah er nur ihre Beine, die sich merkwürdig verschlungen hatten, wie in einer grotesken gymnastischen Übung. Doch das Blut aus ihrer tödlichen Wunde hatte sich einen Weg bis zu den Oberschenkeln gebahnt. Hellrotes Blut auf der fleischfarbenen Strumpfhose unter dem blaugrau karierten Rock.

Der Maskierte senkte die Waffe und ging nach vorn zum Kassenschalter. Guy konnte nicht sehen, was er dort machte. Den Geräuschen nach zu urteilen (der Rucksack wurde hingeknallt, Schubladen und Fächer durchwühlt), raffte der Mann offenbar das Geld zusammen, das sich dort befand. Es schien weniger zu sein, als er erwartet hatte, denn er stieß einige Male mit den Stahlkappen seiner Stiefel gegen den Kassencounter und fluchte lauthals. »Verdammte Scheiße! Ich glaub's nicht!« Dann war er mit wenigen Schritten bei dem zweiten Bankangestellten, der um zwölf den Eingang verschließen wollte. Er lag ebenfalls gefesselt auf dem Boden und hieß Frédéric Louvier, das wusste Guy Thinot. Der Bankräuber riss ihn brutal hoch und knallte ihn gegen die verschlossene Sicherheitsschleuse aus doppeltem Panzerglas.

»Wo ist die ganze Kohle?!«, brüllte er ihn an. »Glaubst du, ich mache diesen Zirkus hier für ein paar lumpige Kröten?«

Guy vernahm ein dumpfes Geräusch und einen kurzen Aufschrei. Hatte der Maskierte den Bankangestellten geschlagen? Ihm den Lauf seiner Waffe über den Kopf gezogen? Guy wagte es nicht, sich zu bewegen. Er hörte sein Herz schlagen, als würde es sich zum letzten Mal aufbäumen, bevor es endgültig verstummte. Der Schweiß rann ihm in Strömen übers Gesicht. Wann hatte dieser Alptraum endlich ein Ende?

Er sah, wie Frédéric Louvier von dem Maskierten zum Kassenschalter geschleift wurde. Aus einer Wunde an seiner Schläfe floss Blut. Hinter dem Schalter zog ihn der Mann gewaltsam hoch, stieß ihn an die Wand und drückte ihm seine Pistole mitten auf die Stirn.

»Sag mir, wo die Kohle ist. Sonst puste ich dir das Gehirn weg!«

»Im … im Tresor«, flüsterte Frédéric Louvier. Seine Augen waren vor Angst geweitet.

»Wo? Wo ist dieser verdammte Tresor?«

Mit einer schwachen Kopfbewegung deutete der Bankangestellte auf die Stelle an der Wand, wo sich im System der eingelassenen Wandschränke an der Rückseite des Kassenschalters auf halber Höhe eine größere Schranktür befand. Der Maskierte ließ den Bankangestellten los und zog am Knauf dieser Schranktür. Dahinter verbarg sich die schwarz glänzende verschlossene Metalltür des Banktresors.

Frédéric Louvier hatte sich nicht von der Stelle gerührt. Das Blut rann über seine linke Wange und den Hals in den Kragen seines hellblauen Oberhemdes. Der Bankräuber packte ihn jetzt am Knoten seiner rosa Krawatte und knurrte drohend: »Die Zahlenkombination! Los, wird's bald?«

Voller Panik blickte der Bankangestellte ihn an.

»Die weiß ich nicht!«

»Ich zähl bis drei!«

Frédéric Louviers Augen irrten hektisch hin und her. Erneut hielt der Maskierte ihm die Waffe an die Stirn.

»Eins …«

»Ich kenne die Kombination nicht!« Die Stimme des Bankangestellten überschlug sich vor Panik.

»Zwei …«

»Nur die Kassiererin und ein Kollege hinten aus dem Büro kennen sie!«

Die Kassiererin!, dachte Guy Thinot voller Entsetzen. Sie konnte die Kombination nicht mehr verraten, denn der Gangster hatte sie erschossen.

Der Kopf des Maskierten fuhr herum, und sein Blick heftete sich auf die Tür links hinter dem Kassenschalter. Hatte er sie vorher nicht bemerkt? Er schlug Frédéric Louvier mit der Faust ins Gesicht, stieß ihn zu Boden. Jetzt war der Bankangestellte außer Sichtweite für die Geiseln. Mit wenigen Schritten hastete der Maskierte zur Tür. Die Waffe im Anschlag drückte er mit einem Ruck die Klinke herunter.

Die Tür war verschlossen.

Der Maskierte trat einige Male voller Wut dagegen. Dann richtete er seine Waffe auf den am Boden liegenden Frédéric Louvier und drückte ab. Der Schuss peitschte durch die lähmende Stille.

Unwillkürlich schloss Guy Thinot die Augen und riss sie sogleich wieder auf. Aus Marguerite Brancards Mund drang ein Schrei, als wäre sie selbst getroffen worden. Die Frau, die mit ihrem eingeschalteten Handy erwischt worden war, stöhnte erneut auf. Ihr Gesicht war wachsbleich. Sie sah aus, als würde sie jeden Moment ohnmächtig.

In dem Moment hörte der Blumenhändler die Sirenen von Polizeiautos, die sich rasch näherten. Der Maskierte, der soeben die Pistole in seine Jackentasche gesteckt hatte und seinen Rucksack schulterte, hörte es ebenfalls. Dann quietschten Bremsen, Wagentüren wurden zugeschlagen.

Der Bankräuber zerrte die Pistole wieder hervor, entsicherte sie und hielt sie schussbereit hoch. Er rannte zu einem der Fenster, die auf die Seitenstraße Rue Beccaria führten. Guy Thinot nutzte die Gelegenheit und hob leicht den Kopf. Er beobachtete, wie der Maskierte vorsichtig eine der Jalousielamellen beiseiteschob und nach draußen spähte. Gleich darauf sprang er zur Seite, drückte sich an die Wand und schien fieberhaft zu überlegen.

Guys Blick fiel erneut auf die Frau, die schräg hinter ihm lag. Sie hatte aufgehört zu stöhnen und lauschte ebenfalls auf die Geräusche von draußen. Stumm formte sie mit ihren Lippen ein Wort: *Polizei.* Zögerlich nickte Guy. Er wusste nicht, ob es gut oder schlecht war, dass die Polizei jetzt auftauchte. Eher schlecht, denn der Maskierte hätte vermutlich mit seiner Beute in den nächsten Minuten die Bank durch eines der Fenster verlassen – so wie die Frau es vorhin vorgeschlagen hatte –, und alles wäre vorüber gewesen. Jetzt war es zu spät. Er konnte hier nicht mehr raus. So betrachtet, saßen er und die Geiseln im selben Boot. Alles würde davon abhängen, welche Maßnahmen die Polizei ergriff. Erst einmal würden sie versuchen, Kontakt mit dem Maskierten aufzunehmen und verhandeln. Das konnte sich über Stunden hinziehen, wobei die Gefahr bestand, dass dieser Kerl noch mehr durchdrehte und weitere Geiseln erschoss, um sich einen freien Abzug zu erzwingen.

Guy Thinot wagte nicht daran zu denken, wer von ihnen der Nächste sein mochte.

Noch immer verspürte Céline den stechenden Schmerz im Bereich der linken Nierengegend. Der Bankräuber hatte sie mehrere Male mit seinen schweren Stiefeln getreten, und vor Schmerz wäre Céline beinahe ohnmächtig geworden. Dennoch war sie froh, dass er nicht ihren Bauch getroffen hatte. Ihren schwangeren Leib mit dem fragilen, zart wachsenden Leben ihres Kindes … Auch wenn es vielleicht nie das Licht der Welt erblicken würde, falls das Leben seiner Mutter hier und jetzt ausgelöscht wurde. Bei diesem Gedanken schluchzte Céline laut auf, fasste sich jedoch sofort wieder. Jetzt nur nicht die Nerven verlieren! Cool bleiben, keine Schwäche zeigen. Céline biss sich auf die Lippe, bis sie Blut schmeckte.

Als der Maskierte das Handy aus ihrer Jackentasche zog, hatte ihr der Atem gestockt. Ein Blick auf das Display zeigte ihm, dass es eingeschaltet war. Ihr Schicksal war besiegelt. Er würde sie eiskalt abknallen, wie er es mit der Kassiererin getan hatte. Seit ihrer Kindheit hatte Céline nicht mehr gebetet. Doch in diesem Augenblick flehte sie Gott um Hilfe an. Im gleichen Moment drückte der Mann die Verbindung weg. Außer sich vor Wut schrie er Céline an. *Du willst wohl die Nächste sein, was?* Céline vernahm ihre eigenen Worte wie von weither. *Bitte nicht …* Sie spürte die Mündung der Waffe in ihrem Nacken. In Erwartung des tödlichen Schusses schloss sie die Augen. Keine Zeit mehr, einen Gedanken zu fassen. So endete ihr Leben. In Sekundenschnelle alles ausgelöscht.

Seltsamerweise blieb das scheinbar Unvermeidliche aus. Sie wurde nicht erschossen. Der Bankräuber verpasste ihr noch einen letzten Tritt gegen den Oberschenkel und entfernte sich. Er pfefferte ihr Handy zu den Geräten der anderen Geiseln auf einem der Kundentischchen. Aus den Augenwinkeln beobachtete sie, wie der Mann zum Bankschalter ging und die Geldscheine zusammenraffte.

Kurz darauf wurde der zweite Bankangestellte erschossen. Kaltblütig, einfach so. Weil er die Zahlenkombination des Tresors nicht kannte. Danach hatte der Maskierte seinen Rucksack geschultert und die Pistole weggesteckt. Inständig hoffte Céline, dass er sich durch eines der Fenster davonmachen würde, das in die Seitenstraße führte. Doch dann hörte Céline das Heulen der Polizeisirenen. Hatte LaBréa eins und eins zusammen gezählt, als sie seine Nummer wählte? Oder war das Polizeiaufgebot, das sich offensichtlich vor der Bank formierte, das Resultat des Notrufs, den die Kassiererin vor ihrer Ermordung noch hatte auslösen können?

Der Maskierte verließ seinen Beobachtungsposten am Fenster. Er stutzte kurz, ihm schien etwas einzufallen. Auf einmal schnappte er sich Célines Handy vom Tisch, drückte einige Tasten, starrte auf das Display, und betätigte dann die Wahlwiederholungstaste. Er presste den Hörer an sein Ohr. Kurz darauf drückte er erneut eine Taste und steckte das Handy in seine Jackentasche. Mit einem Satz war er bei Céline. Breitbeinig stellte er sich über sie und riss sie an den gefesselten Händen hoch. Ihr Rückgrat krümmte sich, und Céline wurde beinahe schwarz vor Augen, so stark durchzuckte sie der Schmerz. Der Mann ließ sie abrupt los, und Céline schlug mit Stirn und Nase auf dem Steinfußboden auf.

Lieber Gott, hilf mir, dachte sie. War die Nase gebrochen? Es floss kein Blut, doch der Schmerz raubte ihr den Atem. Tränen schossen ihr in die Augen.

Jetzt beugte der Mann sich über sie.

»LaBréa?«, sagte er laut und vernehmlich, und Céline entdeckte ein seltsames Funkeln in seinen Augen. »Du hast einen Typen angerufen, der LaBréa heißt?«

Céline zwang sich, ihm in die Augen zu sehen, die sie durch den Schleier ihrer Tränen nur verschwommen wahrnahm. Zwei schwarze, flüssige Krater. Sie erwiderte nichts, hielt aber dem Blick stand.

»Interessant«, fuhr der Mann fort. »Ich kannte nämlich mal einen, der hieß LaBréa. Und das war ein Bulle. Was für'n Zufall! Den Namen gibt's ja nicht alle Tage.« Er schwieg einen Moment und schien seinen Gedanken nachzuhängen. Die ältere Frau vor dem Kassenschalter fing wieder an zu schluchzen. Es klang wie das Wimmern eines verwundeten Tieres und durchbrach die lähmende Stille.

»Du hast also die Bullen alarmiert und mir damit die ganze Tour vermasselt!« Die Stimme des Mannes ertönte dicht an Célines Ohr. Sie hielt den Atem an. Erneut spürte sie die tödliche Gefahr, in der sie schwebte.

Hilflos, voller Verzweiflung schüttelte sie den Kopf. Der Maskierte deutete dies offensichtlich als Antwort.

»Nein, hast du nicht? Lüg mich nicht an, du Miststück! Dieser Typ ist doch 'n Bulle! LaBréa, Brigade Criminelle!« Er schlug Céline mit der flachen Hand ins Gesicht und richtete erneut seine Waffe auf sie. »Hast wohl gedacht, du kannst mich reinlegen?!«

In dem Moment schrillte auf dem Schreibtisch eines der Bankangestellten das Telefon. Der Maskierte zuckte leicht zusammen und erhob sich schnell. Während er zum Schreibtisch ging, dachte Céline fieberhaft nach.

Wer war dieser Mann?

Unter welchen Umständen waren er und LaBréa sich schon einmal begegnet?

# 7. KAPITEL

LaBréa starrte auf das Display seines Handys. Soeben war von Célines Gerät ein Anruf bei ihm eingegangen. »Ja?«, hatte LaBréa sich gemeldet, doch niemand hatte geantwortet. Es gab nur eine Erklärung, wer der Anrufer gewesen sein konnte. Sekundenlang schloss LaBréa die Augen. Ein tiefes Stöhnen entwich seinem Mund. Die Erinnerung hing in der Luft wie ein entsetzlicher Geruch. Dezember letzten Jahres. Ein wahnsinniger Killer trieb sein Unwesen rund um die Bastille. Tötete junge Frauen auf unendlich grausame Weise. Griff bei einer nächtlichen Lockvogelaktion Leutnant Claudine Millot an, verletzte sie schwer. In seiner Planung immer einen Schritt voraus, hielt er die Polizei zum Narren und führte LaBréa und seine Leute regelrecht vor. Bis es zum Showdown kam und der Mörder als krönenden Abschluss Jenny in seine Gewalt brachte. Seine perfiden Anrufe von Jennys Handy und vom Festnetz in LaBréas Wohnung. Ein Alptraum, der schließlich mit der Erstürmung von Monsieur Hugos Wohnung und der Erschießung des Täters dramatisch endete.

Wiederholte sich hier eine ähnliche Geschichte? Welcher Schicksalsfügung hatte LaBréa es zu verdanken, dass nach der Ermordung seiner Frau und nach der Geiselnahme seiner Tochter sich nun seine Freundin Céline in der Gewalt eines Bankräubers befand, der bereits um sich geschossen hatte?

Wer war dieser Mann?

Der Taxifahrer Thierry Delarque bremste so scharf, dass LaBréa ein Stück nach vorn geschleudert wurde. Sie waren in der Nähe der Bank angekommen. LaBréa gab dem Mann sein Handy zurück und bedankte sich. Er zog einen Zwanzigeuroschein aus der Tasche und wartete nicht auf das Wechselgeld. Rasch sprang er aus dem Wagen und blickte sich um. Mehrere Polizeifahrzeuge blockierten die Kreuzung Boulevard Diderot/Rue Beccaria. Die Straßen ringsum waren abgesperrt. Ein Mannschaftswagen des SEK stand ein wenig abseits, eingangs der Rue de Citeaux. Rechts und links neben dem Eingang der LCL-Bank sowie unter sämtlichen Fenstern, auch unter denen in der Rue Beccaria, lagen bis an die Zähne bewaffnete SEK-Männer in Lauerstellung. Auf der gegenüberliegenden Seite des Boulevard Diderot hatten mehrere Polizisten in Uniform und Zivil Posten bezogen. Darunter ein Mann, den LaBréa gut kannte. Er hielt ein Megafon in der Hand, schien aber damit noch nicht in Aktion getreten zu sein. Es war Capitaine Cédric Leconte vom GIGN, dem SEK der Gendarmerie, spezialisiert auf Banküberfälle, Terrorakte und Geiselnahmen. Leconte hatte seinerzeit bei der Befreiung von Jenny in der Wohnung von Hausmeister Monsieur Hugo den SEK-Einsatz geleitet. Ein Mann, mit dem LaBréa gute Erfahrungen gemacht hatte. Rasch ging er auf ihn zu.

»Commissaire LaBréa?« Leconte blickte ihn erstaunt an. »Was machen Sie denn hier?«

Die beiden Männer gaben sich die Hand. Ohne Umschweife kam LaBréa zur Sache. »Ich weiß, dass es in der Bank einen Überfall gegeben hat. Meine Freundin ist nämlich unter den Leuten, die da drinnen festgehalten werden.«

In kurzen Worten berichtete er Leconte das Wesentliche. Mit bewegungsloser Miene hörte der Capitaine zu. Als LaBréa zum Schluss wissen wollte, welche Maßnahmen bisher ergriffen wurden, blickte Cédric Leconte ihn nachdenklich an.

»Tja, Commissaire«, sagte er gedehnt. »Wenn Ihre Freundin da drin ist, dann weiß ich nicht ...«

»Was wissen Sie nicht?«

»Ob ich Sie überhaupt informieren darf. In unsere Planungen und Aktionen mit einbinden. Verstehen Sie, was ich meine?«

»Nein, das tue ich nicht. Damals bei dem Killer von der Bastille ...«

Leconte unterbrach ihn. »Damals, das war eine andere Situation. Sie waren dem Bastillemörder auf der Spur. Es war Ihr Fall, auch wenn sich da mit Ihrer Tochter Persönliches mit hineingemischt hat. Im Nachhinein habe ich aber trotzdem von meinem Chef eins aufs

Dach bekommen. Ich hätte Sie von der Sache fernhalten müssen, hat er gemeint.«

LaBréa winkte ab. »Hören Sie, wir haben keine Zeit! In der Bank ist bereits geschossen worden …«

»Das weiß ich!«

»… und der Täter, sofern es nur einer ist und nicht mehrere, hat mich vor zwei Minuten vom Handy meiner Freundin aus angerufen!«

»Was hat er gesagt?«, fragte Leconte rasch.

»Nichts. Er hat die Verbindung nach einigen Sekunden weggedrückt.«

»Dann sind wir genauso schlau wie vorher. Bisher gibt's keinen Kontakt in die Bank. Der Kerl kann nicht raus, die Sicherheitsschleuse geht automatisch zu, wenn der Alarmknopf gedrückt wird.« Leconte blickte nervös auf seine Uhr. »Wo bleibt denn der Filialleiter? Er hatte heute Mittag einen Termin in der LCL-Zentrale. Eigentlich müsste er schon längst hier sein. Die Profilerin auch.«

»Wer ist es? Véronique Andrieu?« Mit Véronique verband LaBréa eine langjährige Freundschaft. Sie hatte seinerzeit das Täterprofil des Bastillemörders erstellt und der Polizei entscheidende Hinweise gegeben.

Cédric Leconte seufzte.

»Ich sagte Ihnen doch, Commissaire, so läuft es diesmal nicht. Am besten verlassen Sie den Tatort hier und lassen uns unseren Job machen. Sonst kriege ich Ihretwegen höllischen Ärger!«

LaBréa war sehr wohl bewusst, dass er bei dieser Sache weder die Befehlsgewalt hatte noch darauf bestehen konnte, in die Planung und Durchführung der Maßnahmen von Capitaine Leconte einbezogen zu werden.

»Okay, ich verstehe Sie, Capitaine. Ich habe gar nicht vor, mich einzumischen. Aber ich möchte hier vor Ort bleiben.«

Leconte schniefte und sah LaBréa stirnrunzelnd an. »Verständlich, dass Sie sich um Ihre Freundin Sorgen machen.«

»Sie ist schwanger«, erwiderte LaBréa leise. »Im dritten Monat. Bevor sie zur Bank ging, hatte sie einen Termin bei ihrer Frauenärztin.«

Leconte stöhnte und schüttelte leicht den Kopf.

»Auch das noch! Tut mir leid, LaBréa, wirklich. Ich kann Sie zu hundert Prozent verstehen, aber ...«

»Ihnen würde es doch genauso gehen, Leconte. Sie würden sich auch nicht wegschicken lassen!« LaBréa blickte ihn fest an.

Capitaine Leconte hielt dem Blick stand, schürzte die Lippen und überlegte. »Meine Leute checken gerade die Büroräume im hinteren Teil der Bank. Die beiden Angestellten, die sich dort verbarrikadiert haben, sind inzwischen in Sicherheit. Da gibt's einen separaten Eingang.«

Unmerklich atmete LaBréa auf. Die Tatsache, dass Leconte ihm jetzt weitere Informationen gab, nahm er als Zeichen, dass seine Anwesenheit zumindest geduldet wurde. »Wo sind sie jetzt?«

Leconte deutete mit der Hand nach links. »Drüben im Mannschaftswagen. Viel konnten sie nicht erzählen. Nur dass zwei Minuten nach zwölf der erste Schuss gefallen ist, und knapp fünf Minuten später ein zweiter.«

»Ein zweiter?«, fragte LaBréa bestürzt.

»Ich weiß, was Sie jetzt vielleicht denken.« Leconte hatte die Stimme ein wenig gesenkt.

LaBréa nickte. Womöglich bedeuteten die Schüsse, dass es Tote oder Verletzte gegeben hat. Vielleicht hatte der zweite Schuss Céline getroffen ... Er zwang sich, den Gedanken beiseitezuschieben.

»Wie viele Bankangestellte sind im Schalterraum?«, fragte er.

»Die Kassiererin und zwei männliche Schalterbeamte.«

LaBréa dachte scharf nach.

»Ich habe durchs Telefon gehört, wie der Kerl fragte: *Wer hat noch alles sein Handy dabei?* Vier männliche Stimmen haben geantwortet. Außer den beiden Angestellten befinden sich demnach noch mindestens zwei männliche Personen in der Bank.«

»Zusammen mit Ihrer Freundin macht das drei Geiseln.«

»Wie alt ist die Kassiererin?«

»Mitte zwanzig.«

»Dann muss noch eine ältere Frau dabei sein! *Die Oma hat sich in die Hosen gepinkelt,* hat der Kerl gesagt. Damit hat er sicher nicht die Kassiererin gemeint.«

»Demnach befinden sich also vermutlich *vier* Kunden in der Bank«, erwiderte Leconte. »Und wenn ich das richtig sehe, hat keine weibliche Stimme auf die Frage nach den Handys geantwortet. Bei Ihrer Freundin ist klar, warum.«

»Ja. Sie wollte die Verbindung mit mir so lange wie möglich halten.«

»Die alte Frau, falls es sich tatsächlich um eine solche handelt, hat vielleicht kein Handy. Aber die Kassiererin, Commissaire? Warum hat die nicht geantwortet? Sie hat doch mit Sicherheit ein Handy!«

»Vielleicht konnte sie nicht mehr antworten, Capitaine. Allem Anschein war sie es doch, die den Alarmknopf betätigt hat.«

»Und wem gehörte das Handy, dessen Klingeln Sie mitbekommen haben?«

»Vielleicht hält sich noch eine weitere Person im Schalterraum auf. Haben die beiden, die hinten im Büro saßen, irgendwelche Gespräche aus dem Schalterraum gehört? Befehle, irgendwas in der Art?«

»Nein. Die Tür ist aus massivem Holz. Die Schüsse hätten auch etwas gedämpft geklungen, haben die Leute gesagt. Wir wissen also nicht, ob es ein einzelner Täter ist oder mehrere.«

»Ich denke eigentlich, dass es nur ein Täter ist, Capitaine.«

»Wieso? Weil Sie über das Handy Ihrer Freundin nur die Stimme *eines* Mannes gehört haben?«

LaBréa wiegte den Kopf.

»Nicht nur deshalb. Das ist eine kleine Bankfiliale. Eine typische Stadtteilbank. Da ist bestimmt nie viel Geld in der Kasse. Solche Filialen sind normalerweise das klassische Ziel für Einzeltäter. Er ist anscheinend kurz vor der Mittagspause da rein und wollte ruck, zuck wieder raus. Dass die Sicherheitsschleuse ihm den Weg versperrt, damit hat er vermutlich nicht gerechnet.«

Leconte nickte zustimmend. »Ja, und deshalb hat er wahrscheinlich durchgedreht und geschossen.«

LaBréa erwiderte nichts. Zwei Schüsse waren in der Bank gefallen. Nach dem ersten lebte Céline noch, da hatte LaBréa ihre Stimme gehört. Wem hatte der zweite Schuss gegolten?

Als ahnte Capitaine Leconte LaBréas Gedanken, legte er ihm kurz die Hand auf die Schulter und sagte: »Dass zwei Schüsse gefallen sind, muss nicht heißen, dass tatsächlich jemand erschossen oder verletzt wurde. Vielleicht wollte sich der Kerl mit den Schüssen nur Respekt verschaffen.«

»Wie auch immer.« LaBréa bemühte sich, sachlich zu klingen. »Wichtig ist, dass man sich bald einen Überblick über die Lage in der Bank verschaffen kann.«

Zwei Wagen bremsten jetzt vor der Absperrung. Aus dem einen stieg Véronique Andrieu, aus dem anderen ein Mann mittleren Alters mit Bürstenhaarschnitt, dunkelblauem Mantel und trendigem Schal.

»Das wird der Filialleiter sein«, sagte Cédric Leconte und steuerte auf die beiden zu. LaBréa folgte ihm. Leconte nickte Véronique kurz zu und nahm den Filialleiter beiseite.

Erstaunt wurde LaBréa von Véronique begrüßt. Er erklärte ihr, warum er hier war.

»Um Gottes willen!« Véronique blickte ihn voller Entsetzen an. »Das ist ja wie ein Déjà vu!«

»Du sagst es, Véronique.«

»Letztes Jahr Jenny, jetzt Céline ...«

LaBréa nickte.

»Und sie ist im dritten Monat.«

»Was? Du liebe Güte! Dann kann ich nur hoffen, dass wir die Sache hier schnell zu Ende bringen.«

»Das wird sehr stark von dir abhängen, Véronique. Von deiner Einschätzung des Täters ...«

»Wissen wir denn schon, dass es nur ein Täter ist?«, unterbrach ihn Véronique.

»Das ist meine persönliche Vermutung. Hundertprozentig sicher ist es nicht.«

»Dann kalkulieren wir lieber beides ein, Maurice.«

»Ja. Wie gesagt: Alles hängt von deinem Verhandlungsgeschick ab.«

»Falls es überhaupt zu Verhandlungen kommt! Ich hoffe nicht, dass Capitaine Leconte einer von den üblichen Draufgängern ist.«

»Damals bei Jenny war er auch dabei. Da hat er sehr überlegt und besonnen gehandelt.«

»Da hattest du ja auch das Kommando. Hier wahrscheinlich nicht, oder?«

»Nein. Aber vorläufig duldet er mich.«

Der Capitaine redete leise mit dem Filialleiter und notierte sich etwas in sein Notizbuch. Dann sprach er einige Worte in das Funkgerät, das in der Brusttasche seiner kugelsicheren Weste steckte. Anschließend zog er sein Handy aus der Hosentasche und wählte eine Nummer. LaBréa vermutete, dass er auf einem der Festnetzapparate in der Bank anrief, um einen ersten Kontakt mit dem Täter herzustellen. Nach einer Weile steckte er das Handy wieder ein.

»Da meldet sich keiner«, sagte er ärgerlich. »Der Täter will anscheinend keinen Kontakt mit uns.« Er hob das Megafon, und gleich darauf erklang laut und deutlich seine Stimme.

»Hier spricht die Polizei. Das Bankgebäude ist komplett umstellt. Sie können dort nicht mehr raus. Wir wissen, dass Sie mehrere Geiseln in Ihrer Gewalt haben und dass Sie von Ihrer Schusswaffe Gebrauch gemacht haben. In weniger als einer Minute wird sich die Sicherheitsschleuse automatisch öffnen. Ich fordere Sie auf, die Bank unbewaffnet und mit erhobenen Händen durch den Eingang zu verlassen!«

»Wer entriegelt denn die Sicherheitsschleuse?«, fragte LaBréa schnell.

»Einer meiner Leute hinten in den Büroräumen«, erwiderte Leconte. »Der Filialleiter hat mir gerade den Code genannt.« Gleich darauf ertönte eine Stimme aus Lecontes Funkgerät. »Alles klar, Chef, Schleuse ist entriegelt.«

»Verstanden!« Der Capitaine wandte sich an LaBréa, Véronique und den Filialleiter.

»Sie gehen alle in Deckung. Los, da rüber!« Die drei eilten in eine Toreinfahrt einige Meter weiter. Von dort aus blickte man in die Rue Beccaria, und LaBréa konnte noch immer die beiden mit geschlossenen Jalousien versehenen Fenster der Bank erkennen. Leconte selbst wich einige Schritte zurück und suchte Schutz hinter einem der Polizeifahrzeuge. Auch die anderen Polizisten gingen in Deckung.

Gespannt blickte LaBréa auf die massive Eingangstür und die Fenster der Bank.

»Da passiert nichts«, sagte er nach einer Weile leise zu Véronique. Dann wandte er sich an den Filialleiter.

»Wie viel Geld ist normalerweise in der Kasse?«

»Nie mehr als vier-, fünftausend Euro. Größere Summen liegen im Tresor.«

»Wer kennt die Kombination?«

»Nur die Kassiererin und einer von den Leuten hinten im Büro. Eine sechsstellige Zahl. Jeder von ihnen kennt nur drei Ziffern. Man braucht also beide, um den Tresor zu öffnen.«

»Und wenn jemand von den beiden krank ist oder in Urlaub?«

»Dann haben sie ihre Stellvertreter, und der Code wird geändert.«

Véronique Andrieu hatte dem Gespräch gelauscht. Sie wandte sich an LaBréa.

»Wenig Geld in der Kasse, also eine magere Ausbeute für den Täter. Sicher hat er mit einer größeren Beute gerechnet. Das und die Tatsache, dass ihm die schnelle Flucht aus der Bank verwehrt blieb, dürften meines Erachtens dazu führen, dass der Mann sich in einer psychischen Ausnahmesituation befindet. Er steht unter starkem Stress. Zwei Schüsse sind bereits gefallen, niemand weiß, was sich abgespielt hat. Eines ist klar, Maurice: Wir dürfen diesen Kerl nicht unterschätzen. Und falls es mehrere sein sollten, könnte die Situation erst recht eskalieren.«

»Wieso?«

»Weil unter den gegebenen Umständen die Gefahr besteht, dass zwei oder gar mehr Täter sich über ihre weitere Vorgehensweise nicht einig sind und einer von ihnen die Kontrolle verliert.«

Wenn das nicht bereits geschehen ist, dachte LaBréa. Er fühlte die ungeheuere Anspannung in seinem Körper. Die Angst um Céline pushte sein eigenes Stresspotenzial auf den höchsten Level. Nur mit großer Anstrengung und aufgrund seiner langjährigen Berufserfahrung gelang es ihm, die Angst in Schach zu halten. Einen kurzen Moment dachte er an den Mordfall in der Rue Massillon, schob den Gedanken jedoch sofort beiseite. Seine Leute kümmerten sich um alles, und der Alptraum in der Bank war vielleicht bald zu Ende … LaBréa hoffte es inständig.

Die Sonne hatte sich einen Weg durch die Wolken erkämpft und beschien die Straße. Ein paar Strahlen wurden von den Fensterscheiben der Bank reflektiert, hinter denen nichts sichtbar war. Die hölzerne Eingangstür blieb geschlossen. Direkt dahinter lag die Sicherheitsschleuse. Das wusste LaBréa, weil er schön öfter mit Céline in der LCL gewesen war. Dunkel erinnerte er sich sogar an den Schalterraum. Wo mochte Céline sich jetzt befinden? Wie ging es ihr? War sie verletzt, war möglicherweise Schlimmeres geschehen? Unvorstellbar, diesen Gedanken zu Ende zu denken.

Auf einmal fiel sein Blick auf den schwarzen Motorroller, der neben der jungen Platane auf dem Bürgersteig vor dem Eingang der Bank abgestellt war. Hatte Leconte schon überprüft, wer der Halter des Rollers war?

Erneut sprach Leconte ins Megafon.

»Ich weiß, dass Sie mich hören können. Die Bank ist umstellt. Sie haben keine Chance. Es ist besser, wenn Sie sich freiwillig ergeben. Die Sicherheitsschleuse ist jetzt geöffnet. Kommen Sie mit erhobenen Händen heraus!«

Kaum hatte er die letzten Worte gesprochen, klingelte LaBréas Handy. Er zog es aus der Tasche und spähte aufs Display.

»Célines Nummer!«, sagte er atemlos zu Véronique. »Das ist er!«

»Dann geh dran, Maurice!«

# 8. KAPITEL

Laut und deutlich war die Stimme durch das Megafon im Schalterraum zu vernehmen. Christian Chatel verstand jedes Wort. Alles war so, wie es sich normalerweise eben abspielte. Die Polizei riegelte das Gebäude ab, der Bankräuber wurde aufgefordert, herauszukommen, die Sicherheitsschleuse wurde freigeschaltet. Es war die zweite Botschaft an den Maskierten. Beim ersten Mal hatte er nicht reagiert, nur erneut vorsichtig durch die Jalousie nach draußen gespäht. Jetzt, da die Megafonstimme zum zweiten Mal ertönte, griff der Mann nach dem Handy der dunkelhaarigen Frau, das er vorhin eingesteckt hatte. Er drückte eine Taste, und gleich darauf sagte er: »LaBréa? Du bist doch Commissaire LaBréa, oder? Ich hab dich erkannt. Du stehst drüben in der Toreinfahrt. Hör gut zu, du Scheißkerl. Ich sag's nämlich nur einmal. In zwanzig Minuten will ich einen Wagen, voll aufgetankt und mit der Beifahrerseite direkt vor die Eingangstür postiert. Sobald der Wagen da ist, komme ich raus. Versucht nicht, mich reinzulegen! Keine Tricks wie verstecktes GPS oder Handy, kapiert?« Er drückte das Gespräch weg.

Alle im Raum hatten seinen Worten atemlos gelauscht. Die ältere Frau vorn beim Kassenschalter begann wieder zu schluchzen. Christian verfluchte sie innerlich. Konnte sie sich nicht zusammenreißen? Schließlich war sie nicht die Einzige, die nach den bisherigen Geschehnissen voller Angst und Panik darauf wartete, was kommen würde. Die Polizei hatte Kontakt aufgenommen, der Täter hatte seine Forderungen gestellt. Würden sie erfüllt werden, oder würde die Polizei die Bank stürmen?

Das Herz klopfte Christian bis zum Hals. Er hoffte inständig, dass die Polizei besonnen reagierte, damit das alles hier schnell zu Ende ging. Gleichzeitig fürchtete er, dass der Mann eine Geisel auswählen und sie zwingen würde, mit ihm die Bank zu verlassen. Hoffentlich fiel die Wahl nicht auf ihn! Beim kleinsten Fehler der Bullen war Christian ein toter Mann, davon war er überzeugt.

Seine linke Schulter schmerzte höllisch, die gefesselten Hände auf dem Rücken waren bereits taub. Lange würde er es nicht mehr in dieser Lage aushalten. Er biss die Zähne zusammen, unterdrückte ein Stöhnen und warf einen Blick auf die anderen Geiseln. Die dunkelhaarige Frau hatte dem Gespräch des Geiselnehmers voller Anspannung gelauscht. In ihren Augen stand die nackte Angst. Sie hatte heimlich eine Nummer gewählt, die offenbar einen Polizeikommissar namens LaBréa alarmiert hatte, den der Maskierte anscheinend kannte. Woher? LaBréa ... Auch Christian kam der Name irgendwie bekannt vor. War das nicht der Typ von der

Brigade Criminelle, der im letzten Jahr den berüchtigten Bastillemörder zur Strecke gebracht hatte? Ja, genau! Schon aus professionellem Interesse verfolgte Christian Chatel alle spektakulären Mordfälle in der Stadt, versprach er sich doch manche Anregung davon für seine Kriminalromane. Über Commissaire LaBréa hatte es seinerzeit einige Artikel in den Zeitungen und im Internet gegeben. Vielleicht war er dem Maskierten von daher bekannt? Aber in welcher Beziehung stand diese Frau zu dem Kommissar, dessen Nummer auf ihrem Handy gespeichert war? Kannte sie ihn privat? War sie am Ende gar selbst von der Polizei?

Erneut fiel Christians Blick auf ihre zusammengekrümmte Gestalt. Eine Strähne ihres schwarzen, langen Haars war ihr ins Gesicht gerutscht und klebte an ihrer Wange. Plötzlich fiel ihm eine Geschichte aus seiner Kindheit ein. Ausgelöst durch die dunklen Haare dieser Frau schwirrte die Erinnerung herein wie ein Vogel, der sich verirrt hatte. Damals war Christian gerade zehn Jahre alt. Er verbrachte die Herbstferien bei seiner Tante Paulette und seiner Cousine Charlotte, die fünf Jahre älter war als er. Paulette hatte vor kurzem ihren Mann durch einen Unfall verloren, und Charlotte war ihr einziges Kind. Ein verwöhnter Backfisch mit pummeliger Figur, dickem Busen, langen, blonden Engelslocken und einem überspannten Lachen. Christian, ein verträumter und eigenbrötlerischer Junge, der viel in seiner Fantasiewelt lebte und oftmals laut vor sich hinredete, fühlte sich im Haus der Tante einsam und unwohl. Seine Cousine behandelte ihn von oben herab und machte sich über ihn lustig. Gleichaltrige Spielkameraden gab es nicht, und so fing Christian an, sich mehr und mehr zu langweilen. Er sehnte sich nach seinem Elternhaus. Cousine Charlotte besaß eine große Puppensammlung. Dunkelhaarige und blonde, große und kleine, von Hand gefertigte und sogar Puppen aus Porzellan standen und lagen in allen Ecken ihres Zimmers. Eines Tages, als die Tante und Charlotte das Haus verlassen hatten, nahm Christian aus dem Arbeitszimmer seines verstorbenen Onkels eine Schere und ging in Charlottes Zimmer. Er suchte sich sämtliche Puppen mit langen Haaren und Zöpfen heraus und reihe sie auf Charlottes Bett auf. Dann begann er ihnen die Haare abzuschneiden. Jeder Puppe verpasste er einen kurzen Bubihaarschnitt und setzte sie dann ans Kopfende von Charlottes Bett. Eine der Puppen, eine Indianerpuppe, hatte besonders schöne blauschwarze und zu Zöpfen geflochtene Haare. Als er sie abschnitt, sah sie nicht mehr aus wie eine Squaw, sondern wie ein richtiger Indianerkrieger. Also viel besser, wie der kleine Christian fand. Er war beinahe fertig und so vertieft in sein Tun, dass er Charlotte erst bemerkte, als sie im Zimmer stand. Ein markerschütternder Schrei entwich ihrer Kehle. Sie rannte davon und schrie weiterhin wie am Spieß. Christian ließ die Schere fallen und wollte rasch die abgeschnittenen Haarbüschel zusammenklauben, da erschien seine Tante in der

Tür, gefolgt von Charlotte. Ihre Schreie waren in ein Wimmern übergegangen, und jetzt weinte sie hemmungslos. Ehe Christian sich's versah, traf ihn die Hand seiner Tante. Sie verpasste ihm eine so kräftige Ohrfeige, dass er gegen die Wand taumelte. Dann baute sie sich vor ihm auf und packte ihn hart an den Schultern. Leise, doch mit eisiger Stimme sagte sie: »Du böser, böser Junge! Was hast du getan? Weißt du nicht, dass man fremdes Eigentum nicht anrühren darf? Geschweige denn, dass man es zerstört!« Er hatte nichts erwidert, sich auch nicht bei seiner Cousine entschuldigt. Fünf Minuten später rief Tante Paulette seine Eltern an, die ihn sofort abholen sollten. Es war das letzte Mal, dass er seine Tante und seine Cousine gesehen hatte. Christians Vater reagierte weitaus gelassener auf den Streich seines Sohnes als die Mutter, die den Jungen mit drei Tagen Stubenarrest bestrafte. Der Vorfall mit den Puppen führte zum zeitweiligen Zerwürfnis seiner Eltern mit Tante Paulette (sie war die Schwester von Christians Vater), die ihrem Neffen eine Zukunft prophezeite, die unweigerlich vor den Schranken eines Gerichts enden würde. Zur Hochzeit von Charlotte vor fünfzehn Jahren war Christian als Einziger der näheren Verwandtschaft nicht eingeladen worden. Charlotte hatte die Haarschneideaktion an ihren Puppen nie vergessen.

Die Stimme des Maskierten riss Christian aus seiner Erinnerung. Soeben stürmte er auf die alte Frau zu und gab ihr einen Tritt in die Seite.

»Halt endlich deine verdammte Schnauze!«, brüllte er. »Sonst knall ich dich ab!« Wie auf Knopfdruck war die Frau verstummt, und Christian hatte den Eindruck, dass sie ohnmächtig geworden war.

Der Maskierte ging zurück zum Fenster und spähte hinaus. Dann blickte er auf die Uhr, ließ seine gehetzten Blicke über die am Boden liegenden Menschen gleiten, und wartete.

Die Schmerzen in ihrem Knie, an Händen und Schultern waren so übermächtig, dass sie den Fußtritt des Maskierten kaum spürte. Umso mehr setzte ihr die Stimme des Mannes zu. Angeschrien zu werden war etwas, was Marguerite Brancard nicht kannte. Der Schrecken darüber erstickte sogleich ihr Schluchzen. Marguerites Mutter, deren Stimmlage ein Repertoire von schneidend kalt bis sarkastisch verächtlich umfasste, hatte gleichwohl nie ihre Stimme erhoben oder ihre Tochter gar angebrüllt. Sie kannte andere Methoden, Marguerite schon als kleines Mädchen einzuschüchtern, zu tadeln, sie wegen Nichtigkeiten zu strafen. Laute Worte gehörten ebenso wenig dazu wie Schläge. Nie hatte die Mutter die Hand gegen sie erhoben. Dennoch hatte Marguerite sie gefürchtet, wie man einen Peiniger fürchtet. Und das hatte sich bis heute nur wenig geändert.

Marguerite schloss die Augen. Der Schmerz durchzog sie in starken Wellen. Um ihn ertragen zu können, flüchtete sie in eine Art Dämmerzustand. Ohne dass sie etwas dagegen tun konnte, tauchten Erinnerungsfetzen vor ihrem inneren Auge auf. Flüchtige Bilder, die sich überlagerten und wie in einem Rücklauf Szenen ihres Lebens abspulten. Geschehnisse in einem düsteren Film, in dem ein immer gleiches graues Licht herrscht. Die Allgegenwart der Mutter. Ihre übermächtige Gestalt, wenn sie in Marguerites Sachen herumschnüffelte. Ihr ironisches Lachen beim Lesen von Marguerites Tagebuch, dessen Versteck sie mit sicherem Instinkt aufgespürt hatte. Der verächtliche Kommentar zu einem kleinen Gedicht, das Marguerite als Dreizehnjährige geschrieben und vergebens vor der Mutter zu verbergen versucht hatte.

Maman …

Ihr Leben lang hatte Marguerite Angst vor ihr gehabt. Als sie jetzt darüber nachdachte, schossen ihr die Tränen in die Augen. Sie suchten sich einen Weg durch die geschlossenen Lider und benetzten Marguerites Wangen. Eine unendliche Traurigkeit, stärker als jeder körperliche Schmerz, ergriff von ihr Besitz. Sollte ihr Leben heute in dieser Bank enden, wäre es nichts anderes gewesen als Einsamkeit und Angst. Diese Erkenntnis erschien Marguerite so entsetzlich, dass der Schmerz bis tief in ihr Herz drang. Nichts von allem konnte ungeschehen gemacht oder im Nachhinein verändert werden. Gefangen im Netz der Jahre, die verronnen und verloren waren. Was blieb noch? Eine Zukunft, die ebenso düster wie die Vergangenheit schien. Wozu sollte sie

sie herbeisehnen? Vielleicht war ihr Schicksal hier in dieser Bank besiegelt. Das passende Ende eines verpfuschten Lebens, dem niemand nachtrauern würde.

Und Maman? Musste Marguerite nicht alles tun, um die Sache hier heil zu überstehen, damit sie die Mutter nicht im Stich ließ? Als sie voller düsterer Befürchtungen darüber nachsann, geschah plötzlich etwas mit ihr. Ein Ruck ging durch ihre Seele, und ein Lichtstrahl durchstach die Finsternis ihres Herzens. Seltsam, wie fern der Gedanke an ihre Pflichten als Tochter auf einmal schien! Als hätte eine fremde Hand ihn auf einen Eisenbahnwaggon gepackt und den Waggon auf eine abschüssige Strecke gestoßen, damit er rasch aus dem Blickfeld rückte.

Marguerite öffnete die Augen. Ein merkwürdiges Gefühl ergriff Besitz von ihr. Obwohl sie wusste, dass sie sich in der Gewalt dieses wahnsinnigen Bankräubers befand, der vielleicht demnächst seine Waffe auf sie richten würde, keimte Hoffnung in ihr auf. Eine Hoffnung, die einzig und allein auf sie selbst gerichtet war und sie stärker durchströmte als die Sorge um Maman.

Zum ersten Mal in ihrem Leben dachte Marguerite Brancard an sich. Ausschließlich an sich und an den kleinen Zipfel Zukunft, der allem zum Trotz noch vor ihr lag.

Die Haarsträhne quer über ihrer linken Wange juckte. Schweißnass klebte sie auf der Haut, und Céline hatte keine Möglichkeit, sie zu entfernen. Hilflos lag sie da.

Sie spürte die Schwellung ihrer Finger, in denen sich prall das Blut staute. Unerbittlich schnitten die Plastikschnüre in ihre Handgelenke. Dennoch durchströmte Céline nur ein einziger Gedanke: Hoffentlich passiert meinem Kind nichts! Als der Maskierte zum ersten Mal zum Fenster eilte und auf die Straße spähte, hatte sie sich rasch etwas mehr auf die Seite gedreht, um ihren Bauch zu entlasten. Dort spürte sie nichts. Auch vorher, bevor dies alles geschehen war, hatte sie nichts gespürt. Im dritten Monat der Schwangerschaft bewegt sich ein Kind noch nicht. Doch die Sorge, dass Angst und Stress sich auf das ungeborene Leben übertragen könnten, hatte sie keine Sekunde losgelassen. Hinzu kam die Panik vor der Unberechenbarkeit des Maskierten.

Jetzt war eine neue Situation eingetreten. Der Kontakt zwischen Polizei und Geiselnehmer war hergestellt. Der Maskierte hatte mit LaBréa telefoniert und ihn auf der Straße erkannt. Demnach befand sich dieser bereits beim Polizeiaufgebot vor der Bank. Einerseits empfand Céline dies als beruhigend, andererseits ergaben sich daraus neue Befürchtungen. Bisher hatte der Maskierte noch nicht gefragt, in welcher Beziehung sie zu LaBréa stand. Auf keinen Fall durfte er erfahren, dass sie seine Freundin war! Fieberhaft überlegte Céline, was sie ihm sagen würde, wenn er es doch noch wissen wollte. Dass sie Journalistin sei? Eine Nachbarin? Céline hoffte inständig, dass der Maskierte zu beschäftigt war, um daran zu denken.

Einen Wagen und freien Abzug, das wollte er. Freien Abzug gab es angesichts eines massiven Polizeiaufgebots mit SEK und Scharfschützen, die sicher bereits Stellung bezogen hatten, nur dann, wenn der Täter zu seinem Schutz eine Geisel nahm. Fünf Menschen standen zu seiner Verfügung, er brauchte sich nur einen auszusuchen. Wen würde er wählen? Was, wenn er *sie* zwang, ihn zu begleiten?

Nachdem der Mann das Gespräch mit LaBréa weggedrückt und die Frau vor dem Kassenschalter angebrüllt hatte, herrschte in der Bank Totenstille. Immer wieder ging der Bankräuber vorsichtig zum Fenster und beobachtete die Straße. Mehrfach sah er auf die Uhr. Céline ahnte, dass die von ihm gesetzte Frist von zwanzig Minuten verstreichen und dass die Polizei sich bemühen würde, weiter mit ihm zu verhandeln. Doch ob eine solche Strategie im Interesse der Geiseln lag, stand dahin. Jede Minute, die sie hier länger verbringen mussten, brachte ihr Leben in größere Gefahr.

Wie lang waren zwanzig Minuten? Unendlich lang, so erschien es Céline. Sie beobachtete den Täter aus den Augenwinkeln. Er seinerseits betrachtete die Geiseln und schien fieberhaft zu überlegen. Unruhig fuhr er sich mit der Zunge über die wulstigen Lippen. Seine Waffe hielt er in der rechten Hand. Den Rucksack mit der Beute hatte er sich umgeschnallt, so dass seine linke Hand frei war. Wieder blickte er auf die Uhr und bewegte sich dann zu der Tür, die nach hinten führte. Dort blieb er stehen und lauschte. Vermutlich hatte er die Befürchtung, dass die Polizei von dieser Seite her überraschend in den Schalterraum eindringen könnte. Auch Céline hegte diese Befürchtung. Sie war davon überzeugt, dass der Mann in einem solchen Fall sofort auf die Geiseln schießen würde. Zwei Tote gab es bereits. Obwohl Céline es vermeiden wollte, weitere Blicke auf den Leichnam der ermordeten Kassiererin zu werfen, musterte sie unwillkürlich das Blut auf dem Boden. Es war dunkler geworden und trocknete an.

Die veränderte seitliche Position minderte das Ziehen in den Handgelenken und die Schmerzen im Rücken nicht. Im Gegenteil. Der Arm und die ganze Schulterseite kribbelten und wurden taub. Céline hatte nur einen Wunsch: dass ihr endlich die Fesseln durchschnitten wurden und sie einen Schluck Wasser trinken konnte.

Einen Schluck Wasser …

Als Kind hatte sie sich einmal in einer Situation befunden, in der sie drei Tage ohne Nahrung und Wasser durchhalten musste. Damals in Nuits Saint-Georges, ihrem Heimatort in Burgund. Sie war zwölf, und an einem Sonntag erforschte sie mit ihrem Bruder Florent das verlassene alte Weingut der Familie Bromin am Rand des Ortes. Es war ein riesiges Anwesen, auf dem seit Generationen ein Fluch lag. Menschen waren dort ermordet worden oder auf seltsame Weise verschwunden. So erzählte man es sich jedenfalls. Es war ein herrlicher Frühlingstag Anfang April. An den Rändern der Weinberge blühten die Himmelschlüssel in üppigen gelben Büscheln. Vom Bach her, dessen klares Schmelzwasser die Kinder aus der hohlen Hand tranken, rief der erste Kuckuck. Still und verlassen, von einer unheimlichen Aura umgeben, lag das alte Anwesen zwischen Wiesen und Weinfeldern. Die Fensterscheiben in den Gebäuden waren eingeschlagen, die Türen mit Brettern vernagelt. Halb kaputte leere Weinfässer lagen herum. In einem der Nebengebäude quietschte eine alte Holztür in ihren Angeln und schlug im lauen Frühlingswind hin und her. Céline hatte Angst und spürte, wie ein Schauer ihr den Rücken herunterlief. Florent, zwei Jahre älter als Céline, spielte den furchtlosen Draufgänger und ging voran. Sie steuerten auf den alten Kellereingang zu, an dem die Tür fehlte. Sie hatten Taschenlampen mitgebracht.

»Da unten in den alten Weinkellern, da liegt ein versteckter Schatz«, hatte Florent seiner Schwester zugeflüstert, als er ihr von seinem Abenteuerplan erzählte. »Ein Goldschatz! Aus der Zeit der Mönche, die damals den ersten Wein in unserer Gegend angebaut haben. Der alte Bromin, dieser Säufer, hat gar nichts davon gewusst.«

»Und woher weißt *du* davon?«, hatte Céline ihren Bruder skeptisch gefragt. Florent hatte sie bedeutungsvoll angeblickt.

»Ich weiß es eben.«

Ein verschlungenes Labyrinth von Gängen führte immer tiefer in die Erde. Im Schein der Taschenlampen erspähten die Kinder riesige Spinnweben. Einige Male kreuzten Ratten ihren Weg und verschwanden in den Löchern der gemauerten Wände. Plötzlich geschah es. Hinter ihnen erklang ein lautes Krachen, eine Staubwolke breitete sich aus und verdunkelte die Sicht. Ein Teil der Kellerdecke war eingestürzt. Zum Glück waren sie nicht von den herunterfallenden Steinmassen getroffen worden. Sie rannten vorwärts, immer tiefer hinein in die Gewölbe. Fieberhaft suchten sie nach einer Abzweigung, die hinaus ins Freie führte. Umsonst. Stundenlang irrten sie durch die Gänge. Der einzige Weg hinaus war durch einen Haufen Geröll versperrt, den sie unmöglich beiseiteschaffen konnten. Angst und Panik bemächtigten sich ihrer und wurden immer stärker. Die Taschenlampen gaben ihren Geist auf, und die Dunkelheit ringsum wurde undurchdringlich. Als die Nacht hereinbrach (auf Florents Armbanduhr mit den Leuchtziffern konnten sie die Uhrzeit ablesen), kauerten sie sich völlig erschöpft, staubig und mit ausgedörrter Kehle auf den feuchten Erdboden. Es war sehr kalt, und Céline zitterte am ganzen Körper. Sie hatte viel geweint, und auch Florent war verzweifelt. Sie waren hier gefangen und würden nie wieder herauskommen. Niemand wusste, dass sie zu dem alten Weingut gegangen waren. Deshalb würde niemand sie hier suchen. Die Stunden krochen dahin, Céline und ihr Bruder gaben jede Hoffnung auf. Einige Male hatten sie verzweifelt um Hilfe gerufen und mit einem Stein an die Wände geklopft. Das Echo ihrer Stimmen hallte durch die Kellergänge und verstärkte die Todesangst, die die beiden umklammert hielt. Irgendwann dämmerte Céline vor Erschöpfung weg. Schon am nächsten Morgen wurden Hunger und Durst unerträglich. In den Momenten, in denen sie immer wieder das Bewusstsein erlangte, spürte sie ihre riesige geschwollene Zunge, die am Gaumen klebte.

Durst. In einem Abenteuerbuch von Sven Hedin hatte sie einmal gelesen, dass Verdursten ein qualvoller Tod sei, und dass ein Mensch länger ohne Nahrung als ohne Wasser überleben könnte.

Durch einen bloßen Zufall wurden sie zwei Tage später gerettet. Auf seinem Zeichenblock hatte Florent mehrere Skizzen des alten Weingutes angefertigt und das Versteck des Goldschatzes im Kellergemäuer rot markiert. Die Polizei hatte endlich die richtigen Schlüsse gezogen, ein Suchtrupp machte sich auf den Weg und rettete die völlig erschöpften Kinder.

Damals war es ein Feuerwehrmann, der Céline eine Wasserflasche an den Mund hielt. Nie würde sie den Moment vergessen, als der erste Schluck durch ihre Kehle rann.

# 9. KAPITEL

Mit einem Ruck wurde die Tür des Mitarbeiterbüros aufgestoßen. Direktor Roland Thibon blieb auf der Schwelle stehen. Sein Gesicht war zornrot angelaufen. Er wandte sich sogleich an Franck, der sich auf seinem Schreibtischsessel zurücklehnte und bereits ahnte, was gleich kommen würde.

»Wo ist LaBréa?« Die Stimme des Direktors klang schneidend. »In seinem Büro auf jeden Fall nicht! Und sein Handy war pausenlos besetzt. Gerade erfahre ich von dritter Seite, dass in der Rue Massillon ein Mann in seiner Wohnung erschossen wurde. Hat Ihr Chef es jetzt nicht mehr nötig, mich unverzüglich zu informieren? Also, wo ist er?«

Franck tauschte einen schnellen Blick mit Claudine und dem Paradiesvogel.

»Am Boulevard Diderot, Monsieur«, erwiderte er dann rasch. »Da gab es einen Banküberfall und …«

Thibon unterbrach ihn brüsk

»Einen Banküberfall? Und da fährt ein Commissaire der Brigade Criminelle gleich hin, obwohl er in einem aktuellen Mordfall ermitteln sollte? Ich fasse es nicht!« Thibon schlug sich an die Stirn. Seine Augen funkelten vor Wut.

Claudine schaltete sich ein.

»Na ja, er ist nicht ohne Grund dorthin gefahren.«

»Halten Sie den Mund!«, herrschte Thibon sie an. »Das Ganze hat ein Nachspiel – darauf kann sich Ihr Chef gefasst machen!«

Claudine ließ sich nicht einschüchtern. Mit fester Stimme fuhr sie fort: »Seine Freundin ist unter den Geiseln, Monsieur. Ist doch verständlich, dass er sofort vor Ort sein wollte.«

Thibon stutzte.

»Seine Freundin? Ich wusste gar nicht, dass er eine hat ... Wie auch immer: Er hätte das mit mir absprechen müssen!«

»Was den Mordfall in der Rue Massillon angeht, Monsieur«, bemerkte Jean-Marc eilig, »da sind wir bereits mitten in den Ermittlungen.«

»Tatsächlich?« Thibon lachte ironisch. »Tja, wenn das so ist, dann frage ich mich, wozu wir überhaupt die teure Planstelle eines Commissaire brauchen, wenn Sie das auch allein übernehmen können!« Er maß den Paradiesvogel mit einem abschätzenden Blick. »Wie sehen Sie heute überhaupt wieder aus, Leutnant Lagarde? Geht's nicht noch etwas bunter?«

Jean-Marc schluckte und wandte den Blick ab. Entschlossen verschränkte Franck seine Arme über der Brust.

»Möchten Sie wissen, Monsieur le Directeur, welche Ergebnisse es bisher in dem Mordfall gibt?«

Thibon winkte ab.

»Verschonen Sie mich mit irgendwelchen Details. Ich will umfassend informiert werden. Und zwar von LaBréa persönlich, und nicht von einem seiner Mitarbeiter!« Er versuchte nicht einmal, seine Verachtung zu verbergen. »Buddha hat einmal gesagt, dass die Eigenschaft des Mitteilens der Weg der rechten Erkenntnis ist. Wenn Sie überhaupt verstehen, was ich meine.« Er blickte auf seine Armbanduhr und verließ grußlos das Büro.

Claudine lachte los. »Buddha! Seit wann hat der Schöngeist *den* denn im Repertoire?«

»Wahrscheinlich macht er demnächst eine Ayurveda-Kur in Indien«, meinte Franck ironisch.

»Er versucht sicher gleich wieder den Chef zu erreichen. Vielleicht bin ich aber schneller.« Jean-Marc griff nach dem Telefonhörer und wählte LaBréas Handynummer. »Besetzt! Ich sag's ja. Der hat keine Sekunde gezögert, dieser Idiot.«

Franck grinste. »Obwohl – was dein heutiges Outfit angeht, hat er ja eigentlich Recht. Du könntest dir einen Nebenjob in einer Transi-Bar suchen.« Er lachte über seinen Witz.

»Lass deine blöden Anspielungen, Franck«, sagte Claudine ungewohnt scharf. Alle in der Abteilung wussten, dass Jean-Marc schwul war. Franck konnte das einfach nicht akzeptieren und machte oft bissige Bemerkungen. »Erzähl uns lieber, was Fourès vom Drogendezernat gesagt hat.«

»Fehlanzeige, Claudine. Dieser Luc Chambon ist sauber. Keine Akte – der Name ist in der Szene nie aufgetaucht.«

»Okay. Dann gehe ich mal rüber zu Gilles, damit wir uns das Handy von Chambon vornehmen. Gilles hat inzwischen den Akku aufgeladen. Na, mal sehen, ob es was bringt.«

Das Ultimatum von zwanzig Minuten, das der Bankräuber gesetzt hatte, war bereits abgelaufen. Capitaine Leconte dachte nicht daran, die Forderung des Geiselnehmers zu erfüllen. Jedenfalls nicht sofort. Zunächst sollte Zeit gewonnen und der Mann hingehalten werden. LaBréas Meinung zu dieser Maßnahme war äußerst gespalten. Als Polizist teilte er die Haltung des Chefs des Sonderkommandos. Zeit zu gewinnen, das war bei Banküberfällen mit Geiselnahme oberste Priorität. Als Privatmann hingegen hegte LaBréa größte Befürchtungen. Der Täter schien unberechenbar, und Céline befand sich in seiner Gewalt. Die Angst um sie lähmte zeitweilig seine Gedanken, und er musste sich immer wieder zwingen, kühl und sachlich zu bleiben.

Véronique Andrieu spürte, was in LaBréa vorging. Sie selbst hatte noch keine Gelegenheit gehabt, zum Einsatz zu kommen. Capitaine Leconte hatte wiederholt versucht, in der Bank anzurufen, um zu verhandeln. Ohne Erfolg. Der Geiselnehmer ging nicht ans Telefon. Daher versuchte Leconte mehrfach, einen Kontakt per

Megafon herzustellen. Er teilte dem Unbekannten mit, dass die Bereitstellung des Wagens sich wegen diverser Verkehrsstaus in der Stadt noch etwas verzögerte; dass er aber immer noch die Möglichkeit habe, die Bank mit erhobenen Händen zu verlassen. LaBréa hoffte inständig, dass der Geiselnehmer sich mit dieser Hinhaltetaktik, die er sicherlich durchschaute, zunächst zufriedengab. Noch wusste niemand, ob es in der Bank tatsächlich schon Tote gegeben hatte. Erfahrungsgemäß wurden Ultimaten, sei es von Flugzeugentführern, Erpressern oder Geiselnehmern, immer wieder verlängert, auch wenn die Täter zu allem entschlossen schienen und mit der Liquidierung von Geiseln drohten. Auch Leconte war von dieser Strategie überzeugt. Gleichwohl hatte er unmittelbar nach dem Anruf des Mannes auf LaBréas Handy angeordnet, dass auf jeden Fall ein Fahrzeug bereitgestellt und entsprechend präpariert wurde. Die Techniker sollten im Wagen ein verstecktes GPS oder ein eingeschaltetes Handy anbringen. Dies war leichter gesagt als getan, denn dafür benötigten die Spezialisten Zeit. Ein Ortungsgerät am Fahrzeug musste so installiert werden, dass der Bankräuber es auf keinen Fall entdecken konnte.

LaBréas Handy klingelte. War das der Geiselnehmer? Auf dem Display erkannte LaBréa die Nummer seines Vorgesetzten Roland Thibon. Er beschloss, das Gespräch nicht anzunehmen und ließ das Gerät klingeln, bis sich die Mailbox einschaltete. Er ahnte, warum Thibon ihn anrief, und er wusste, dass sein Verhalten Konsequenzen nach sich ziehen würde. Aber hier stand das Leben seiner Freundin und das seines ungeborenen Kindes auf dem Spiel. Dafür war LaBréa bereit, jede Konsequenz auf sich zu nehmen. Sein Vorgesetzter hinterließ eine längere Nachricht auf der Mailbox, doch LaBréa hörte sie nicht ab. Sobald seine Leitung wieder frei war, wählte er Francks Nummer am Quai des Orfèvres.

»Hat der Schöngeist Sie schon erreicht, Chef?«, fragte Franck sogleich. »Er dreht hier fast durch.«

»Er hat's vergeblich versucht, Franck.«

»Irgendwas Neues aus der Bank?«

»Alles unverändert.« In knappen Worten schilderte LaBréa, was sich inzwischen zugetragen hatte.

»Und Leconte? Was hat er vor?«

»Er spielt auf Zeit.«

»Das könnte ein Riesenfehler sein, Chef.«

»Es ist die übliche Vorgehensweise, um den Täter mürbe zu machen und zu Fehlern zu zwingen, die ein rasches Eingreifen erlauben. Man kann den Kerl nicht einfach so abziehen lassen. Womöglich mit einer Geisel im Gepäck.« Es sollte cool und beiläufig klingen, was nicht recht gelang. LaBréa wechselte das Thema. »Wie läuft es bei euch?«, wollte er wissen.

»Keine Spur ins Drogenmilieu. Luc Chambon stammt aus Marseille, ist seit einem knappen Jahr in Paris gemeldet. Keine Krankenversicherung, keine Sozialversicherungsnummer. Der Mann hatte keinen regulären Job.«

»War noch jemand unter seiner Adresse gemeldet?«

»Nein.«

»Was ist mit Fingerabdrücken?«

»Die Jungs von der Spurensicherung waren diesmal besonders fix. In der ganzen Bude gab's Fingerabdrücke von Chambon, im Bad obendrein welche von einer weiteren Person. Aber Fehlanzeige in allen Datenbanken. Keine Registrierung der Abdrücke. Und noch was, Chef: Corinne hat doch noch die Patronenhülse der Tatwaffe gefunden. Sie war in eine Ritze im Fußbodens gerutscht. Damit ist es jetzt amtlich: Das Kaliber der Waffe ist .45 ACP. Und die Waffe ist tatsächlich eine Glock 21, wie ich vermutet hatte.« Der letzte Satz klang stolz.

»Glückwunsch, Franck, für Ihren guten Riecher.«

»Danke, Chef.«

»Sonst noch was?«

»Jean-Marc hat die Klamotten durchsucht. Nichts. Claudine kümmert sich im Moment um das Handy.«

»Ihr habt ein Handy gefunden?«, fragte LaBréa erstaunt.

»Ach so, das können Sie ja nicht wissen. Claudine hat es im Klo unter einem Haufen Schmutzwäsche entdeckt, nachdem Sie schon weg waren.«

»Eingeschaltet?«

»Ja, zum Glück.«

»Wenigstens etwas, Franck.«

»Ob es Chambon gehört, wird sich noch rausstellen.«

»Gebt mir Bescheid, wenn ihr irgendwas Neues habt.«

»Machen wir.«

»Eine Bitte, Franck. Hier vor der Bank steht ein schwarzer Motorroller. Eine Vespa GTS 125, glaube ich. Ich geb dir die Zulassungsnummer.« Er nannte Franck die Zahlen. »Finde doch mal raus, wem der Roller gehört.«

»Vielleicht einer der Geiseln in der Bank?«

»Ja, oder dem Bankräuber. Ein Roller ist ein ideales Fluchtfahrzeug, vorausgesetzt, der Überfall klappt rasch und ohne Geiselnahme.«

»Okay, Chef. Ich melde mich wieder.«

Kaum hatte LaBréa sein Handy weggesteckt, packte Véronique ihn am Arm und flüsterte: »Maurice, sieh mal! Die Tür geht auf. Er kommt anscheinend raus!«

Tatsächlich öffnete sich die schwere Eingangstür der Bank. Die Scharfschützen waren in Position. LaBréas Herz klopfte ihm bis zum Hals. Bald würde dieser Alptraum vorbei sein …

Die Tür öffnete sich nur einen Spalt, gerade so viel, dass ein Mensch sich hindurchzwängen konnte. Auf der Straße, inmitten des ganzen Polizeiaufgebots, war es so still, dass man eine Stecknadel hätte fallen hören können.

Doch der Geiselnehmer erschien nicht. Stattdessen wurde rasch ein menschlicher Körper durch den Spalt nach draußen geschoben. Es geschah so schnell und mit solcher Kraft, dass die Polizei völlig überrumpelt wurde.

Es war der Körper einer Frau. War sie tot oder schwer verletzt? Dunkle Blutflecken hatten ihren hellen Pullover durchtränkt. Sie fiel mit dem Kopf zuerst auf den Bürgersteig. Mit einem Knall wurde die Eingangstür wieder geschlossen. Die Scharfschützen hatten keine Chance gehabt, den Eingang zu stürmen und den Geiselnehmer unschädlich zu machen. Dass er es gewesen war, der den Körper ins Freie gestoßen hatte, schien zweifelsfrei. Für einen kurzen Augenblick hatte LaBréa eine Hand mit einem dunklen Handschuh gesehen.

Der Schock war so groß, dass zunächst niemand ein Wort sagte. Véronique schlug sich die Hand vor den Mund und starrte auf die Szenerie. LaBréa kannte die Frau nicht, und eine Welle der Erleichterung durchzog seinen Körper, weil es sich nicht um Céline handelte.

Hinter ihm ertönte die Stimme des Bankdirektors.

»Um Himmels willen«, sagte er beinahe flüsternd. »Das ist Bernadette Gaspard, unsere Kassiererin!«

Guy Thinot spürte seine Hände nicht mehr. Auch die Arme waren inzwischen gänzlich taub geworden. Das Blut staute sich im Körper, die Schläfen klopften. Der Blumenhändler hatte das Gefühl, als könnte sein Kopf jeden Moment platzen. Er war übergewichtig und hatte einen zu hohen Cholesterinspiegel. Vor zwei Jahren meinte sein Arzt, er sei der klassische Schlaganfallkandidat. Deshalb: kein fettes Essen, wenig Alkohol, keine Zigaretten, keine Aufregungen. Nach Möglichkeit Sport treiben. Letzteres war Guy Thinot immer schwergefallen. Das Rauchen hatte er sofort aufgegeben. Obwohl sich sein Alkoholkonsum seit Jahren lediglich auf ein bis zwei Glas Wein zum Mittagessen belief und fettes Essen tabu war, hatte er kaum an Gewicht verloren. Aufregungen gab es bei ihm weder privat noch beruflich. Doch jetzt befand er sich in der Gewalt eines Wahnsinnigen, und sein Adrenalinspiegel war sicher stark erhöht. Die Angst vor weiteren Schmerzen und die Furcht, von dem Maskierten erschossen zu werden, hielten ihn mit eiserner Faust umklammert. Er musste dringend auf die Toilette und fragte sich, wie lange es noch dauern würde, bis ihm dasselbe passierte wie Marguerite Brancard?

Als die Sicherheitsschleuse plötzlich aufging, keimte ein Funken Hoffnung in ihm auf. Würde der Bankräuber das Angebot der Polizei annehmen und die Bank verlassen? Natürlich nicht! Der Maskierte rührte sich nicht, grinste nur und tippte sich mit dem Finger an die Stirn, als die Schleuse sich öffnete. Danach hatte er über das Handy der dunkelhaarigen Frau seine Forderungen an die Polizei gestellt. Wieso ging die Polizei nicht darauf ein und stellte sofort einen Wagen bereit? Wieso riskierten sie das Leben der Geiseln? Guy Thinots kleiner Hoffnungsschimmer erlosch wie ein Zündholz. Eine ohnmächtige Wut stieg in ihm auf und überstrahlte einen Moment seine Schmerzen und seine Todesangst.

Die dunkelhaarige Frau hinter ihm stöhnte. Ihr Mund war halb geöffnet, und immer wieder benetzte sie mit der Zunge ihre Lippen.

Marguerite Brancard lag bewegungslos vor dem Kassencounter. War sie bereits tot? Ein Herzschlag vielleicht? Nein, jetzt vernahm Guy ihr leises Stöhnen.

Mehrere Male klingelte das Telefon auf dem Schreibtisch des Bankangestellten Léo Nadal. Der Bankräuber ignorierte die Anrufe. Er stand bewegungslos an der Wand und wartete. Hin und wieder blickte er auf seine Uhr.

Von draußen ertönte wieder die Stimme durch das Megafon.

»Wenn Sie nicht ans Telefon gehen, Monsieur, muss ich es Ihnen auf diese Weise sagen. Der Wagen, den Sie angefordert haben, ist bereits unterwegs. Aber da es mehrere Verkehrsstaus in der Stadt gibt, verzögert sich seine Ankunft noch etwas. Ich rufe Sie jetzt nochmals an. Bitte nehmen Sie den Hörer ab!«

Kurz darauf läutete erneut das Telefon. Doch auch diesmal ignorierte der Mann es.

Dann plötzlich schien er einen Entschluss zu fassen. Mit der Pistole in der rechten Hand marschierte er zu der toten Kassiererin, riss mit der linken Hand ihren Körper hoch und schleifte ihn durch die geöffnete Schleuse zur Eingangstür. Unter Schmerzen veränderte Guy leicht seine Lage, um das Geschehen weiter zu beobachten. Er ahnte, was der Mann vorhatte. Sein Herz klopfte zum Zerspringen. Das konnte der Moment sein! Wenn der Kerl die Eingangstür öffnete, um die Leiche nach draußen zu stoßen, dann konnten sie ihn doch überwältigen!

Jetzt hatte der Mann die Schleuse verlassen und befand sich mit der toten Kassiererin direkt vor der Eingangstür. Er holte einen Schlüssel aus der Hosentasche und steckte ihn behutsam ins Türschloss.

Die Sicherheitsschleuse!, dachte der Blumenhändler. Jetzt müsste sie sich einfach nur schließen, und der Maskierte könnte nicht mehr zurück in den Schalterraum! Die Schleuse war vermutlich durch die Polizei geöffnet worden. Die wussten also, wie man den Mechanismus von außen betätigt! Aber sie konnten nicht ahnen, dass der Gangster soeben an die Eingangstür trat und damit in der Falle saß, wenn sie ihm dem Weg zurück in den Schalterraum versperrten. Nein, die Schleuse würde sich nicht schließen, und der schreckliche Alptraum ging vorerst weiter. Die Verzweiflung über diese Erkenntnis traf ihn mit aller Wucht.

Was als Nächstes passierte, ging so schnell, dass Guy es kaum mitbekam. Der Mann hatte den Leichnam der Kassiererin nach draußen befördert und die Tür sofort danach wieder abgeschlossen. Mit der Pistole im Anschlag kam er durch die Sicherheitsschleuse zurück, blieb kurz stehen und sagte mit eisiger Stimme: »So. Damit auch die Bullen da draußen kapieren, dass ich es ernst meine.« Er nahm das Handy der dunkelhaarigen Frau aus seiner Hosentasche und machte sich daran zu schaffen. Tippte er eine Nummer ein? Schrieb er eine SMS? In jedem Fall konnte das nur bedeuten, dass er jetzt doch Kontakt mit der Polizei aufnahm.

Der Schweiß, der unentwegt über Guy Thinots Gesicht rann, hatte dunkle Flecken auf dem Fußboden hinterlassen. Er schob sein wie von tausend Bienenstichen brennendes Gesicht weiter nach rechts, auf eine kühle Stelle des Steinfußbodens. Resigniert schloss der Blumenhändler die Augen. Wie spät mochte es sein? Wie würde es weitergehen? Er dachte an seine Frau Betty und fragte sich, ob er sie wohl je im Leben wiedersehen würde.

Zwei Polizisten des SEK bargen den Leichnam der Kassiererin Bernadette Gaspard und zogen ihn seitlich auf den Bürgersteig. Capitaine Leconte rannte zu der Stelle, genau wie LaBréa und ein Notarzt der SAMU. Vor zehn Minuten hatte Leconte mehrere Krankenwagen angefordert, die auf dem Bürgersteig des Boulevard in einiger Entfernung zur Bank parkten. Der Notarzt legte seine Hand an die Halsschlagader der Kassiererin und schüttelte den Kopf. Auch ohne diese Bestätigung hatte LaBréa sofort erkannt, dass diese Frau tot war. Ein Schuss mitten in die Brust. Das Blut auf dem Pullover und der Jeans war bereits angetrocknet.

Er blickte in Cédric Lecontes helle Augen. Zum ersten Mal wirkten sie nicht mehr kühl und distanziert. Die Tatsache, dass der Bankräuber tatsächlich einen Menschen erschossen hatte, hatte ihn sichtlich getroffen und verunsichert. LaBréa packte ihn am Arm.

»Er macht ernst, Leconte! Sie müssen auf seine Forderung eingehen und sofort den Wagen kommen lassen!«

LaBréas Stimme klang flehentlich. In dem Moment summte sein Handy – eine SMS war eingegangen. Célines Namen stand auf dem Display. Während Leconte das Gerichtsmedizinische Institut anrief und Dr. Foucart anforderte, las LaBréa die Nachricht.

»Er gibt uns noch eine weitere Viertelstunde. Mehr nicht«, sagte er zu Leconte. »Danach will er die nächste Geisel erschießen. Alle Sicherheitskräfte sollen sich sofort zurückziehen.«

Er zeigte Leconte die Textnachricht und beobachtete ihn scharf. Was würde er jetzt tun? Der Capitaine schien einen Moment lang unentschlossen. Dann sagte er mit leiser Stimme: »Okay. Wir haben keine andere Wahl. Vielleicht ergibt sich eine Chance, wenn er die Bank verlässt.«

»Die verlässt er nur mit einer Geisel; was anderes kann ich mir nicht vorstellen.«

»Das ist zu befürchten. Aber warten wir's ab. Meine Scharfschützen sind sehr gut. Das dürften Sie doch wissen, LaBréa.«

Im letzten Jahr hatte einer von ihnen bei der Erstürmung der Wohnung des Concierge Monsieur Hugo den Bastille-Killer zur Strecke gebracht. Doch hier herrschten andere Umstände. Der Unbekannte würde eine der Geiseln als Schutzschild benutzen, um in den Wagen zu gelangen. Ein gezielter Schuss würde immer auch die Geisel gefährden. War Leconte jemand, der das in Kauf nahm?

Véronique Andrieu hatte sich jetzt zu ihnen gesellt. Beim Anblick der erschossenen Kassiererin schüttelte sie den Kopf.

»Ich fürchte, ich kann hier nicht viel tun, Maurice. Der Mann will nicht verhandeln.«

»Trotzdem – deine Einschätzung, Véronique?«

»Wie ich schon sagte: Er steht unter höchstem Stress, dennoch plant er anscheinend eiskalt seine Vorgehensweise. Er fühlt sich stark und unbezwingbar. Er wagt es sogar, die Eingangstür einen Spalt zu öffnen, und geht das Risiko ein, dass ein gezielter Schuss ihn unschädlich macht.«

»Vielleicht ist er ja doch nicht allein und hat einen Komplizen?«, warf Capitaine Leconte ein.

»Das halte ich für völlig ausgeschlossen«, bemerkte LaBréa. »Seine Sprache verrät ihn. *Ich will einen Wagen … ich gebe euch noch eine Viertelstunde* … und so weiter. Der Mann ist definitiv allein.«

»Vermutlich. Und weil er sich stark fühlt, wird er nicht weiter verhandeln«, fügte Véronique hinzu. »Er will den Wagen, das ist seine einzige Chance, und die will er unbedingt nutzen.«

»Der Wagen ist unterwegs, Madame Andrieu.«

»Falls er mit einer Geisel rauskommt, wovon wir ausgehen müssen, könnte ich mich zum Austausch für die Geisel anbieten.« Véronique ließ ihre Worte einen Moment nachwirken. »Vielleicht geht er darauf ein. Dann hätte ich vielleicht eine Chance, das Gespräch mit ihm zu suchen.«

»Wenn er seine Sache unbedingt durchziehen will, wird er sich von dir nicht überreden lassen, aufzugeben!«

»Kommt darauf an, Maurice. In meinem Job hat man bestimmte Techniken, an einen Menschen heranzukommen und seine Handlungen einzuschätzen.«

»Das kann ich nicht verantworten!« Leconte klang entschieden.

»Wieso nicht? Ich habe in den USA eine entsprechende Ausbildung genossen«, entgegnete Véronique ruhig. »In Quantico waren wir mit so was vertraut. Und nicht nur rein theoretisch, Capitaine Leconte.«

LaBréa schaltete sich erneut ein.

»Ich halte das auch für keine gute Idee, Véronique. Es wäre besser, wenn *ich* mich zum Austausch für die Geisel anbiete. Schon deshalb, weil du einem Mann körperlich unterlegen bist.«

»Du? Dich kennt er doch irgendwoher! Wenn der Typ noch eine Rechnung mit dir offen hat, geht die Sache mit Sicherheit schief.«

»Wie auch immer.« Leconte schickte sich zum Gehen an. »Wer weiß, wie es gleich weitergeht. Dann kann immer noch entschieden werden, ob sich jemand zum Austausch anbietet und wer.«

LaBréa widersprach.

»Nein, Capitaine, das kann sich nicht erst entscheiden, wenn er die Bank verlässt. Wir müssen uns *jetzt* darüber klar werden, wer sich anbietet, sofern sich die Gelegenheit ergeben sollte.«

»Sie auf jeden Fall nicht, LaBréa. Da gebe ich Madame Andrieu Recht – das Risiko ist zu groß.« Er blickte Véronique einen Moment prüfend an. »Ich ändere meine Meinung. Wenn es dazu kommt, machen Sie es, Madame. Aber auf eigenes Risiko!«

»So was geht immer auf eigenes Risiko, Monsieur Leconte.«

In diesem Moment fing es wieder an zu regnen. Sanitäter aus einem der Krankenwagen deckten Bernadette Gaspards Leichnam rasch mit einer Plane ab und schafften ihn vorsichtig in eine nahe gelegene Tordurchfahrt.

# 10. KAPITEL

Zeit und Raum flossen ineinander, und Christian Chatel schlüpfte in seine Gedankenwelt wie in eine zweite Haut. Seit einigen Minuten befand er sich in einer Art Trancezustand. Um die Schmerzen an seinen Handgelenken und das unerträgliche Ziehen in Schultern und Rücken ertragen zu können, hatte er sich selbst in Hypnose versetzt. Er beherrschte diese Technik seit vielen Jahren, und in Stresssituationen war sie stets sehr hilfreich gewesen. Sich aus dem realen Geschehen, einer Situation oder einem Problem ausklinken. Sich ein neues, eigenes Umfeld schaffen. Die Augen schließen. Tief ein- und ausatmen. Eine formelhafte Suggestion erfinden: Ich sitze in meinem Arbeitszimmer am Schreibtisch. Draußen zeigt sich ein sonniger, klarer Tag. Schwalben durchschneiden das Stück dunkelblauen Himmel vor meinem Fenster. Es ist eine ruhige, friedliche Stimmung. Ein angenehmes, beinahe euphorisches Gefühl durchströmt meinen Körper. Meine Gedanken sind klar. Ich kann sie schicken, wohin ich will, und ihre Ziele lenken. Ich bin eins mit mir, ruhe vollständig in mir. Auf dem Bildschirm meines Laptops ein leeres Word-Dokument, der Beginn eines neuen Romans. Die erste jungfräuliche Seite wartet darauf, dass ich sie mit meiner Fantasie fülle. Titel meines neuen Romans: »Das kalte Licht über der Stadt«. *Die Hauptgestalt, ein junger Mann namens Benoît, ist gerade fertig mit dem Studium und wird in wenigen Tagen seine erste Stelle als Grundschullehrer antreten. Mit seiner Freundin Joséphine, die noch studiert, lebt er in einer kleinen Wohnung in der Rue Bergère. Die beiden sind ein glückliches Paar, obwohl oder vielleicht gerade weil ein schreckliches Ereignis sie zusammengeführt hat. An jenem Tag im Mai des vergangenen Jahres warteten beide auf die Métro Richtung Bastille, als ein Selbstmörder sich vor einen einfahrenden Zug warf. Als Zeugen, die von der Polizei zum Hergang des Geschehens vernommen wurden, warteten sie auf dem stickigen Flur des Kommissariats. So hatte der Tod eines anderen ihnen eine gemeinsame Zukunft beschert.*

*Eines späten Vormittags geht Joséphine zu ihrer Bank, um etwas Geld abzuheben. Danach haben sie und Benoît sich zum Mittagessen beim Thailänder verabredet. Doch Joséphine kommt nicht. Benoît wartet eine halbe Stunde, eine Stunde. Er versucht, sie über ihr Handy zu erreichen. Es ist ausgeschaltet. Ohne etwas gegessen zu haben, verlässt er das Restaurant. Vielleicht musste Joséphine aus irgendeinem Grund nach Hause? Eine Unpässlichkeit, ein plötzlicher Schwächeanfall? Doch in der gemeinsamen Wohnung ist sie nicht. Benoît ruft ihre Eltern an, ihre Studienkollegin, mit der sie ein*

*Referat vorbereitet. Nichts. Joséphine scheint spurlos verschwunden zu sein. Der erste Anruf bei der Polizei gegen drei Uhr am Nachmittag führt keinen Schritt weiter. Für eine Vermisstenanzeige ist es noch zu früh. Der Polizist auf dem Kommissariat fragt: Wer weiß, wo sich Ihre Freundin rumtreibt? Er meint es scherzhaft, doch es klingt anzüglich, und Benoît legt auf. Ruft in den Krankenhäusern der Stadt an. Vielleicht hatte sie einen Unfall und ist verletzt? Doch sie wurde nirgendwo eingeliefert. Kurz vor sieben meldet Benoît sich erneut bei der Polizei. Immer noch wollen sie nichts unternehmen. Seine Angst um Joséphine wird zunehmend größer. Um sie in den Griff zu bekommen, kippt er zwei doppelte Whisky pur herunter. Dann schaltet er den Fernsehapparat an und erfährt in den Nachrichten, dass in einer Bank im 9. Arrondissement zu Mittag ein Überfall mit Geiselnahme stattgefunden hat. Bis jetzt ist es der Polizei nicht gelungen, die Sache zu Ende zu bringen. Es ist die Bank, bei der Joséphine Kundin ist …*

Tief ein- und ausatmen. Am blauen Himmel vor meinem Fenster schwebt eine Schäfchenwolke vorbei. Überlegen, wie diese Geschichte weitergehen könnte. Die Polizei wird auf der ganzen Linie versagen, und Benoît wird derjenige sein, der am Ende der Held ist … Tief ein- und ausatmen, die Augen geschlossen halten. Die Geschichte ist gut, das könnte ein tolles Buch werden! Den Blick wieder senken auf die Tastatur des Laptops.

Entscheidend ist immer der erste Satz, nachdem man im Schreiben eine Pause gemacht und überlegt hat.

*Die Abenddämmerung tauchte die Straße und die Gebäude rund um die Bank in ein kaltes Licht …*

»He, willst du hier einpennen, oder was?« Eine bellende Stimme an Christian Chatels Ohr riss ihn aus seinem Trancezustand und der Fortsetzung der Story, in die er eingetaucht war. Gleich darauf verspürte Christian einen Tritt in die Seite, der ihm sekundenlang die Luft raubte. Der Schmerz war so stark, dass ihm ganz schwarz vor Augen wurde. Der Maskierte hatte voll die Leber erwischt. Er zwang sich, ruhig zu atmen, und öffnete die Augen. Das Erste, was ihm auffiel, war das Fehlen des Leichnams von Bernadette Gaspard. Was hatte der Geiselnehmer damit gemacht? Jetzt erinnerte sich Christian: Er hatte die tote Kassiererin durch den Schalterraum zur Eingangstür geschleift und sie den Bullen vor die Füße geworfen. Das war kurz bevor Christian mit der Selbsthypnose begonnen hatte, während der er die wunderbare Idee zu einem Roman entwickelt hatte. Ein Buch, das auf eigenen Erlebnissen beruhte! Also authentisch war. Wenn er die Geiselnahme in dieser Bank überlebte, würde Christian das Geschehen zu einem neuen Kriminalroman verarbeiten. Das wäre dann vielleicht endlich sein Durchbruch als Autor. Bei diesem Gedanken durchströmte ihn eine Welle von Euphorie und ließ ihn seine Schmerzen und die missliche Lage, in der er sich befand, für einen Moment vergessen. Hellwach musste er jetzt sein, damit er kein Detail verpasste! Alles, was in dieser Bank noch geschah, wäre ja Vorlage für seine Geschichte. Christians Herz schlug noch heftiger, doch nicht aus Angst und Verzweiflung. Mit seinem Plan, das eigene Erleben in der Bank literarisch zu verarbeiten, hatte er für sich einen Rettungsanker gefunden. An den würde er sich klammern, egal, was noch geschah.

Mit der Pistole in der Hand stand der Geiselnehmer inzwischen wieder an einem der Fenster und spähte vorsichtig durch die Seitenjalousie nach draußen. Anscheinend war er zufrieden mit dem, was er sah, denn er nickte heftig und grinste. Er ging rasch in die Mitte des Raumes, zog das Handy der dunkelhaarigen Frau aus der Hosentasche und drückte eine Kurzwahltaste. Rief er diesen Commissaire LaBréa an? Hatte die Polizei tatsächlich den Wagen, den der Maskierte angefordert hatte, bereitgestellt? Laut und deutlich war seine Stimme zu hören.

»LaBréa? Ich komme jetzt raus. Aber ich warne euch: Wenn ich irgendeinen Bullen oder Scharfschützen sehe, passiert was. Und wenn ich sehe, dass ich verfolgt werde, fließt Blut!« Er drückte das Gespräch weg und ließ das Handy auf den Boden fallen. Mit seinen schweren Doc-Martens-Stiefeln trat er einige Male darauf, bis es vollkommen zerstört war.

Atemlos hatte Christian dem Gespräch gelauscht. Es wurde also ernst, der Maskierte wollte die Bank mit einer Geisel verlassen. Wer würde es sein? In seinem neuen Roman wäre es Joséphine …

Der Geiselnehmer ging zum Kassenbereich und bückte sich, als suchte er etwas. Kurz darauf steckte er etwas in die Hosentasche. Die Patronenhülsen aus seiner Waffe, vermutete Christian. Er war nicht so dumm, sie als Beweisstücke am Tatort zurückzulassen.

Nach wenigen Schritten stand der Maskierte kurz darauf bei der dunkelhaarigen Frau. Diese blickte ihn nicht an. Sie lag auf der Seite, so dass Christian ihr Gesicht sehen konnte. Es war schmerzverzerrt, die Lippen schienen geschwollen, die Haare wirr. Sie röchelte leise.

Unsanft stieß der Geiselnehmer mit der Fußspitze gegen ihren Oberschenkel.

»Kannst du Auto fahren?«, fragte er barsch. Es erfolgte keine Reaktion. »He, du Schlampe, ich hab dich was gefragt! Hast du den Führerschein?« Ein erneuter Tritt gegen ihren Oberschenkel, diesmal etwas heftiger. Die Frau stöhnte auf. Dann sah Christian, wie sie ganz leicht nickte. Der Maskierte bemerkte es offenbar auch. Die Pistole weiterhin in der Hand, drehte er die Frau unsanft auf den Bauch. Dann griff er ihr unter die Achseln und zog sie hoch. Sie konnte nicht stehen, die Beine sackten ihr weg.

»Stell dich nicht so an!«, sagte der Mann ungehalten. Er ließ sie auf den Boden zurückgleiten. Aus einer Seitentasche seiner Cargohose holte er ein Messer, ließ es aufschnappen und schnitt der Frau die Plastikfesseln durch. Ihre Arme rutschten willenlos zur Seite. Nachdem er das Messer rasch wieder eingesteckt hatte, riss er sie erneut nach oben. Sie wirkte benommen. Er schob sie durch den Raum auf einen der Stühle an den Kundentischen.

»Du kannst dich zwei Minuten hinsetzen. Sieh zu, dass du dich in dieser Zeit auf die Reihe bringst! Und dann gehen wir beide raus. Ich kann dir nur raten, keinen Blödsinn zu machen, sonst ...« Er schwenkte seine Pistole hin und her.

Die Frau antwortete nicht, und Christian Chatel konnte nicht erkennen, ob sie vielleicht, genau wie zuvor, kurz genickt hatte.

Der Wagen stand mit der Beifahrerseite dicht an der Eingangstür der Bank, wie es der Geiselnehmer gefordert hatte. Es handelte sich um einen grünen viertürigen Renault Grand Modus, dessen Motor eingeschaltet war. Im Innenraum gab es viel Platz, und die Sicht von allen Seiten war sehr gut, vor allem auch von außen ins Wageninnere. Unter dem enormen Zeitdruck hatten die Techniker fieberhaft überlegt, wo sie ein verstecktes GPS anbringen konnten, und hatten eine Lösung gefunden. Ein entsprechend kleines Gerät mit Batteriebetrieb wurde im Erste-Hilfe-Kasten des Fahrzeuges platziert. Das Gerät wurde in eine dünne Schicht aus sterilen Brandbinden gewickelt, in eine Cellophanhülle geschweißt und wie originalverpackt in den Kasten gelegt, der im

Kofferraum verstaut wurde. Der Akku des GPS war voll aufgeladen und hatte eine Betriebsdauer von mehr als zweiundsiebzig Stunden.

Der Regen, der stärker geworden war, prasselte auf das Dach des Fluchtwagens. Aus dem Auspuff entwich eine dünne, weiße Abgasfahne. Das gesamte Polizeiaufgebot auf der Straße hatte sich zurückgezogen. Nur auf dem Flachdach des an die Bank angrenzenden Gebäudes lagen vier Scharfschützen in Lauerstellung. Zwei künstliche Kaminschlote mit Backsteinoptik, die zur Ausstattung des SEK gehörten, waren auf dem Dach postiert worden und boten den Scharfschützen Deckung. Lediglich wer genauer hinsah und die Örtlichkeit gut genug kannte, bemerkte möglicherweise die Veränderung.

LaBréa, Véronique Andrieu und der Direktor der Bank hatten sich in die Rue des Citeaux postiert, von wo aus man den Eingang der LCL-Bank im Blick hatte. Capitaine Leconte befand sich mit seinen Kollegen wenige Meter von ihnen entfernt auf dem Boulevard Diderot, auf derselben Straßenseite wie die Bank.

Jetzt war es also so weit. LaBréa hatte ein schreckliche Vorahnung. Es war klar, mit wem der Geiselnehmer die Bank verlassen würde. Was wusste der Kerl über Céline? Hatte er sie gezwungen, ihm zu erzählen, in welcher Beziehung sie zu LaBréa stand? Das konnte fatale Folgen für sie haben. Die ganze Zeit über hatte LaBréa fieberhaft überlegt, ob ihm die Stimme des Mannes bekannt vorkam. Er fand keine Antwort. Gerade an die

Stimme eines Menschen erinnerte sich LaBréa normalerweise noch nach vielen Jahren. Doch hier – er fand keinen Hinweis. Er hätte schwören können, dass er die Stimme des Geiselnehmers heute zum ersten Mal in seinem Leben gehört hatte.

Der Regen wurde immer stärker. Tief hingen die Wolken, und es war so dunkel, als bräche jeden Moment die Abenddämmerung herein. Dabei war es erst Viertel vor zwei am Nachmittag. Es kam LaBréa wie eine Ewigkeit vor, seit er mit dem jungen Taxifahrer aus der Rue de la Colombe gekommen war.

Wie gebannt starrte er auf den Eingang der Bank. Die Sicht auf die Tür war durch den dicht davor parkenden Wagen verstellt.

Jetzt klingelte LaBréas Handy. Hatte der Geiselnehmer seinen Plan geändert? Stellte er weitere Forderungen? LaBréas Hand zitterte, als er das Gerät aus der Hosentasche fingerte.

Doch auf dem Display sah er die Nummer von Franck. Dieser Anruf kam im ungünstigsten Moment. Rasch drückte er die Empfangstaste.

»Jetzt ist es ganz schlecht, Franck. Die Sache hier spitzt sich zu. Der Kerl wird jeden Moment die Bank verlassen und in den Fluchtwagen steigen.«

»Wenn's nicht dringend wäre, würde ich Sie nicht anrufen, Chef. Der Motorroller, der vor der Bank geparkt ist, wurde heute Morgen als gestohlen gemeldet. Vielleicht gehört er dem Typen, der die Bank überfallen hat?«

LaBréa hörte nur mit halbem Ohr zu.

»Ja, gut möglich, Franck. Im Augenblick ist das aber nebensächlich. Ich muss Schluss machen, Franck.« Er drückte das Gespräch weg, steckte das Handy rasch ein und spähte angestrengt Richtung Bank.

Jetzt gab es eine Bewegung an der Eingangstür. Durch den dicht fallenden Regen war es schwer, Genaueres zu erkennen. Dennoch sah LaBréa, wie sich die Eingangstür öffnete und eine Frau, der man eine Waffe an den Kopf hielt, vom Geiselnehmer durch die Beifahrertür auf den Fahrersitz gestoßen wurde.

»Ich hab's gewusst«, flüsterte er. »Es war klar, dass er Céline und keine andere nehmen würde.«

Véronique Andrieu zog ein kleines Fernglas aus der Tasche ihres Regenmantels und richtete es auf den Wagen.

»Ja, es ist Céline. Verdammt nochmal! Es tut mir leid, Maurice.«

LaBréa riss ihr das Fernglas aus der Hand und blickte hindurch. Céline saß am Steuer des Wagens, der soeben losfuhr. Die Gestalt auf dem Beifahrersitz war nicht genau zu erkennen. LaBréa begriff nur, dass der Mann groß war und dunkle Kleidung trug. LaBréa konnte nicht sagen, ob er ihn schon einmal gesehen hatte. Das Bild wurde unscharf. Der Wagen wendete rasch und brauste Richtung Place de la Nation davon. Die Scharfschützen auf dem Flachdach des Nebengebäudes hatten nicht die geringste Chance gehabt, den Geiselnehmer auszuschalten.

LaBréa packte Véronique unsanft am Arm.

»Wo steht dein Wagen?«

»Gleich hier in der Straße. Einer von Lecontes Leuten hat ihn dort geparkt, nachdem ich eingetroffen war.«

»Hast du den Schlüssel?«

»Ja, hab ich.«

»Dann komm!« LaBréa rannte los.

Véronique folgte ihm. Im Laufen rief sie ihm zu: »Leconte hat doch Maßnahmen getroffen, damit der Wagen verfolgt wird, Maurice.«

»Ja, aber ich nehme die Dinge lieber selbst in die Hand! Mit Leconte bleiben wir übers Telefon in Verbindung.«

Kurze Zeit später saß LaBréa am Steuer von Véroniques schnellem BMW-Coupé. Es regnete so stark, dass die Scheibenwischer die Wassermassen kaum bewältigen konnten. Als der BMW in den Kreisverkehr der Place de la Nation einbog, bemerkte LaBréa den grünen Renault, der soeben in die Avenue de Taillebourg entschwand. Kurz darauf war der Fluchtwagen nicht mehr zu sehen. An der Kreuzung zum Boulevard de Charonne spähte LaBréa unruhig in beide Richtungen.

»Verdammt, er ist weg!« Er schlug mit der Hand aufs Steuer.

»Vielleicht ist er in eine der kleinen Straßen auf der anderen Seite des Boulevards abgebogen«, bemerkte Véronique.

»Ihn da zu finden ist reine Glückssache.« LaBréa bremste am Straßenrand und wählte die Nummer von Capitaine

Leconte, die er gespeichert hatte. Der Chef des SEK meldete sich gleich.

»Haben Sie Kontakt zu dem Wagen, Leconte?«, fragte LaBréa ohne Umschweife.

»Ja, haben wir! Während *Sie* anscheinend den Kontakt verloren haben.«

LaBréa wurde ungeduldig. »Wohin fahren sie?«

»Richtung Périphérique. Sie sind jetzt kurz vor der Porte de Montreuil. Keine Angst, LaBréa. Unsere GPS-Leitstelle hat alles im Griff. Wir kreisen den Wagen von allen Seiten ein und verkürzen den Aktionsradius.«

»Was hat er in der Bank mit ihr gemacht? War sie verletzt? Was haben die anderen Geiseln erzählt?«

»Sie war mit Plastikschnüren gefesselt, wie die anderen auch. Fesseln, wie die Polizei sie benutzt.«

O mein Gott, dachte LaBréa. Plastikfesseln schnitten tief ins Fleisch ein. Im Gegensatz zu Kordeln und Schnüren gaben sie keinen Millimeter nach, wenn man die Hände bewegte.

»Einige Male hat er sie ins Gesicht geschlagen und wohl auch getreten«, fuhr Leconte fort.

»Etwa in den Bauch? Sie ist doch schwanger!« Verzweiflung und ohnmächtige Wut lagen in LaBréa Stimme.

»Wohin er sie getreten hat, konnte niemand genau sagen. Ernsthaft verletzt scheint sie jedenfalls nicht zu sein. Sonst wäre sie nicht in der Lage gewesen, mit ihm die Bank zu verlassen und sich ans Steuer zu setzen.«

Das beruhigte LaBréa nur wenig. Wenn er diesen Kerl jemals in die Finger bekam, schwor er sich, dann würde er mit ihm abrechnen, auf welche Weise auch immer.

»Halten Sie mich bloß auf dem Laufenden, Capitaine!«, sagte er zu Leconte.

»Natürlich, Commissaire! Es steht ja zweifelsfrei fest, dass es Ihre Freundin ist, die er mitgenommen hat. Die anderen Geiseln sind befreit und werden medizinisch versorgt. Ach, noch was: Wir haben die Gesichtsmaske gefunden, die er die ganze Zeit in der Bank trug. Sie lag im Eingangsbereich. Wir lassen sie auf DNA-Spuren untersuchen. Ich melde mich bei Ihnen, LaBréa.«

LaBréa drückte das Gespräch weg und blickte starr geradeaus. Véronique legte ihm kurz die Hand auf den Arm.

»Verlier jetzt nicht die Nerven, Maurice. Ich weiß, das ist leichter gesagt als getan. Aber Leconte und seine Leute sind jederzeit über die Position des Wagens informiert.«

»Der Kerl ist doch nicht blöd. Der kann sich ja an zehn Fingern ausrechnen, dass irgendwo im Fluchtwagen ein GPS versteckt ist.«

Véronique seufzte tief, entgegnete jedoch nichts.

»Céline schwebt in Lebensgefahr, Véronique. Das weißt du ebenso gut wie ich. Er trägt seine Maske nicht mehr, sie kennt jetzt sein Gesicht. Er wird sie nicht am Leben lassen.«

»Ja, aber wir können im Moment nichts tun, rein gar nichts! Willst du nicht in dein Büro fahren und dort abwarten, bis es Neuigkeiten gibt?«

»Bist du verrückt? Da hätte ich keine ruhige Minute. Und außerdem einen hysterischen Chef am Hals, der mir wahrscheinlich mit einem Disziplinarverfahren droht. Nein, wir fahren Richtung Périphérique.« Er reichte Véronique sein Handy. »In drei Minuten rufst du Leconte an, der soll dir die neue Position des Fluchtwagens durchgeben.«

Er drückte aufs Gaspedal, und der BMW schoss davon.

Noch bevor Véronique eine erneute Verbindung zu Capitaine Leconte herstellen konnte, rief dieser selbst auf LaBréas Handy an. Lecontes Stimme klang belegt.

»Wir haben ihn verloren, LaBréa.«

»Was?! Wie konnte das passieren?«

»Er hat den Wagen gewechselt. In der Rue Mendelssohn. Dort haben meine Leute soeben den Renault gefunden. Er hat ihn am Straßenrand abgestellt und ist vermutlich in ein anderes Fahrzeug gestiegen. Wir checken gerade, ob jemand von den Anwohnern seinen Wagen vermisst.«

»Und Céline … Madame Charpentier?«

»Er hat sie vermutlich mitgenommen. Jedenfalls haben wir dort vor Ort keine Spur von ihr.«

»Vielleicht ist er auch zu Fuß weiter und hat irgendwo eine Wohnung, einen Unterschlupf?«

»Wie kämmen die ganze Gegend durch, LaBréa.«

»Madame Andrieu und ich kommen sofort dorthin.«

Als das Gespräch beendet war, meinte Véronique: »Wenn du mich fragst Maurice, hat er die Gegend um die Rue Mendelssohn schon längst verlassen.«

»Also tatsächlich ein zweiter Fluchtwagen?«

»Mit Sicherheit. Der will raus aus der Stadt oder in einen ganz anderen Stadtteil.«

»Und Céline wird er umbringen«, sagte LaBréa tonlos.

## 11. KAPITEL

Wie von weit her hörte sie seine Stimme. Und doch nistete sie sich in ihrem Herzen ein wie eine Krebsgeschwulst. Eine Stimme aus einer Welt, mit der Céline im Lauf ihres fünfunddreißigjährigen Lebens noch nie in Berührung gekommen war. Dieser Mann hatte in Sekundenschnelle ihr Leben verändert. Nichts würde jemals wieder so sein wie zuvor. Auch wenn sie diesen Alptraum überlebte, die Ereignisse wären bis in alle Ewigkeit in ihre Seele gebrannt. Das Geschehen würde sie wieder und wieder verfolgen, in ihren Träumen, in allem, was sie tat. Mütter mit schwerer Traumatisierung übertrugen ihre Angst und ihren Stress auf das ungeborene Leben in ihrem Leib. Das Kind, das Céline gebären würde – falls es überhaupt dazu kam –, wäre ebenso ein Opfer dieser Geiselnahme wie Céline selbst und würde Schäden davontragen, die jetzt noch nicht abzusehen waren. Einen Moment dachte sie an Jenny und die Geiselnahme im letzten Jahr durch den Bastillemörder. Zunächst schien das Mädchen das schreckliche Erlebnis gut zu verarbeiten. In letzter Zeit jedoch klagte sie öfter über Alpträume, in denen ein fremder Mann ihr den Mund zuhielt und sie zu ersticken drohte.

Der Tritt an den Oberschenkel, den der Maskierte ihr verpasst hatte, schmerzte kaum, verglichen mit den Schmerzen an Célines Handgelenken und im gesamten Schulterbereich. Und beinahe mehr noch als jeder körperliche Schmerz, den er ihr bisher zugefügt hatte, machte ihr die Gewalt zu schaffen, die in seiner Stimme und seinen Worten lag.

»He, du Schlampe, ich hab dich was gefragt! Hast du den Führerschein?«

Sie hatte ihre Augen geschlossen. In rasendem Tempo überschlugen sich Celines Gedanken. Mit einem Schlag war ihr klar, was diese Frage bedeutete. Fieberhaft überlegte sie. Sollte sie Nein sagen? Das konnte sie teuer zu stehen kommen. Wer konnte wissen, was er sonst noch vorhatte? So entschlossen und brutal, wie dieser Mann sich bisher gezeigt hatte, bestand die Möglichkeit, dass er die zurückbleibenden Geiseln erschoss und nur die Person am Leben ließ, mit deren Hilfe ihm die Flucht aus der Bank gelang.

Wenn sie die Frage bejahte, setzte sich das Schreckensszenario für Céline weiter fort, doch sie blieb vorerst am Leben. Und das erschien Céline das Wichtigste, für sich selbst und für das Kind, das sie erwartete. Sie neigte leicht den Kopf und gab dem Geiselnehmer damit das entscheidende Zeichen.

Dass sie durch die schmerzhafte Fesselung der Hände und die gekrümmte Körperhaltung schwach und kraftlos sein würde, hatte sie geahnt. Doch dass sie sich überhaupt nicht auf den Beinen halten konnte, erschreckte sie. Ich muss mich zusammenreißen!, sagte sie sich. Sonst stehe ich das nicht durch, unter höchstem Stress einen Fluchtwagen durch die Stadt zu steuern, einen bewaffneten Mann neben mir. Dieser Kerl ist zu allem fähig und wird alles tun, um seinen Plan durchzuziehen. Was auch immer sein Plan sein mag, du musst die kleinste Chance nutzen, die sich dir bietet.

Wie benommen saß sie wenig später auf demselben Drehhocker vor dem Kundentisch, wo sie am Mittag ihre Überweisungsformulare ausgefüllt hatte. Wie hätte sie ahnen können, dass hier ihr weiteres Schicksal entschieden würde? Zur falschen Zeit am falschen Ort, und plötzlich schnappte eine Falle zu. Hätte man, wäre man, könnte doch … All dies waren sinnlose Überlegungen, weil sich die Zufälle des Lebens der Steuerung durch den Menschen entzogen. Das Schicksal eines jeden Einzelnen bestand aus einer Aneinanderreihung von unerklärlichen und willkürlichen Ereignisse, die den Verlauf und die Dauer einer menschlichen Existenz bestimmten.

Céline dachte an LaBréa, der sich draußen vor der Bank befand. Dass er Angst um sie hatte und in Gedanken ständig bei ihr war, spürte sie. In wenigen Minuten würde sie als Geisel dieses wahnsinnigen Mörders die Bank verlassen. Sie würde keine Angst zeigen, keine Schwäche. Sondern sich bemühen, die Situation ein Stück weit in den Griff zu bekommen. Vielleicht das Gespräch mit dem Mann suchen, sehen, wie er reagierte. Darin lag ihre einzige Chance.

Die kleine Ruhepause, die der Geiselnehmer ihr zugebilligt hatte, war vorbei. Aus seinem Rucksack hatte er eine Flasche Wasser geholt und sie ihr auf den Schoß geworfen. In gierigen Zügen trank Céline, dankbar für diese Geste. Sie fühlte sich gestärkt, und der quälende Durst war endlich vorbei. Als er sie vor sich her zur Eingangstür schob und sie den Lauf seiner Pistole in ihrem Rücken spürte, überfiel sie seltsamerweise eine große Ruhe. Sie ging aufrecht und wunderte sich, dass ihr Körper ihr wieder gehorchte. All ihre Sinne waren aufs Höchste geschärft. Der Maskierte öffnete die schwere Eingangstür, legte seinen linken Arm um ihren Oberkörper und presste sie fest an sich. Mit der Rechten hielt er jetzt die Waffe an ihre rechte Schläfe. So gingen sie hinaus.

Draußen regnete es heftig. Céline sah, dass der Fluchtwagen direkt vor dem Eingang geparkt war. In unmittelbarer Nähe befand sich kein Polizist. Wo waren die Scharfschützen? Céline wusste, dass ein gezielter Schuss auf den Mann sie selbst treffen konnte. Sie hoffte inständig, dass niemand den Befehl dazu gab. Wo befand sich Maurice? Ihr Blick irrte auf die andere Straßenseite, doch sie entdeckte LaBréa nicht. Der Wagen versperrte ihr die Sicht.

Dann ging alles sehr schnell.

»Los, mach die Tür auf!«, befahl der Geiselnehmer. Céline öffnete die Beifahrertür des Wagens. Der Mann stieß sie hinein. »Auf den Fahrersitz, na, mach schon!« Sie rutschte über die Mittelkonsole hinters Steuer. Der Mann nahm auf dem Beifahrersitz Platz, die Waffe weiterhin im Anschlag. »Der Motor läuft, fahr los! Aber mit Tempo! Fahr links auf den Boulevard und dann erst mal geradeaus.« Claudine wagte nicht, ihn anzusehen. Aus den Augenwinkeln nahm sie wahr, dass er sich seiner Gesichtsmaske entledigt hatte. Sie wusste, was das bedeutete. Wenn er sie am Leben ließ, konnte sie später der Polizei eine Beschreibung geben. Würde er das riskieren? Céline schob den Gedanken sofort beiseite. Dafür war jetzt keine Zeit. Sie musste sich konzentrieren, hellwach sein. Zeit gewinnen, eine Chance suchen, heil aus der Situation herauszukommen. Überleben. Dazu brauchte sie ihren Verstand und eine gewisse Portion Kaltblütigkeit.

Weder Céline noch der Geiselnehmer waren angeschnallt. Als sie mit Tempo hundert über den Boulevard Diderot Richtung Place de la Nation brauste und dabei auf Anweisung des Geiselnehmers mehrere rote Ampeln überfuhr, zog Céline eine plötzliche Vollbremsung in Erwägung. Während sie selbst darauf vorbereitet war, würde der Mann auf dem Beifahrersitz nach vorn geschleudert werden. Diesen Moment konnte sie nutzen, um das Fahrzeug zu verlassen … Doch die Waffe, die seit Beginn der Fahrt in Höhe ihrer Hüfte auf sie gerichtet war, brachte sie schnell von diesem Gedanken ab. Eine Vollbremsung, bei der er gegen die Windschutzscheibe knallte, würde ihn nicht daran hindern zu schießen, bevor sie den Wagen verlassen hätte.

Céline blickte kurz nach rechts. Der Mann neben ihr hatte ein glatt rasiertes Gesicht und einen dunklen Teint. Jemand aus dem Süden, dachte Céline spontan. Er erschien ihr jung, viel jünger, als sie ihn unter der Gesichtsmaske eingeschätzt hatte. Sie startete einen ersten Versuch.

»Wohin fahren wir überhaupt? Ich kenne die Gegend hier kaum.«

Er drehte den Kopf in ihre Richtung.

»Halt die Schnauze. Konzentrier dich lieber auf den Verkehr! Und geh bloß nicht runter mit dem Tempo! Wir sind gleich an der Place de la Nation. Fahr in den Kreisel rein, und ich sag dir dann, wo du abbiegst.«

Seine Stimme klang nicht mehr ganz so aggressiv wie in der Bank. Erst jetzt fiel ihr auch sein südlicher Akzent auf. Wieso hatte sie das nicht früher bemerkt? Céline drosselte das Tempo ein wenig und fuhr dann zügig in den Kreisverkehr um den großen Platz.

»Und jetzt?«, wollte sie wissen.

»Die übernächste rechts rein.«

Céline bog ab, ohne dass sie durch den dicht fallenden Regen das Straßenschild lesen konnte. Doch sie wusste, wo sie sich befand. In Wahrheit kannte sie nämlich die Gegend hier sehr gut. Gleich begann das 20. Arrondissement. In einer Seitenstraße des Boulevard Davout hatte Céline vor vielen Jahren, als sie nach Paris kam, einige

Zeit gewohnt. Die Mieten dort waren damals billig, inzwischen belief sich der Quadratmeterpreis selbst in weniger attraktiven Arrondissements wie dem zwanzigsten auf bis zu fünfzehn Euro.

Die Avenue führte auf den Boulevard de Charonne.

»Fahr geradeaus, über den Boulevard rüber.«

An der Kreuzung bremste Céline kurz. Von links kam ein Wagen, doch der Mann auf dem Beifahrersitz befahl: »Gib Gas, das schaffst du noch! Von rechts ist frei!«

Céline drückte aufs Gaspedal, und der Wagen schoss wie ein Pfeil über die Straße, gerade noch rechtzeitig, bevor der von links kommende Lieferwagen mit ihnen zusammenstoßen konnte. Im Rückspiegel sah Céline, dass der Lieferwagen stark bremste und auf der regennassen Straße ausbrach. Sie hörte das wütende Hupen des Fahrers, doch schon nach wenigen Metern war sie in der Rue d'Avron. Kurz darauf befahl der Mann Céline, erneut abzubiegen. Sie befanden sich jetzt in einem Gewirr kleiner Straßen.

Wieder richtete sie das Wort an den Geiselnehmer.

»Soll ich nicht lieber langsamer fahren? Das hier ist Wohngebiet, und die Straßen sind eng. Wenn ich einen Unfall baue …«

Der Mann unterbrach sie brüsk.

»Wenn du einen Unfall baust und wir nicht weiterkönnen, knall ich dich ab. Kapiert?« Es klang wieder schärfer, doch Céline entschloss sich dennoch zu einer Antwort.

»Aber wenn ich hier wie eine Wahnsinnige durchrase, fällt das doch auf! Jemand könnte sich die Nummer merken und die Polizei alarmieren. Das wollen Sie doch nicht, oder?«

Der Geiselnehmer schien kurz zu überlegen.

»Meinetwegen. Fahr etwas langsamer. Obwohl ich glaube …« Er beendete den Satz nicht und trommelte nervös mit den Fingern der rechten Hand auf seinen Oberschenkel. Mit der Linken hielt er weiterhin die Waffe auf Céline gerichtet. »Meinst du etwa, ich traue den Bullen?«

Céline stieg auf die Bremse, bis der Tacho Tempo sechzig anzeigte. Wenig später bogen sie in die Rue Mendelssohn ein, eine ruhige Straße mit wenigen Häusern. Bei dem Wetter waren keine Fußgänger unterwegs; auch Autos fuhren hier nicht.

»Da vorn, halt da mal an!«, sagte der Geiselnehmer jetzt wie elektrisiert. »Gleich hinter dem dunkelblauen Wagen!«

Sie bremste und brachte das Fluchtfahrzeug hinter dem blauen Wagen zum Stehen. Es war ein älterer Peugeot, Modell 203, der einzige Wagen auf dieser Straßenseite.

»Stell den Motor ab, und gib mir den Schlüssel.«

Céline tat, wie ihr geheißen. Als der Mann den Schlüssel nahm und die Beifahrertür öffnete, schlug ihr das Herz bis zum Hals. Wollte er jetzt aussteigen? Würde er sie hier zurücklassen, und sie wäre gerettet? Oder würde er sie töten und seine Flucht allein fortsetzen?

Er zielte mit der Waffe genau auf ihren Kopf. Céline schloss die Augen. Es war zu spät. All ihre Anstrengungen waren umsonst gewesen! Ihre mühsam errungene Kraft und Kaltblütigkeit – alles vergeblich. Sie würde hier und jetzt sterben. Wenn es nur schnell geht, dachte sie und hielt unwillkürlich den Atem an.

Marguerite Brancard lag in einem der Krankenwagen. Sie konnte kaum glauben, dass der Alptraum in der Bank beendet war und ein freundlicher junger Arzt beruhigend auf sie einredete, während er ihr ein Schmerzmittel spritzte. Ihre Handgelenke waren wundgescheuert, und der Arzt legte einen Salbenverband an.

Kurz nachdem der Geiselnehmer die Bank verlassen hatte, waren Polizisten und Sanitäter in den Schalterraum gestürmt und hatten ihr sofort die Fesseln aufgeschnitten. Marguerite wurde auf eine Trage gelegt und nach draußen gebracht. Das Erste, was sie dort wahrnahm, waren der heftige Regen und das düstere Licht, das über der Stadt lag. Die Luft roch feucht und herbstlich, in tiefen Zügen atmete Marguerite sie ein. Die Gewissheit, gerettet und am Leben zu sein, drängte für einen Moment die Schmerzen in ihrem Körper zurück. Ein intensives Glücksgefühl durchströmte Marguerite. Sie konnte sich nicht erinnern, wann sie je etwas Ähnliches empfunden hatte. Als sie einen der Sanitäter nach der Uhrzeit fragte, war es bereits halb drei. Zweieinhalb Stunden hatte sie sich in der Gewalt dieses Wahnsinnigen befunden. Und beinahe genauso lange wartete ihre Mutter zu Hause auf sie.

Maman ... Wie von fern schob sich ihr Bild vor Marguerites Auge. Das schmale Gesicht der Mutter mit der grauen, schlaffen Haut und den steilen Falten, ihre gebogene Nase. Der meist verächtlich nach unten gezogene Mund, die Haare, die sich an vielen Stellen bereits lichteten. Die von der Krankheit gezeichneten, steifen Hände, übersät von Altersflecken. Auch ihren Blick, der sich in Marguerites Herz eingebrannt und über all die Jahrzehnte so viel Furcht in ihr ausgelöst hatte, sah Marguerite deutlich vor sich. Doch erstaunt stellte sie fest, dass dieser Blick plötzlich an ihr abglitt wie Wasser von einer öligen Fläche. Sie erkannte Form und Farbe von Mamans Augen, doch was sie ausstrahlten, erreichte Marguerite nicht mehr. Sie hatte sich aus der Umklammerung dieses Blickes gelöst und so die Fesseln ihrer Seele gesprengt. Fesseln, die weit schlimmer gewesen waren als die, die der Geiselnehmer ihr angelegt hatte. Diese Erkenntnis traf sie mit voller Wucht und löste ein überwältigendes Gefühl von Freiheit in ihr aus. In diesem Moment, aus einer tödlichen Situation gerettet und in der Obhut eines Arztes, fiel das alte Leben von Marguerite ab wie eine überflüssige Haut, derer man sich entledigt, wenn man sie nicht mehr braucht.

Jetzt beugte sich ein Mann in den Krankenwagen.

»Ich bin Capitaine Leconte«, sagte er. »Wie fühlen Sie sich, Madame Brancard?«

»Danke, es geht schon wieder, Monsieur.« Ihre Stimme klang noch schwach, doch ein zaghaftes Lächeln umspielte ihre Lippen.

»Ich kann vorläufig auf Ihre Aussage verzichten. Von den anderen, die mit Ihnen in der Bank waren, habe ich schon alles Wichtige erfahren. Sie können aber mit unserer Psychologin reden, falls Sie das möchten. Wenn Sie wollen, dürfen Sie auch gleich nach Hause gehen. Ihre Personalien haben wir ja.«

Marguerite nickte. »Ich möchte lieber nach Hause gehen.«

»Ruhen Sie sich erst noch eine halbe Stunde hier aus«, meinte der Arzt. »Sie stehen unter Schock, auch wenn Ihnen das selbst nicht so bewusst ist. Und wenn Sie dann gehen, sollte Sie jemand begleiten. Haben Sie Angehörige?«

Marguerite nickte vage, lenkte aber gleich ab. »Ich hätte eine Frage, Docteur. Wer kann mir sagen, wie man ein gutes Pflegeheim findet?«

»Ein Pflegeheim?« Der Arzt tauschte einen erstaunten Blick mit dem Polizisten. »Sie wollen in ein Pflegeheim?«

»Nein, ich nicht!« Sie räusperte sich. »Eine Angehörige. Ich müsste mich da mit jemandem beraten.«

»Normalerweise geben die Krankenkassen darüber Auskunft. Da sagt man Ihnen auch, welche Kosten übernommen werden.«

Marguerite nickte. Nachher, wenn sie zu Hause für Maman das Mittagessen zubereitet hatte, würde sie sich mit dem Telefon in die Küche zurückziehen und die Krankenkasse anrufen. Maman war gut versichert. Jetzt galt es, einen Heimplatz für sie zu finden und ein neues Leben zu beginnen. Dass sie die Kraft dazu haben würde, dessen war sich Marguerite Brancard sicher.

Der Blumenhändler Guy Thinot hatte sich noch nie in seinem Leben so kraftlos und schwach gefühlt. Als die Polizei ihn von seinen Fesseln befreite, überwältigte ihn zunächst die Erleichterung darüber, dass er noch am Leben war. Körperlich jedoch empfand er seinen Zustand als bedenklich. Abgesehen von den Scheuerwunden an den Handgelenken und den starken Verkrampfungen im Nacken- und Rückenbereich quälten ihn unerträgliche Kopfschmerzen, Schwindel und Sehstörungen. Seine Schläfen pochten, und sein rechtes Bein zeigte Lähmungserscheinungen. Er erinnerte sich an die Warnung seines Arztes: Wenn diese Anzeichen auftreten, müssen Sie sofort in ein Krankenhaus! Er schilderte den Sanitätern, die ihn aus der Bank führten, seine Beschwerden und gab ihnen Name und Adresse seiner Frau. Dann, noch bevor er den Krankenwagen erreichte, brach er plötzlich zusammen. Nach einer raschen Notversorgung wurde er mit Verdacht auf Schlaganfall ins Krankenhaus St. Antoine gebracht. Ein Ärzteteam bemühte sich, sein Leben zu retten. Umsonst. Eine Stunde später starb Guy Thinot an akutem Herzversagen.

Nachdem der Notarzt seine Handgelenke behandelt und verbunden hatte, war Christian Chatel vom Leiter des SEK in eines der Polizeifahrzeuge gebeten und nach den Geschehnissen in der Bank befragt worden. Christian erinnerte sich an viele Details und gab eine genaue Beschreibung des Geiselnehmers. Er schilderte, wie der Banküberfall abgelaufen war und was sich zugetragen hatte, bevor der Maskierte mit der dunkelhaarigen Frau die Bank verlassen hatte.

»Hat er irgendwas gesagt, aus dem man schließen könnte, wohin er wollte?«, fragte Capitaine Leconte ihn.

»Nein, nichts dergleichen. Zuerst wollte er wissen, ob die Frau den Führerschein hat. Dann hat er ihr die Fesseln aufgeschnitten und ihr eine Flasche Volvic gegeben, aus der sie getrunken hat. Sie durfte sich kurz ausruhen, weil sie total schwach auf den Beinen war. Dann ist er mit ihr raus.« Christian neigte sich vor. »Haben Sie den Kerl inzwischen gestellt? Ist die Frau in Sicherheit?«

Christian wollte das weniger aus Besorgnis um die Geisel wissen denn aus reinem Kalkül. Er brauchte Material für seinen Roman, und die anderen Geiseln interessierten ihn nur noch im Hinblick darauf. Zu seinem Pech überhörte der SEK-Mann jedoch seine Frage und wechselte das Thema.

»Wir haben hier vor Ort auch eine psychologische Betreuung«, sagte er. »Das sind Spezialisten, die haben Erfahrung mit Geiselnahmen und traumatisierten Opfern.«

»Ich bin nicht traumatisiert, Capitaine.«

Der SEK-Mann nickte. »Ja, mag sein, dass Sie das im Moment so empfinden. Aber das, was Sie erlebt haben, kann heftige Nachwirkungen haben. Die kommen meistens mit Verzögerung, und da wäre es gut, wenn Sie vorbeugen.«

»Danke, aber das ist wirklich überflüssig. Ich möchte so schnell wie möglich nach Hause. Ich muss arbeiten.«

»Arbeiten? Überschätzen Sie da nicht Ihre Kräfte, Monsieur? Ich an Ihrer Stelle …«

Christian unterbrach ihn und grinste. »Sie sind aber nicht an meiner Stelle, Monsieur. Wenn Sie noch Fragen haben, wissen Sie ja, wie Sie mich erreichen können. Ach, und noch was: Zahlt die Bank uns Opfern eigentlich eine Entschädigung? Die müssten doch für solche Fälle versichert sein.«

»Klären Sie das bitte direkt mit der Bank.«

»Das mach ich.«

Er gab dem Polizisten die Hand und verließ den Wagen. Immer noch war der Straßenabschnitt abgesperrt. Christian sah, wie Mitglieder eines Spurensicherungsteams die Bank betraten und wieder verließen. Einer der Krankenwagen, die in der Nähe der Bank standen, fuhr gerade mit Blaulicht und Sirene davon. Von einer Sanitäterin erfuhr Christian, dass der bärtige Mann, der während der Geiselnahme schräg vor ihm auf dem Boden gelegen hatte, zusammengebrochen war.

»Und die alte Frau?«, wollte Christian wissen.

»So alt ist sie gar nicht«, erwiderte die Sanitäterin und legte den Kopf schief. »Gerade mal Ende fünfzig. Der Arzt möchte sie noch einen Moment dabehalten, aber eigentlich will sie sofort nach Hause. Genau wie Sie.«

Voller Elan machte sich Christian auf den Weg zu seiner Wohnung. Der Thailänder an der Ecke hatte um diese Zeit schon geschlossen. Doch unterwegs gab es einen Schnellimbiss, und mit einem Croque Monsieur oder Hotdog konnte Christian sich genauso gut stärken.

Zu Hause, in seinem Arbeitszimmer, gab es zwar keinen Ausblick auf ein Stück dunkelblauen Himmel mit vorbeifliegenden Tauben wie in seiner Selbsthypnose. Doch es gab einen Laptop. Und der wartete darauf, dass Christian den ersten Satz seines neuen Krimis schrieb. »Das kalte Licht über der Stadt«. Schon der Titel schien so vielversprechend, dass Christian es kaum abwarten konnte, sich in die Arbeit zu stürzen.

# ZWEITER TEIL

# 12. KAPITEL

Ich hab alles gesehen.« Der Mann rieb sich mit der Hand über das unrasierte Kinn. LaBréa bemerkte die schmutzigen Fingernägel und roch seine Ausdünstungen, ein Gemisch aus Schnapsfahne, Schweiß und ungelüfteten Kleidern. Er mochte Mitte bis Ende fünfzig sein. Das teigige Gesicht und die verquollenen, glasigen Augen ließen darauf schließen, dass dieser Mann vermutlich ein Alkoholproblem hatte. Er hieß François Odilon, und seine Wohnung befand sich in der Rue Mendelssohn. Von dort aus hatte er das Geschehen auf der Straße beobachten können. Jetzt stand François Odilon mit LaBréa in der Nähe des zurückgelassenen Fluchtfahrzeugs, das von den Technikern der Spurensicherung untersucht wurde. Der Regen hatte nachgelassen, und ein kalter Wind war aufgekommen. Odilons verfetteter Hund, eine undefinierbare Promenadenmischung, ließ seine Blicke zwischen LaBréa und seinem Herrchen hin und her schweifen, als verfolgte er aufmerksam deren Gespräch.

»Standen Sie zufällig am Fenster, oder hatten Sie ein Geräusch auf der Straße gehört?«, wollte LaBréa wissen.

»Ich hab gehört, dass ein Wagen angefahren kam. In unserer Straße ist kaum Verkehr, deshalb fiel's mir auf.«

»Und da wurden Sie neugierig.«

»Neugierig nicht direkt.« François Odilon schniefte und zog an seinen Pullover, der sich viel zu eng über seinem stattlichen Bauch spannte. »Aber hier in der Straße ist selten was los. Da will man dann schon sehen, was draußen läuft.«

»Verstehe, Monsieur.« Nur mit Mühe zügelte LaBréa seine Ungeduld. »Erzählen Sie der Reihe nach, was los war. Aber möglichst kurz und knapp.«

»Also, erst mal hab ich mich gewundert, dass die alte Kiste immer noch hier steht.«

»Sie meinen den Peugeot.«

»Genau. Ihren Kollegen hab ich vorhin erzählt, um was für ein Modell es sich dabei handelt. Marke Methusalem.« Eine verächtliche Geste seiner Hand unterstrich seine Worte. »Die Kiste gehört Jeff Cartier. Aber das wissen Sie ja bereits.«

LaBréa nickte schnell. Mit Jeff Cartier hatte er gesprochen, bevor er sich dem Augenzeugen zuwandte. Der Mann war außer sich, dass sein Wagen gestohlen worden war. Nach dem Gespräch mit ihm konnte LaBréa mit großer Sicherheit ausschließen, dass Jeff Cartier mit dem Geiselnehmer unter einer Decke steckte und ihm ein Fluchtauto zur Verfügung gestellt hatte. LaBréa hatte den Halter des Wagens auch gefragt, wie viel Benzin sich im Tank befand. Der Tank war voll gewesen, da Cartier erst vor zwei Tagen an der Tankstelle gewesen war.

»Fahndet die Polizei schon nach der Schrottkiste?«, fragte Odilon.

»Ja, ja. Bitte fahren Sie fort, Monsieur!«

Der Mann lachte.

»Weit kommen die damit sowieso nicht. Aber okay. Also, ich geh ans Fenster, und in dem Moment hält dieser grüne Wagen direkt hinter dem Peugeot.« Er machte eine Kunstpause, um die Spannung zu erhöhen. Als Zeuge in einer Geiselnahme stand er plötzlich im Mittelpunkt und fühlte sich wichtig. Seine glasigen Augen blickten bedeutungsvoll.

»Kommen Sie zur Sache, Monsieur Odilon!«, seufzte LaBréa genervt. »Wie ging es weiter?«

»Die Beifahrertür wird geöffnet, und ein Typ steigt aus.«

»Kannten Sie ihn? Kam er Ihnen irgendwie bekannt vor?«

»Nee, den hab ich noch nie in meinem Leben gesehen. Aber er ist ziemlich groß und noch relativ jung, höchstens zweiundzwanzig, dreiundzwanzig Jahre alt! Dunkle Kleidung, und in der Hand eine Knarre. Die hält er auf die Tussi gerichtet, die am Steuer sitzt.« Odilon schielte zu seinem Hund, der bewegungslos neben ihm stand, und tätschelte ihm den Kopf.

Für das Wort »Tussi« hätte LaBréa den Mann erwürgen können. »Stieg sie ebenfalls aus?«

»Nicht so schnell, Mann! Der Reihe nach, haben Sie doch selber gesagt! Und das mach ich gerade.«

Jetzt platzte LaBréa der Kragen. Er trat einen Schritt auf François Odilon zu und packte ihn unsanft an der Schulter. »Schluss jetzt, Monsieur. Das hier ist keine Nachmittagstalkshow im Fernsehen! Ich brauche schnelle und präzise Angaben! Also, fassen Sie sich gefälligst kurz.«

»Ja, doch!« Odilon klang beleidigt. Der fette Hund knurrte, und erneut strich Odilon ihm übers Fell. »Wie Sie wollen, Monsieur. Also, zuerst ist sie nicht ausgestiegen, sondern blieb in dem grünen Wagen. Sie gab dem Typen die Autoschlüssel, und der hat das Fahrzeug elektronisch verriegelt. Die Tussi saß also zunächst in der Falle.« Erneut hielt er inne. Aus seiner Hosentasche fingerte er eine zerknüllte Packung Zigaretten.

»Weiter, erzählen Sie weiter, Mann!«

»Na ja, der Typ geht zu Jeffs alter Kiste und macht sich an der Fahrertür zu schaffen.« Er klemmte sich eine filterlose Gauloise zwischen die Lippen und ließ sein Feuerzeug aufschnappen. Nach einem genüsslichen ersten Zug fuhr er fort: »Die Tür geht ruck zuck auf, er steigt in den Wagen und schließt ihn kurz.«

»Woher wissen Sie, dass er ihn kurzgeschlossen hat?«

François Odilon blickte LaBréa mitleidig an.

»Ich bin doch nicht blöd, Mann! Wenn einer in einem Wagen, der ihm nicht gehört, unter dem Armaturenbrett rumfummelt, weiß man doch, was Sache ist! Der Motor hat unheimlich geröhrt, wie immer bei solchen alten Schrottdingern. Und 'ne Riesenqualmwolke kam aus dem Auspuff!«

»Weiter, wie ging es weiter?«

»Er ist sofort zurück zu dem grünen Wagen. In der Hand wieder seine Knarre. Ich hab gedacht: Hoffentlich sieht der Typ mich nicht! Und bin ein bisschen zurückgewichen.« Erneut zog Odilon an seiner Zigarette. »Ich konnte aber noch alles genau beobachten! Er hat die Rundumverriegelung entsichert, die Fahrertür aufgerissen und mit der Waffe rumgefuchtelt. Die Tussi musste aussteigen. Der Typ hat sich nach allen Seiten umgesehen, ob ihn jemand beobachtet. Aber auf der Straße war ja niemand. Und es hat wie verrückt geregnet! Mich hat er Gott sei Dank nicht entdeckt.«

»Ist er dann mit der Frau in den Peugeot gestiegen?«

»Allerdings, Monsieur. Die Tussi hat sich wieder hinters Steuer gesetzt, er daneben. Dann sind sie losgefahren. Richtung Porte de Montreuil. Die Tussi hat 'nen richtigen Kavaliersstart hingelegt! Die wollten sicher auf den Périphérique. Ich hab mir dann in der Küche erst mal einen genehmigt. Bei so 'ner Aufregung! Ich meine, ich bin ja nicht mehr der Jüngste. Der Kerl hätte mich doch am Fenster entdecken und auf mich schießen können! Und dann waren ja auch schon die Bullen da. Äh, ich meine, Ihre Kollegen.« Er grinste und steckte die Zigarette zwischen die Lippen.

LaBréa bedankte sich knapp und ließ den Mann stehen. François Odilon hatte seine Geduld zu sehr strapaziert. Die Flucht des Geiselnehmers, der den Wagen gewechselt und Céline weiterhin in seiner Gewalt hatte, betraf ihn einfach zu persönlich. LaBréas Nerven waren zum Zerreißen gespannt, und die Sorge um seine schwangere Freundin wurde von Minute zu Minute größer. Die Polizei hatte den Kontakt verloren, und niemand wusste, wohin der Mann fuhr und was er vorhatte.

LaBréa ging zu dem grünen Renault.

»Irgendwas gefunden?«, fragte er einen der Techniker, die den Wagen untersuchten. Der schüttelte den Kopf.

»Nichts, was gleich ins Auge sticht. Wir nehmen den Wagen mit, um ihn gründlich durchzuchecken.«

Véronique Andrieu, die mit über der Brust verschränkten Armen fröstelnd neben ihrem Sportcoupé gewartet hatte, trat jetzt zu LaBréa und ergriff seinen Arm.

»Komm, Maurice. Wir fahren zurück. Hier kannst du nichts mehr tun. Die Ringfahndung läuft im Umkreis von fünfzig Kilometern. Ein riesiges Polizeiaufgebot ist in Aktion. Es besteht die Chance, dass der Kerl rechtzeitig geschnappt wird.«

»Du meinst, bevor er Céline umbringt?« Es klang sarkastisch, doch Véronique hörte die Verzweiflung heraus, die dahintersteckte.

»Ich weiß, was du empfindest, aber du darfst dich da jetzt nicht reinsteigern! Ich fahre dich zum Quai des Orfèvres. Du hast einen Mordfall aufzuklären. Lenk dich ab, versuche, die Ruhe zu bewahren. Du kannst im Moment nichts tun, rein gar nichts, Maurice.«

Véroniques Worte klangen nüchtern und sachlich, und LaBréa wusste, dass sie Recht hatte. Die Hände waren ihm gebunden, und die Dinge nahmen ihren Lauf, ohne dass er die geringste Chance hatte, sie zu beeinflussen. Diese Erkenntnis zu akzeptieren fiel ihm unendlich schwer, doch er musste der Realität ins Auge sehen und das Gefühl der Ohnmacht bekämpfen, das eine unbändige Wut in ihm auslöste.

Er nickte und sagte leise: »Okay, fahr mich ins Büro. Aber eines würde ich noch gern wissen, Véro. Wie schätzt du den Kerl ein? Was wird er tun?«

»Schwer zu sagen. Bisher läuft bei der Flucht alles nach Plan für ihn. Dass er seine Geisel mitgenommen hat, kann auch bedeuten, dass er was anderes mit ihr vorhat, als sie zu töten.«

»Erpressung?« Er dachte auch an schlimmere Dinge: Sexuelle Nötigung, Vergewaltigung … Doch er sprach es nicht aus. Schon der Gedanke daran war ihm unerträglich. Zudem kannte er Véronique gut genug, um zu wissen, dass auch sie diese Befürchtungen hegte, es jedoch aus Rücksicht ihm gegenüber nicht erwähnte. Ihr kurzer Blick gab ihm Recht.

»Ja, zum Beispiel Erpressung«, erwiderte Véronique ein wenig zögerlich. »Er hat sie am Leben gelassen und mitgenommen, weil sie ihm noch nützlich sein kann.«

LaBréa schlug einen Moment die Hände vors Gesicht. Er fühlte sich völlig ausgelaugt und fertig, als hätte er drei Tage hintereinander nicht geschlafen. Zudem verspürte er ein quälendes Hungergefühl. Seit dem Croissant zum Frühstück hatte er nichts mehr gegessen, und jetzt war es vier Uhr nachmittags.

»Ich denke«, fuhr Véronique fort, »dass er sich mit dem bisschen Geld, das er erbeutet hat, nicht zufriedengibt. Etwas mehr als dreitausend Euro – ich bitte dich! Dafür der ganze Aufwand und zwei Tote, die ihn auf jeden Fall lebenslänglich hinter Gitter bringen? Könnte sein, dass er versucht, noch mehr rauszuschlagen, um mit dem Geld dann irgendwo unterzutauchen. Vielleicht meldet er sich ja schon bald.«

LaBréa gab sich einen Ruck. »Also, dann los, Véro. Halt bitte unterwegs irgendwo an, damit ich mir was zu essen kaufen kann. Ich sterbe vor Hunger.«

Véronique setzte sich hinters Steuer, und das BMW-Coupé fuhr an. Einige Straßen weiter gab es einen Schnellimbiss, dort holte LaBréa für sich und Véronique zwei Sandwiches. Nachdem er die ersten Bissen verspeist hatte, führte LaBréa zwei Telefonate. Eines mit seiner Tochter Jenny. Sie war vor kurzem in der Wohnung ihres Klassenkameraden Pierre-Michel angekommen, wo dessen Geburtstagsparty stattfand.

»Wie läuft es denn?«, fragte LaBréa als Erstes. »Habt ihr Spaß?«

»Es geht ja gerade erst los, Papa. Mal sehen, wie sich alles entwickelt.« Es klang ein wenig abgeklärt, und LaBréa musste unwillkürlich lächeln. Doch schnell holte ihn die Wirklichkeit wieder ein. Wenn Celine etwas passierte, war Jenny der einzige Mensch, der ihm noch blieb …

Er erzählte seiner Tochter nicht, was geschehen war. Jenny hatte im letzten Winter selbst eine Geiselnahme erlebt. Er wollte nicht die Erinnerung daran aufleben lassen, indem er sie mit der Sorge um Céline belastete. Er bat sie nur, nach der Party mit ihrer Freundin Alissa in die Brûlerie zu gehen und dort die Nacht zu verbringen, weil er selbst in einem schwierigen Fall ermittelte und vorerst nicht nach Hause käme. Jenny willigte gut gelaunt ein. Ihre Schulsachen würde sie dann rechtzeitig morgen früh aus der Wohnung holen. Zum Glück fragte das Mädchen nicht nach Céline, und so brauchte LaBréa sie auch nicht anzulügen.

Im Anschluss an das Gespräch wählte er die Nummer von Francine Dalzon, Alissas Mutter. Er informierte sie kurz über die Geschehnisse. Francine war bestürzt.

»O mein Gott! Hoffentlich geht alles gut aus, Commissaire! Natürlich kann Jenny heute Nacht bei uns bleiben«, versicherte sie. »Und Sie dürfen sich darauf verlassen, dass ich ihr nichts erzähle.«

»Danke, Madame Dalzon.«

Der BMW fuhr gerade über die Rue du Faubourg Saint Antoine Richtung Bastille. Es herrschte dichter Verkehr, und der Wagen kam nur langsam voran. LaBréa wählte noch einmal die Nummer von Capitaine Leconte.

»Noch keine Neuigkeiten, LaBréa. Wir tun alles, was wir können. Und Sie sind der Erste, den ich anrufe, wenn es eine Spur gibt.«

Sie fuhren auf dem Périphérique Richtung Norden. Der Verkehr war so dicht, dass Céline nicht schneller als die vorgeschriebenen achtzig Stundenkilometer fahren konnte, auch wenn der Geiselnehmer sie ständig antrieb, aufs Gaspedal zu drücken. Abgesehen vom hohen Verkehrsaufkommen hätte man aus diesem alten Peugeot ohnehin nicht viel mehr herausholen können.

Nachdem der Geiselnehmer Céline gezwungen hatte, sich hinters Steuer dieses neuen Fluchtautos zu setzen, war sie zunächst erleichtert darüber gewesen, dass er sie nicht erschossen hatte. Aus irgendeinem Grund schien er sie noch zu brauchen, sonst hätte er sie in dieser kleinen Straße zurückgelassen, tot oder lebendig. Oder hatte er etwas anderes vor? War er nicht nur ein eiskalter Mörder, sondern auch ein Sexualverbrecher? Céline wollte sich nicht vorstellen, was das für sie bedeuten mochte. Sie war schwanger, befand sich seit dem Banküberfall in einer psychischen Ausnahmesituation und war diesem Mann körperlich weit unterlegen.

Ganz abgesehen von der Tatsache, dass er eine Waffe besaß.

Rasch schob sie diesen Gedanken beiseite. Sie durfte die Hoffnung nicht verlieren! *Die Hoffnung stirbt zuletzt …* Wie banal hatte Céline diesen Satz stets gefunden! Jetzt klammerte sie sich daran wie eine Ertrinkende. Nicht aufgeben, nicht die Nerven verlieren, sonst würde sie untergehen.

Als Erstes hatte sie beim Wegfahren aus der Rue Mendelsson den Zeiger der Benzinuhr gecheckt. Der Tank war voll. Mit einem vollen Tank konnte ein solcher Wagen mindestens vierhundert Kilometer fahren. Sie mussten nicht anhalten, und Célines Chancen, eine passende Gelegenheit zur Flucht zu suchen, waren vorerst zunichte gemacht. Inzwischen hatte die Polizei wahrscheinlich schon das grüne Fluchtauto aufgespürt und möglicherweise bereits eine Großfahndung nach dem dunkelblauen Peugeot eingeleitet. Wahrscheinlich wurden an allen Hauptverkehrsstraßen Straßensperren errichtet und jeder Wagen kontrolliert. Zu den Hauptverkehrsstraßen gehörte auch der Périphérique. Wie würde der Geiselnehmer reagieren, wenn die Polizei den Wagen anhielt?

Schon nach wenigen Kilometern befahl der Mann Céline, die Stadtautobahn an der Porte des Lilas zu verlassen. Von dort aus erreichten sie wenig später eine Sackgasse, die zu einem verlassenen Gelände führte. Dort ragten einige halbfertige Betonrohbauten auf. Die Arbeit an diesen Gebäuden war entweder unterbrochen oder ganz eingestellt worden. Keine Menschenseele war zu sehen. Etwas abseits, gut getarnt hinter Bäumen und wild wucherndem Buschwerk, stand ein alter Bauwagen. Der Geiselnehmer befahl Céline, das Auto zwischen den Büschen zu parken. Von der Sackgasse her konnte man weder den Bauwagen noch den Peugeot erkennen.

Céline war klar, dass sie angekommen waren. Das Herz schlug ihr bis zum Hals. Was würde mit ihr geschehen? Plötzlich spürte sie einen stechenden Schmerz in ihrem Bauch. O mein Gott, dachte sie, das Kind ... Am Vormittag hatte ihr die Frauenärztin gesagt, dass die Gefahr einer Fehlgeburt im dritten Monat am größten war, wenn die Mutter Stress oder seelische Erschütterungen zu ertragen hätte. Einen Moment wurde ihr schwarz vor Augen, doch die kalte Stimme des Geiselnehmers schreckte sie auf.

»Stell den Motor ab und steig aus.«

Alles in Céline sträubte sich dagegen, das Auto zu verlassen. Solange sie am Steuer des Wagens saß, fühlte sie sich einigermaßen sicher. Wenn sie ihn verließ, war sie dem Mann total ausgeliefert. Sie durfte ihr Schicksal nicht kampflos in seine Hände legen. Zu verlieren hatte sie ohnehin nichts.

»Sagen Sie mir, was Sie vorhaben.« Sie zwang sich, ihrer Stimme Festigkeit zu geben und presste ihren Körper an das Sitzpolster.

»Das wirst du schon sehen.« Er griff mit der Hand nach dem Zündschlüssel, stellte den Motor ab und nahm den Schlüssel an sich. Dann sprang er aus dem Wagen und rannte zur Fahrertür. Er riss sie auf und drückte ihr seine Waffe an die Schläfe. »Los, aussteigen, hab ich gesagt!«

Wie schnell ist so ein Tod, wenn du eine Kugel in den Kopf bekommst?, fragte Céline sich verzweifelt. Doch sie wollte nicht sterben. Sie wollte leben, ihr Kind auf die Welt bringen und es aufwachsen sehen. Langsam stieg sie aus. Der Geiselnehmer packte sie grob an der Schulter und stieß sie vorwärts. Bis zum Bauwagen, dessen dunkelgrüner Holzanstrich an vielen Stellen abblätterte, waren es nur wenige Schritte. Zwei kleine Fenster an der Längsseite des Wagens hatte man außen mit dicken Brettern vernagelt. Der Geiselnehmer fischte einen Schlüssel aus einer der Taschen seiner Cargohose und schloss die Tür auf. Sie war aus Metall und sah äußerst solide aus. Ein muffiger, feuchter Geruch schlug Céline entgegen. Panik stieg in ihr hoch, und einem spontanen Instinkt folgend wollte sie kehrtmachen. Doch der Mann hatte sie am Arm gepackt und zwang sie über die beiden kleinen Stufen ins Wageninnere. Er folgte ihr sofort und zog die Tür hinter sich zu. Es war stockdunkel, und als Céline einen Schritt nach vorn stolperte, stieß sie gegen einen Tisch. Gleich darauf flackerte der Strahl einer Taschenlampe auf. Der Geiselnehmer sperrte die Tür von innen zu. Dann ging er zu dem kleinen Tisch, gegen den Céline gestoßen war, und zündete mit Hilfe eines Feuerzeugs eine Campinggaslampe an. Der Schein erhellte die Umgebung. Der Tisch war zwischen den beiden Fenstern mit der Holzwand verbunden. Zwei Stühle standen sich gegenüber. Neben dem Tisch, in einem windschiefen Regal, lagerten Konservendosen und ein Plastikkanister. Auf einem kleinen Campingtisch an der rechten, fensterlosen Längsseite befand sich ein Gaskocher. Gleich daneben erhob sich ein schmaler Metallspind mit einem Vorhängeschloss. Hinten, an der Wandseite gegenüber der Eingangstür, lag eine Matratze auf dem Boden. Die Angst drückte auf Célines Herz, sie konnte sich nicht dagegen wehren. Tränen schossen ihr in die Augen, und ihr Körper begann zu zittern. Was immer dieser Mann mit ihr anstellen würde – niemand konnte hören, wenn sie um Hilfe schrie. Sie drehte sich um und blickte ihrem Peiniger in die schwarzen, ausdruckslosen Augen. Der Mann schien ihre Angst zu riechen. Er musterte sie von oben bis unten, als taxierte er seine Beute. Dann wandte er sich abrupt ab und schnappte sich zwei Konservendosen aus dem Regal. Er knallte sie auf den Tisch und ließ sich auf einen der Stühle fallen.

»Los, mach was zu essen! Ich hab 'nen Riesenkohldampf. Büchsenöffner ist in der Tischschublade. Einen Topf gibt es auch, und mit 'nem Gaskocher wirst du ja wohl klarkommen.«

Er zog seinen Rucksack vom Rücken. Die ganze Zeit über hatte er ihn nicht abgelegt. Die Pistole steckte er in die Seitentasche seines schwarzen Anoraks. Dann lehnte er sich im Stuhl zurück und streckte die Beine von sich. Für einen kurzen Augenblick erschien er Céline müde, beinahe ausgelaugt. Oder täuschte sie sich? War dieser Eindruck reines Wunschdenken, entstanden aus Verzweiflung und Angst?

Céline griff nach den beiden Konservendosen. Es war ein Fertiggericht, Cassoulet. Schwere Kost wie diesen Eintopf aus weißen Bohnen, Speck, Würstchen und Enten- oder Schweinefleisch mochte Céline normalerweise nicht. Doch seit dem Frühstück hatte sie keine Mahlzeit zu sich genommen und spürte plötzlich, wie hungrig sie war.

Aus der Schublade holte sie den Büchsenöffner, ein verrostetes, vorsintflutliches Ding. Messer und Gabel entdeckte sie dort nicht, stattdessen einige verbogene Blechlöffel. Sie legte zwei davon auf den Tisch. Einen verbeulten Topf fand sie auf dem hölzernen Fußboden. Erstaunlicherweise wirkte er einigermaßen sauber. Doch das spielte im Moment keine Rolle. Neben dem Kocher lag eine Packung Streichhölzer. Céline zündete den Gaskocher an, stellte den Topf auf den Herd und gab den Inhalt der beiden Konservenbüchsen hinein. Ohne sich umzudrehen, sagte sie zu dem Geiselnehmer: »Wohnen Sie hier, Monsieur?«

»Das geht dich einen Dreck an! Wie weit ist das Essen?«
Céline schluckte. Es gelang ihr einfach nicht, den Mann in ein Gespräch zu verwickeln.

»Müsste gleich warm sein«, erwiderte sie resigniert.

»Mach's nicht zu heiß; ich hab keine Lust, mir das Maul zu verbrennen.«

Céline nahm einen der Blechlöffel vom Tisch, und ihr Blick streifte kurz die Gestalt des Geiselnehmers.

»Sag mal, du bist doch die Tussi von diesem Bullen?«, fragte er plotzlich.

Unmerklich zuckte Céline zusammen. Diese Frage hatte sie die ganze Zeit befürchtet. Sie war darauf vorbereitet, dennoch löste sie eine neue Welle von Angst in ihr aus.

»Wie meinen Sie das, Monsieur?« Sie wollte Zeit gewinnen.

»Na, wie wohl!« Der Geiselnahme lachte anzüglich auf. »Ob du mit ihm vögelst, meine ich!«

Céline drehte sich kurz um. »Nein, tue ich nicht! Commissaire LaBréa ist mein Nachbar. Er … ist mein Nachbar.«

»Tatsächlich?«, sagte der Geiselnehmer gedehnt. »Und deswegen hast du seine Nummer auf deinem Handy gespeichert.«

Mit heftiger Bewegung rührte Céline in dem Topf. Das Cassoulet dampfte bereits. Sie stellte die Flamme kleiner. »Ich hab seine Nummer gespeichert, weil es bei uns im Viertel in letzter Zeit ziemlich viele Einbrüche gegeben hat. Monsieur LaBréa hat allen Nachbarn angeboten, ihn sofort zu kontaktieren, wenn irgendwas vorfällt.«

Jetzt lachte er lauthals los. Es klang übertrieben und fast ein wenig hysterisch. »O Mann, ich glaub's nicht! Ein Bulle mit Herz und Hilfsbereitschaft! Und alles ohne Gegenleistung!«

»Das Essen ist fertig, Monsieur. Wo finde ich Teller?«

»Die gibt's nicht. Wir essen aus dem Topf. Erst ich, dann du. Falls was übrig bleibt!« Er grinste hämisch.

Ein nie gekanntes Gefühl der Wut stieg in Céline auf. Sie hasste diesen Menschen. Sie, die Gewalt in jeder Form immer verabscheut hatte, verspürte den unbändigen Wunsch, diesen Mann körperlich zu verletzen und in die Knie zu zwingen. Sich zu rächen für all das, was er ihr und den Menschen in der Bank angetan hatte. LaBréa hatte einmal zu ihr gesagt, dass unter bestimmten Umständen jeder Mensch zum Mörder werden kann. Für sich hatte sie das kategorisch ausgeschlossen. Jetzt musste sie feststellen, welche Abgründe sich in ihr auftaten. Ja, wenn sie könnte, würde sie diesen Mann töten, hier und jetzt! Um sich aus seiner Gewalt zu befreien, um ihn dafür zu bestrafen, dass er auf so brutale Weise in ihr Leben eingegriffen hatte und sich anmaßte, über ihr Schicksal zu bestimmen. Der Gedanke erschreckte sie, gab ihr aber auch gleichzeitig die Kraft, das alles auszuhalten, ohne die Nerven zu verlieren.

Sie machte die Gasflamme aus und stellte den Topf auf den Tisch. Der Geiselnehmer zog ihn auf seine Seite, griff nach einem Löffel und begann zu essen.

»Du kannst dich ruhig hinsetzen«, sagte er mit vollem Mund. Erneut ließ er seinen intensiven Blick auf ihr ruhen. In seinen Augen entdeckte Céline jetzt ein merkwürdiges Flackern. Die Pupillen schienen geweitet, der Ausdruck der Augen wirkte starr. Céline ließ sich langsam auf den zweiten Stuhl gleiten und saß nun dem Mann gegenüber. Ohne den Blick abzuwenden, schaufelte dieser sich den Eintopf in seinen Mund. Nach einer Weile sprach er wieder.

»Du bist also nicht die Tussi von dem Bullen, sagst du. Ob ich dir das glauben soll?« Er beugte sich tiefer über den Topf.

Céline wollte ihn ablenken. »Ich hab Durst. Kann ich etwas Wasser haben?«

»Stell den Kanister auf den Tisch, und hol zwei Gläser. Die müssten irgendwo im Regal sein.«

Rasch erhob sich Céline. Im Regal fand sie zwei schmutzige Gläser. Sie kramte ein Papiertaschentuch aus ihrer Jackentasche und wischte sie aus. Dann schraubte sie den Plastikkanister auf, schenkte ein und ließ den Kanister auf dem Tisch stehen. Sie schob dem Geiselnehmer ein Glas zu, doch der rührte es nicht an. Gierig trank Céline den ersten Schluck. Das Wasser schmeckte kühl und frisch.

»Das tut gut!«, sagte sie leise und trank einen weiteren Schluck. »Bringen Sie sich immer Wasser mit hierher?«

»Du stellst zu viele Fragen.« Der Mann schob den Topf über den Tisch. »Hier, der Rest ist für dich. Du hast

Glück, dass noch was übrig ist!« Es klang herablassend und gehässig. Wut und Hass flackerten erneut in ihr auf, doch sie ließ sich nichts anmerken. Erwartete er jetzt ein Dankeschön von ihr? Céline beschloss, ihm den Gefallen zu tun.

»Danke«, sagte sie leise. Sie starrte einen Moment auf den dicken Eintopf, und ein Gefühl des Ekels überkam sie. Mit dem Mörder aus einem Topf essen ... Doch der Hunger war größer, und Celine überwand sich. Das Cassoulet schmeckte fad, würde jedoch den Magen füllen. Bald war das Ekelgefühl vergessen.

Der Mann lehnte sich auf dem Stuhl zurück und bohrte sich mit dem Zeigefinger in den Zähnen herum. Er stand auf, noch bevor Céline mit dem Essen fertig war.

»Ich verschwinde jetzt für ein paar Stunden. Du brauchst gar nicht zu versuchen, um Hilfe zu rufen oder an die Tür zu hämmern. Hier hört dich sowieso keiner.« Er nahm seinen Rucksack und drehte die Gaslampe aus. Gleichzeitig stellte er seine Taschenlampe an, die er griffbereit auf den Tisch gelegt hatte. »Licht brauchst du nicht. Du kannst dich da hinten auf die Matratze legen, bis ich zurück bin.« Er nahm die Streichholzpackung an sich und ließ sie in seine Hosentasche gleiten.

Er sperrte die Tür auf und verschloss sie von außen. Céline hörte, wie seine Schritte sich rasch entfernten. Doch sie hörte nicht, dass der Wagen gestartet wurde. Anscheinend ging er zu Fuß weg.

Was hatte er vor? Würde er überhaupt wiederkommen? Oder ließ er sie allein in diesem abseits gelegenen Bauwagen zurück, wo man sie nie finden würde, weder lebendig noch tot?

Der Gedanke daran war so entsetzlich, dass Céline in ein verzweifeltes Schluchzen ausbrach. Eingeschlossen in ein dunkles Loch, aus dem es kein Entrinnen gab … Die Erinnerung an den alten Weinkeller damals in ihrer Kindheit löste eine Panikattacke aus, die ihr den Atem abschnürte. Sie ließ ihren Kopf auf die Tischplatte fallen und weinte hemmungslos.

# 13. KAPITEL

Seit einer halben Stunde saß LaBréa mit seinen Mitarbeitern in seinem Büro in der Talkrunde. Nachdem er kurz geschildert hatte, was sich im Anschluss an die Geiselnahme in der LCL-Bank ereignet hatte, wollte er nun die Ermittlungen im Mordfall Luc Chambon koordinieren und vorantreiben. Es fiel ihm nicht leicht, und immer wieder wanderten seine Gedanken zu Céline. Wo befand sie sich jetzt? Was geschah mit ihr?

»Gibt es inzwischen weitere Einzelheiten über das Opfer?« LaBréa nippte an seinem Kaffeebecher und versuchte, sich zu konzentrieren.

Jean-Marc warf einen Blick in seine Unterlagen.

»Nichts, was uns wirklich weiterbringt. Sein Geburtsdatum steht ja in seinem Personalausweis: 7. August 1988. Vom Einwohnermeldeamt in Marseille habe ich erfahren, dass Luc Chambon unehelich geboren wurde. Vater unbekannt. Name der Mutter: Justine Chambon. Sie wohnte damals in einer der Vorstädte von Marseille.«

»Und heute?«, fragte LaBréa. »Ist sie da weggezogen?«

»Nein. Sie lebt nicht mehr. Bei den Vorstadtkrawallen 2001 geriet sie irgendwie zwischen die Fronten von Jugendlichen und Polizei. Sie starb durch einen Steinwurf. Der Täter wurde nie identifiziert.«

LaBréa erinnerte sich noch gut an diese Vorstadtkrawalle. Damals arbeitete er bei der Police Judiciaire in der Marseiller Innenstadt. Zu jener Zeit gärte es überall in den Problemvierteln der französischen Großstädte. Dort lebten viele Migranten. Hohe Arbeitslosigkeit, besonders unter Jugendlichen, war eine der Hauptursachen für die allgegenwärtige Gewalt in diesen Wohnvierteln. Hier gab es mehr Vergewaltigungen und Tötungsdelikte als anderswo, mehr Einbrüche und einen hohen Drogenkonsum. In allen Städten wurden seinerzeit zahllose Autos angezündet und Barrikaden errichtet; Jugendliche lieferten sich Straßenschlachten mit der Polizei. Es herrschte Anarchie, und die hohen Polizeiaufgebote schienen angesichts dieses Gewaltpotenzials machtlos. Beide Seiten beklagten viele Verletzte. Presse und Bevölkerung forderten härtete Strafen für die Täter, manche Politiker sprachen sich sogar für die Aberkennung der französischen Staatsbürgerschaft für Gewalttäter mit Migrationshintergrund aus.

»Was passierte nach dem Tod der Frau mit ihrem Sohn?«, fragte LaBréa. »Der Junge war doch damals gerade dreizehn Jahre alt.«

»Er kam ins Heim. Blieb dort, bis er fünfzehn war. Danach verliert sich seine Spur für einige Zeit. Erst seit er vor einem Jahr nach Paris kam, taucht sein Name wieder auf.«

Franck meldete sich zu Wort.

»Was die Waffe betrifft, habe ich recherchiert. Es handelt sich, wie schon gesagt, um eine Glock 21. Vor vier Monaten wurde nachts in ein Waffengeschäft in Orléans eingebrochen. Der oder die Täter erbeuteten mehrere Handfeuerwaffen, darunter auch eine Glock 21. Die Sache wurde bisher nicht aufgeklärt.«

»Solange wir die Waffe nicht haben, gibt's keinen Beweis dafür, dass sie bei diesem Raub erbeutet wurde. Der Mörder kann sie sich ebenso gut auf dem Schwarzmarkt besorgt haben. Da kriegt man heutzutage alles. Haben Sie mit dem Hausbesitzer telefoniert?«

»Hab ich, Chef. Der ist mir sofort ziemlich unverschämt gekommen. Er war sauer, weil Sie heute Mittag so plötzlich verschwunden sind, obwohl er extra Ihretwegen zu Hause geblieben war!«

»Er wird's überleben, Franck. Und? Irgendwas erfahren?«

»Nicht viel. Angeblich kannte er seinen Mieter kaum.«

»Das Gegenteil können wir ihm vorerst nicht beweisen. Nehmen Sie ihn mal unter die Lupe.«

»Hab ich bereits gemacht, Chef. Abgesehen davon, dass er in den letzten Jahren mehrere Klagen von Mietern wegen Kündigungen am Hals hatte, ist er nie auffällig geworden. Die Klagen hat er übrigens allesamt gewonnen.«

LaBréa ging zu seinem Schreibtisch und wählte die Nummer der Gerichtsmedizinerin.

»Brigitte? Ich bin's.«

»O Gott, wie geht es dir, Maurice? Hat man Céline schon gefunden?«

»Nein, bisher noch nicht. Ich kann im Moment nichts weiter tun, als abwarten und mir den Kopf mit Arbeit zuknallen.«

»Schrecklich. Ich kann mir denken, wie du dich fühlst! Vorhin, als ich bei der Bank ankam, warst du schon weg. Ich habe gerade die Leichen der beiden erschossenen Geiseln auf dem Tisch. Beides glatte Durchschüsse.«

»Nur interessehalber, Brigitte: Hat das SEK Projektile und Geschosshülsen in der Bank gefunden?«

»Leider nicht. Der Geiselnehmer muss beides mitgenommen haben. Die anderen Geiseln haben gesehen, wie er im Schalterraum herumgesucht hat, bevor er mit Céline die Bank verließ.«

»Ein cleverer Typ«, sagte LaBréa nicht ohne Bitterkeit in der Stimme. »Wesentlich gerissener als der Täter heute Morgen in der Rue Masillon!«

»Ja, und deshalb wird es mit der Bestimmung von Kaliber und Waffentyp erst mal schwierig bei den beiden Morden in der Bank, solange der Mann nicht gefasst wird. Soll ich dir Bescheid geben, wenn wir heute Nacht mit den Autopsien fertig sind?«

»Morgen früh reicht mir. Ich bin ja nicht mit den Ermittlungen in diesem Fall befasst. Hier ist Lecontes vorgesetzte Dienststelle am Zug. Sag mir lieber, was du bei diesem Luc Chambon noch alles rausgefunden hast.«

»Interessante Dinge, Maurice. Todesursache war eine Verletzung der rechten Herzkammer. Aber jetzt kommt's: Ich habe Chrystal Meth in seinem Körper nachweisen können. Und zwar sowohl im Blut als auch im Urin. Der Mann hat Drogen genommen.«

»Regelmäßig?«

»Ich bin noch dabei, das rauszufinden. Wir machen eine Gaschromatografie von einem Haarstrang, das übliche Verfahren beim HC04-Drogentest. Dann kann ich dir genau sagen, wie lange der Mann schon Drogen nahm. Eins steht allerdings jetzt schon fest: Er hat sich das Zeug nicht gespritzt, sonst hätte ich Einstichspuren gefunden.«

LaBréa bedankte sich bei Brigitte und fasste das Gespräch für seine Mitarbeiter zusammen.

»Irgendwoher muss er sich den Stoff ja besorgt haben«, meinte Claudine.

»Vielleicht durch direkten Kontakt zu irgendeiner kleinen Laborklitsche? Die schießen doch im Moment überall wie Pilze aus dem Boden«, erwiderte Franck. »In Hinterzimmern, alten Fabrikgebäuden, und so weiter. Um das Zeug herzustellen, braucht man nur geringe Chemiekenntnisse und die entsprechenden Zutaten. Meth ist billiger als Crack und kann sehr schnell produziert werden.«

»Und es gibt verschiedene Methoden, es zu konsumieren«, bemerkte Jean-Marc ergänzend. »Man kann es sich, wie gesagt, in die Vene spritzen, aber auch oral einnehmen, aus einer Glaspfeife rauchen oder wie Koks schnupfen. Crystal Meth macht extrem süchtig, und die Nebenwirkungen sind wahnsinnig.«

»Woher hatte er das Zeug?«, fragte LaBréa. »Wenn wir da ein Stück weiterkommen, könnte uns das vielleicht zu seinem Mörder führen. Franck, reden Sie nochmal mit Fourès vom Drogendezernat. Er soll seinen Informanten das Foto von Luc Chambon zeigen. Vielleicht gibt's darüber einen Treffer.«

»Mach ich, Chef.«

»Wir wissen überhaupt nichts von dem Mann, bis auf ein paar Eckpunkte aus seiner Biografie, was äußerst mager ist. In seiner Wohngegend war er nicht bekannt, oder? Habt ihr da nochmal nachgehakt?«

»Ich hab mit dem alten Mann gesprochen, der im Vorderhaus wohnt«, erwiderte Claudine. »Er wusste nicht mal, dass im hinteren Gebäude eine Wohnung vermietet war.«

»Und die Leute in den Nachbarhäusern?«

»Fehlanzeige, Chef. Niemand kann sich an Luc Chambon erinnern.«

»Was ist mit den Geschäften rund um Notre-Dame?«

»Das sind ja meistens Souvenirläden für Touristen. Ich glaube kaum, dass man uns da weiterhelfen kann.«

»Wer weiß? Wir beide gehen nachher mal dorthin und befragen die Ladenbesitzer.«

»Noch was Wichtiges, Chef.« Jean-Marc räusperte sich. »Im Badezimmer haben wir zwei Zahnbürsten gefunden. Gilles und seine Leute untersuchen sie auf DNA-Spuren. Vielleicht können sie bei einer von ihnen fremde DNA nachweisen. Schon am Waschbecken waren ja fremde Fingerabdrücke. Vielleicht hat Luc Chambon mit jemandem zusammengewohnt.«

Ohne dass angeklopft wurde, schwang plötzlich die Tür auf. Direktor Thibon betrat LaBréas Büro. Sein Gesichtsausdruck versprach nichts Gutes. Seine Augen funkelten wutentbrannt, und seine Stimme klang gefährlich leise.

»Ich komme gerade von einem auswärtigen Termin zurück, LaBréa. Der Wachhabende unten am Eingang hat mir gesagt, dass Sie vor mehr als einer halben Stunde das Gebäude betreten haben. Und von meiner Sekretärin habe ich erfahren, dass Sie keineswegs sofort in mein Büro gekommen sind, um mir eine Erklärung für Ihr ungeheuerliches Verhalten zu liefern.«

»Sie waren doch gar nicht da, wie Sie eben selbst gesagt haben.«

Thibon schnappte nach Luft, dann brüllte er los. »Werden Sie jetzt auch noch unverschämt? Sind Sie sich eigentlich der Tragweite Ihrer Handlungsweise bewusst?«

»Das bin ich, Monsieur«, entgegnete LaBréa trotzig. »Aber der Banküberfall auf dem Boulevard Diderot hat mich ganz persönlich betroffen, und …«

Thibon unterbrach ihn. »Ist mir bereits bekannt! Und wissen Sie was? Es ändert nichts an meiner Einstellung, dass Ihr Verhalten eine grobe Verletzung Ihrer Dienstpflicht war. Sie hätten nur zum Handy greifen und mich anrufen müssen!«

»Tut mir leid, Monsieur le directeur, aber danach stand mir wirklich nicht der Sinn!«

»Das glaube ich gern, LaBréa! Ich frage mich ohnehin schon seit längerem, wonach Ihnen überhaupt der Sinn steht und ob Sie für diese Abteilung noch tragbar sind.«

In LaBréa stieg die Wut hoch. Unwillkürlich erhob er seine Stimme. »Ich muss doch sehr bitten, Monsieur! Hier geht es um das Leben meiner Freundin. Jeder andere Vorgesetzte hätte Verständnis für meine Handlungsweise!«

»So, meinen Sie? Dann stellen Sie also auch noch meine Führungsqualitäten infrage, hier, im Beisein Ihrer Mitarbeiter? Das wird ein Nachspiel haben!«

Jetzt platzte LaBréa endgültig der Kragen. Er sprang auf und stieß seinen Stuhl zurück. Er war mit seinen Nerven am Ende, und dieser Disput mit Thibon hatte ihm gerade noch gefehlt. »Meinetwegen! Sie können mich ja gleich vom Dienst suspendieren, dann muss ich mir wenigstens Ihr ständiges Genörgele, Ihre ewige Besserwisserei und Ihr inkompetentes Getue nicht mehr anhören! Von Ihren geistreichen Sprüchen mal ganz abgesehen!« Mit hochrotem Kopf marschierte LaBréa an Thibon vorbei und verließ den Raum. Die Tür krachte ins Schloss.

Einen Moment lang war Thibon sprachlos. Sein Blick wanderte hektisch zwischen LaBréas Mitarbeitern hin und her. Diese schienen nach dem Abgang ihres Chefs und dem heftigen Wortwechsel zwischen ihm und dem

Direktor wie gelähmt und vermieden jeden Blickkontakt mit Thibon.

Der Direktor straffte sich, rückte seine Krawatte zurecht und steckte dann beide Hände in die Hosentaschen. »Das, was sich eben hier in diesem Raum abgespielt hat, darf nicht nach außen dringen«, sagte er in scharfem Ton. »Habe ich mich klar ausgedrückt, meine Herrschaften?«

Franck murmelte etwas, das wie Zustimmung klingen mochte, während Claudine und der Paradiesvogel nur kurz nickten.

»Kein Sterbenswörtchen zu irgendjemandem!«, fuhr Thibon fort. »Ich befehle Ihnen absolutes Schweigen! ›*Am Baume des Schweigens hängt seine Frucht, der Friede*‹, hat der deutsche Philosoph Schopenhauer einmal sehr treffend gesagt.« Seine Stimme bekam einen anbiedernden Klang. »Und der Friede in dieser Abteilung ist jetzt durch LaBréa erheblich gestört, das wurde uns allen soeben lebhaft demonstriert. Dagegen wird Abhilfe geschaffen, das verspreche ich Ihnen. Aber wir hängen es nicht an die große Glocke!«

Er warf einen letzten, bedeutungsvollen Blick in die Runde und rauschte hinaus.

»Dieser Dreckskerl!«, knurrte Franck. »Der denkt doch wohl nicht, dass wir auf seiner Seite stehen?«

»Warum nicht?«, sagte Claudine sarkastisch. »Bei dem wenigen Einfühlungsvermögen und seiner mangelnden Menschenkenntnis wäre ihm das zuzutrauen.«

»Der will den Chef die ganze Zeit schon fertigmachen«, meinte Jean-Marc. »Und er meint, jetzt hat er ihn endlich am Wickel.«

Claudine erhob sich von ihrem Schreibtischstuhl.

»Es ist reine Schikane, weiter nichts. Ich sehe mal nach, wo er ist.«

Sie verließ den Raum.

Nachdem LaBréa aus seinem Büro gestürmt war, ging er zunächst auf die Toilette. Ein Blick in den Spiegel über dem Waschbecken zeigte ihm, dass sein Kopf hochrot angelaufen war. Er schüttete sich einige Handvoll Wasser ins Gesicht und spürte, wie der Kloß in seinem Hals immer dicker wurde. Sein Zorn war verraucht. LaBréa fühlte sich völlig ausgelaugt, verzweifelt und den Tränen nahe. Selten in seinem Leben hatte er eine solche Ohnmacht empfunden. Er bangte um das Leben von Céline, und Thibon zeigte nicht das geringste Verständnis für die Situation, in der LaBréa sich befand. In welcher Welt leben wir bloß?, dachte er voller Bitterkeit. In einer Gesellschaft, in der man immer und zu jeder Zeit funktionieren und zur Verfügung stehen muss, ganz gleich, was geschieht. In der kein Platz ist für Menschlichkeit, für ein verständnisvolles Miteinander, für Moral und ungeschriebene Gesetze. Gab es einen typischeren Vertreter für den Verlust dieser Werte als Direktor Thibon? LaBréa wusste, dass das Verhältnis zwischen ihm und seinem Vorgesetzten nun endgültig zerrüttet war. Im Zorn hatte er sich in seinem Büro zu Worten hinreißen lassen, die Thibon vor allen Anwesenden bloßstellten. Das würde ihm der Direktor niemals verzeihen.

Nachdem er sich das Gesicht mit einem Papierhandtuch abgetupft hatte, verließ er die Toilette. Auf dem Korridor trat er zu einem der Fenster, die auf den Innenhof des Präsidiums führten. Dort fuhren Polizeifahrzeuge vor, es war ein ständiges Kommen und Gehen. Der Himmel hing wie ein schmutziges Brett über der Stadt. Es regnete nicht mehr, doch in der düsteren Stimmung fühlte LaBréa sich gänzlich verloren. Gern hätte er jetzt seine Tochter angerufen, ihre frische, vertraute Stimme gehört. Doch er unterdrückte diesen Wunsch aus der Befürchtung heraus, dass Jenny am Klang seiner Stimme hören könnte, dass er Sorgen und Probleme hatte. Eines war für ihn immer oberstes Gebot gewesen, seit er mit Jenny nach Paris gezogen war: Sorgen und Probleme möglichst von ihr fernzuhalten.

Auf dem Gang hörte er Schritte, die sich näherten. Er drehte sich nicht um. Eine Hand legte sich auf seine Schulter.

»Chef?« Es war die Stimme von Claudine. »Wenn ich irgendwas für Sie tun kann? Ich weiß, wie Ihnen zumute ist. Franck und Jean-Marc wissen das auch. Ich wollte nur sagen, Sie können auf uns zählen.«

Langsam wandte LaBréa sich ihr zu.

»Der Schöngeist ist abgerauscht«, fuhr Claudine fort. »Wenn es wirklich zu einem Disziplinarverfahren kommt, sagen wir alle für Sie aus.«

»Danke, Claudine.« Er ergriff kurz ihre Hand und drückte sie. »Kommen Sie, wir gehen zurück in mein Büro. Wir haben einen Mordfall aufzuklären, und die Talkrunde ist noch nicht zu Ende. Und solange ich mein Kündigungsschreiben nicht in der Hand halte, bin ich weiterhin im Dienst.« Galgenhumor, dachte LaBréa. Manchmal hilft er einem, wieder einigermaßen in die Spur zu kommen.

Kaum waren sie zurück, klingelte das Telefon auf LaBréas Schreibtisch.

»Ja?«

Am anderen Ende der Leitung herrschte einen Moment Stille. Dann sagte eine Stimme, die LaBréa inzwischen nur allzu vertraut war: »Ich will zweihunderttausend Euro, gleich morgen früh. Und zwar in Fünfhunderterscheinen ohne fortlaufende Nummerierung. Das macht vierhundert Scheine. Dann lass ich die Tussi laufen. Wann genau und wo, sag ich dir noch.« Der Anrufer legte auf.

# 14. KAPITEL

Er ging zurück zur Métrostation Hôtel de Ville. Sie befand sich weit genug entfernt von der Örtlichkeit, wo der alte Bauwagen stand. Falls die Bullen also das Telefonat zurückverfolgen konnten, würden sie bei einer Telefonzelle in der Rue de Lobau im 4. Arrondissement landen. Von der Métrostation aus waren es nur ein paar Schritte dorthin. Bewusst wollte er nicht auf dem Handy dieses Bullen anrufen. Zwar hatte er sich die Nummer gemerkt, bevor er das Gerät der Tussi in der Bank zerstört hatte – sein Gedächtnis war fantastisch, wenn er in Hochform war! –, und sich die Nummer nach Verlassen des Bauwagens sicherheitshalber auch noch notiert. Dennoch hatte er beschlossen, diesen LaBréa erst einmal über seinen Dienstapparat zu kontaktieren. Offiziell, sozusagen. Er hatte Glück gehabt, dass der Typ tatsächlich in seinem Büro war. In der Zentrale hatte man ihn sofort weiterverbunden, alles ging glatt. Jetzt wusste dieser Bulle Bescheid und konnte sich überlegen, wie er auf die Schnelle die zweihunderttausend Euro beschaffte. Vielleicht gab es in der Polizeipräfektur oder in irgendeinem Ministerium einen Sonderfonds für solche Fälle? Schließlich machten die sogar Millionen an Lösegeld locker, wenn irgendwo ein französisches Schiff von Piraten gekapert wurde! Warum dann nicht lumpige zweihunderttausend? Er fand seine Forderung noch relativ bescheiden angesichts dessen, dass diese Tussi ihm vollkommen ausgeliefert war. Er konnte mit ihr machen, was er wollte, und in dem alten Bauwagen würde sie nie im Leben jemand finden.

Auf den Bauwagen war er durch puren Zufall gestoßen. Vor einigen Monaten hatte er in einem Haus am Ende der Sackgasse, die zu dem verlassenen Baugelände führte, ein Geschäft abgewickelt. Anschließend war er aus reiner Neugier auf das Gelände geschlendert, und da entdeckte er den Bauwagen. Gut getarnt hinter Büschen und Bäumen. Ein ideales Versteck, in das er sich zeitweise zurückziehen konnte. Er beobachtete das Gelände eine Zeit lang und kam zu der Erkenntnis, dass die Arbeiten an den halbfertigen Betonbauten eingestellt waren und der Bauwagen nicht mehr benutzt wurde. Offensichtlich hatte man ihn hier vergessen. Also sah er sich den Wagen genauer an. Die Eingangstür war nicht verschlossen, der Schlüssel steckte innen. Die winzigen Fensterscheiben schienen intakt. Im Wageninneren gab es eine notdürftige Möblierung. Das, was die Bauarbeiter zurückgelassen hatten. Viel mehr brauchte man nicht.

In den darauffolgenden Tagen schaffte er die Dinge, die ihm für eine einfache Unterkunft noch fehlten, in einem gestohlenen Lieferwagen herbei: Matratze, Gaskocher und Campinglampe, ein paar Vorräte, einen Zehn-

Liter-Kanister mit Wasser, Bretter zum Vernageln der Fenster. Den Lieferwagen stellte er später in einer Seitenstraße im 13. Arrondissement ab.

Im Sommer, als er sich ab und zu hier aufhielt, hätte er nicht im Traum daran gedacht, eines Tages eine Geisel in dem alten Wagen zu verstecken zu müssen. Die Idee, eine Bank zu überfallen und sich mit einem Batzen Geld ins Ausland abzusetzen, nahm gerade erst Gestalt an. Ein großes Ding drehen statt all der kleineren Einbrüche und Raubzüge. Etwas, mit dem er für einige Zeit ausgesorgt hätte. Nach längerer Recherche war seine Wahl auf die LCL-Bank am Boulevard Diderot gefallen. Unweit der Métrostation Belleville hatte er am heutigen Morgen einen Motorroller gestohlen, das ideale Fluchtfahrzeug, wenn er mit seiner Beute die Bank verließ. Doch Plan A war dummerweise geplatzt. Er hatte beinhaltet, die Leute in der Bank zu überrumpeln, einzuschüchtern und in Schach zu halten, dann die Kohle aus der Kasse zu holen und gleich wieder abzuhauen. Zwei Dinge hatten ihm einen Strich durch die Rechnung gemacht: die verschlossene Sicherheitsschleuse und die lächerliche Summe, die im Kassenfach lag und mit der er sich keinesfalls würde abspeisen lassen.

Plan B hatte er, genau wie Plan A, sorgfältig ausgearbeitet. Dazu gehörten die Plastikfesseln, die er letztes Jahr bei einem Einbruch in ein Bullenrevier im 17. Arrondissement erbeutet hatte. Auch ein schnelles und kompromissloses Handeln war Teil dieses Plans. Sich

Respekt verschaffen. Zeigen, dass er vor nichts zurückschreckte. Er hatte, ohne zu zögern, zwei Menschen erschossen. Eine gerechte Strafe für sie, wie er fand. Warum war die Kassiererin trotz seiner Warnung so dumm gewesen, den Alarmknopf zu drücken und die Schleuse zu verriegeln? Und wieso hatte der andere Banktyp nicht die Zahlenkombination des Tresors gewusst? Er selbst hatte keine Schuld, wenn die Bank derart blödsinnige Sicherheitsstandards aufstellte und damit ihre eigenen Leute in Gefahr brachte. Die beiden waren nicht die ersten Menschen, die er hatte umbringen müssen. Das erste Mal, dass er getötet hatte, lag noch gar nicht so lange zurück. Als es vollbracht war, als er die blutüberströmte Leiche sah, berührte ihn das nicht im Geringsten. Vollkommen gefühllos hatte er sein Opfer betrachtet und sich nur gewundert, wie rasch und problemlos es gehen konnte, einen Menschen vom Leben in den Tod zu befördern. So war es auch heute in der Bank gewesen. Mitleid oder Schwäche konnte sich jemand wie er nicht leisten. Wichtig war nur, das Ziel nicht aus den Augen zu verlieren.

Ja, Plan B hatte funktioniert. Bis jetzt jedenfalls. Mit der Bereitstellung des Fluchtwagens waren die Bullen auf seine Forderung eingegangen. Dass diese Tussi ausgerechnet einen Bullen namens LaBréa alarmiert hatte, empfand er dann doch als merkwürdigen Zufall und fast als Wink des Schicksals. Nie im Leben würde dieser Typ darauf kommen, woher er ihn kannte! Dieses Wissen löste tiefe Befriedigung in ihm aus. Mit den Menschen Katz und Maus spielen, ihnen immer eine Schrittlänge voraus sein – das hatte er seit seiner Jugend gelernt. Seit er sich gegen eine Gang von älteren Jungen in seinem Wohnviertel durchsetzen musste. Und er hatte sich durchgesetzt! Die Tussi dieses Bullen befand sich nun in seiner Gewalt. Und er würde schon noch zu seinem Geld kommen; der ganze Aufwand sollte sich schließlich lohnen. Der Stress, die zwei abgeknallten Bankleute, das Risiko, den Bullen gleich während der Flucht ins Netz zu gehen. Doch er hatte sie alle ausgetrickst! Die alte, unauffällige Kiste in der kleinen Straße nahe dem Périphérique stand da, als hätte sie nur auf ihn gewartet. Den grünen Wagen dort zurückzulassen und den Peugeot als neuen Fluchtwagen zu nehmen, war eine spontane Entscheidung gewesen. Ein Geniestreich, wie er fand. Er hatte alle Spuren verwischt und vor allem nicht den Fehler begangen, eine größere Strecke mit den beiden Fluchtautos zu fahren und Gefahr zu laufen, in eine Straßensperre zu geraten. Es gab ja den alten Bauwagen, und damit hatte alles perfekt ineinandergegriffen.

Auf dem Métrobahnsteig warteten viele Menschen. Der Zug kam zwei Minuten später, und er war bereits überfüllt. Menschen drängten hinaus und hinein. Er schob sich in einen der Wagen, stand dicht an dicht zwischen jungen Schwarzen roch die Schweißausdünstungen fremder Menschen. Doch das störte ihn nicht. Einige Stationen vor der Endhaltestelle verließ er die Métro und ging mit raschen Schritten zu dem Haus am Ende der Sackgasse, wo er vorher bereits mehrere Male gewesen war und Geschäfte gemacht hatte. Er stieg über die Absperrung mit dem verwitterten Schild: *Vorsicht, Einsturzgefahr!*, stapfte durchs enge, düstere Treppenhaus in den ersten Stock und klingelte dreimal kurz. Nach einer längeren Wartezeit erklangen hinter der Tür Schritte, und die heisere Stimme seines Kontaktmannes fragte: »Wer ist da?«

»Yannick, ich bin's.«

»Freddy?«

»Ja, mach auf!«

»Komm morgen wieder. Heute läuft nichts. Außerdem waren wir gar nicht verabredet.«

»Ich war zufällig in der Nähe.«

»Dein Problem, Freddy. Morgen, sag ich. Aber nicht vor dem späten Nachmittag.«

Die Schritte hinter der Tür entfernten sich.

Langsam ging Freddy die Treppe wieder hinunter. Es bestand keine Gefahr, dass irgendjemand ihrem Gespräch gelauscht hatte. Freddys Kontaktmann Yannick war hier der einzige Bewohner. Nachdem alle anderen Wohnungen wegen starker Risse am Mauerwerk von den Behörden zwangsgeräumt worden waren, hatte sich Yannick illegal im ersten Stock einquartiert. Mit seinen Geschäften konnte er sich in diesem Gebäude sicher fühlen.

Freddy war also umsonst gekommen. Das spielte aber im Moment eine untergeordnete Rolle. Bis morgen Nachmittag konnte er wirklich noch warten. Er blickte auf seine Taucheruhr, ein billiges Beutestück aus einem Einbruch im 12. Arrondissement. Es war kurz nach halb acht. Der Wind trieb die tief hängenden Wolkenmassen über den Himmel. Bald würde es wieder regnen. Das verlassene Baugelände wirkte in der Dunkelheit wie ein großes, schwarzes Loch. Nach hundert Metern sah man die Umrisse der Bäume und Büsche. Niemand konnte vermuten, dass er hier einen Menschen gefangen hielt. Noch hatte er sich nicht überlegt, was er mit der Tussi in der Zwischenzeit anfangen sollte. Sie war nicht unattraktiv, und er hatte seit einer Woche keine Frau gehabt. Das letzte Mal in dieser Klitsche an der Porte de Clignancourt. Zu teuer für das, was sie ihm geboten hatte. Niemand konnte ihn daran hindern, diese Tussi flachzulegen! Zumal sie ihn belogen hatte. Natürlich vögelte sie mit diesem LaBréa! Das hätte er schwören können. Eine pikante Vorstellung, sich die Tussi dieses Bullen vorzunehmen …

Allerdings fühlte er sich seit dem frühen Abend sich leicht ermüdet und unkonzentriert. Die volle Power, die er noch am Nachmittag gespürt hatte, schien plötzlich verflogen. Früher, als er gedacht hatte. Dabei waren die zwölf Stunden noch nicht einmal vorbei! Im Bauwagen würde er zunächst versuchen, noch eine Stunde durchzuhalten. Und dann für Nachschub sorgen. Damit er hellwach wurde! In spätestens zwei Stunden würde er erneut mit diesem LaBréa Kontakt aufnehmen. Wenn er ihn nicht in seinem Büro erreichte, dann eben auf seinem Handy.

Die Schritte seiner schweren Doc-Martens-Stiefel knirschten auf dem spärlichen Kiesbelag, den die Bauarbeiter seinerzeit rund um den Bauwagen gestreut hatten, weil das Gelände bei Regen matschig war. Noch wenige Meter bis zur Eingangstür. Freddy zog den Schlüssel aus der Hosentasche.

Lange hatte sie mit vornübergebeugtem Körper auf der schmuddeligen Tischplatte gelegen. Irgendwann war sie so leer und kraftlos, dass ihr Weinen und Schluchzen immer leiser wurde und schließlich ganz verstummte. Um sie herum herrschte völlige Dunkelheit. Was würde geschehen, wenn ihr Peiniger zurückkam? Bis dahin musste sie etwas unternehmen. Das Wageninnere durchsuchen, vielleicht eine Waffe finden, um sich zu verteidigen, wenn sie in akute Gefahr geriet.

Plötzlich setzte sie sich kerzengerade auf. Ihre Jacke! Sie hatte sie nicht abgelegt, seit sie am späten Vormittag die Praxis ihrer Gynäkologin verlassen hatte. Eine sportliche, hellblaue, wasserabweisende und gefütterte Mikrofaserjacke. Genau das Richtige bei diesem Herbstwetter. In der rechten Seitentasche verstaute sie immer ihr Handy. Der Geiselnehmer hatte es in der Bank entdeckt und ihr abgenommen. Doch die anderen Taschen hatte er nicht durchsucht. In der linken Seitentasche befanden sich Célines Hausschlüssel sowie ihr Portemonnaie mit Ausweis, Kreditkarten, Führerschein und dem Sonografiebild ihres ungeborenen Kindes. Sie legte es auf den Tisch. Dann tastete sie die Brusttaschen der Jacke ab. In der rechten fand sie, was sie suchte. Ein Kärtchen mit Streichhölzern. Wieso hatte sie nicht früher daran gedacht? Es war eine Marotte von ihr, eine feste Gewohnheit, stets ein Päckchen Streichhölzer bei sich zu tragen. Damals, als sie mit ihrem Bruder Florent im Keller des alten Weingutes gefangen war, hatte sie sich vorgenommen, nie wieder im Leben ohne Streichhölzer oder ein Feuerzeug das Haus zu verlassen. Seit jener Zeit war ihr das in Fleisch und Blut übergegangen. In ihren Mänteln, Jacken, Hosen und in allen Handtaschen befanden sich Streichhölzer oder Feuerzeuge. Vor einigen Jahren hatte sich das schon einmal ausgezahlt, als ein Métrozug im Tunnel stecken geblieben war. Das Licht war erloschen, Céline spürte Panik in sich aufsteigen und durchlebte in Sekundenschnelle wieder jene Situation aus ihrer Kindheit. Als sie dann ein Streichholz aufflammen ließ, fühlte sie eine große Erleichterung. Der Métrowagen war nur halb besetzt, und die Tatsache, dass sie im flackernden Licht ihre unmittelbare Umgebung wahrnehmen konnte, wirkte beruhigend auf sie. Nach etwa zehn Minuten fuhr der Zug weiter. Ein kurzzeitiger Stromausfall hatte ihn zum Stehen gebracht.

Ein Streichholz, ein Feuerzeug zum Überleben, als Symbol der Hoffnung und Errettung.

Mit zitternden Fingern löste sie jetzt eines der Hölzchen von der Karte und zündete es an. Im schwachen Lichtschein fiel ihr Blick sofort auf die Campinglampe, die seitlich auf dem Tisch stand. Das Streichholz erlosch. Céline wusste genau, wie man eine solche Lampe anzündete. In ihrer Jugend war sie in den Schulferien öfter im Zeltlager gewesen. Wenig später brannte die Gasflamme, und Céline drehte sie auf mittlere Stärke.

Sie nahm das Sonografiebild aus der Brieftasche, betrachtete die verschwommene Aufnahme und drückte ihre Lippen darauf. Erneut fing sie an zu weinen. Dann ließ sie die Aufnahme zurückgleiten.

Der Blick auf die Uhr sagte ihr, dass es kurz nach sieben war. Draußen musste bereits die Dämmerung hereingebrochen sein. Es war Eile geboten; der Geiselnehmer konnte jeden Augenblick zurückkommen.

Céline griff nach der Campinglampe und begann, den Wagen zu durchsuchen. Eingangsbereich und Kochecke konnten rasch abgehakt werden, dort fand sich nichts von Bedeutung. Der Metallspind war mit einem Vorhängeschloss verriegelt, zu dem der Schlüssel fehlte. Was mochte er enthalten? Sie nahm sich die Schmalseite mit der Matratze vor. Dort lag eine schmuddelige Decke mit dem Aufdruck *Police Municipale*. Staatliches Eigentum, auf einem Polizeirevier gestohlen, vermutete Céline. Die grau gestreifte Matratze stank nach Urin und

Schweiß und wies zahlreiche Flecken auf. Am Kopfende lag ein zerknautschtes kleines Kissen ohne Bezug. Am Fußende türmten sich einige Kleidungsstücke: ein Paar Jeans, ein zusammengerolltes Cordhemd sowie ein schwerer Parka. Darunter entdeckte Céline eine verstaubte Polaroidkamera und ein altes Fernglas. Schnell durchsuchte sie sämtliche Taschen der Kleidungsstücke. In der Brusttasche des Parkas entdeckte sie ein zerfleddertes, zusammengefaltetes Stück Papier, das sie vorsichtig öffnete. Es war ein amtliches Formular, eine Abmeldebescheinigung des Einwohnermeldeamtes. Ausgestellt vor zwei Jahren in Marignane, einem Ort nahe Marseille, auf den Namen Freddy Ruiz. Eine Adresse und das Geburtsdatum 1989. Freddy Ruiz … War das der Name des Mannes, der die Bank überfallen und Céline in diesen Bauwagen verschleppt hatte? Vom Alter her konnte er es sein. Außerdem konnte Céline sich nicht vorstellen, dass jemand die Abmeldebescheinigung einer anderen Person aufbewahrte.

Céline überlegte fieberhaft. Vor zwei Jahren hatte LaBréa noch bei der Police Judiciaire in Marseille gearbeitet. Möglicherweise war Freddy Ruiz dort einmal der Polizei aufgefallen und LaBréa begegnet? Was war damals geschehen? Hatte der Geiselnehmer eine alte Rechnung mit LaBréa offen? Céline steckte den Zettel zurück in die Brusttasche des Parkas und legte die Kleidung wieder so hin, wie sie sie vorgefunden hatte. Sie nahm wieder die Lampe, trat zurück zum Tisch und ließ sich auf den Stuhl sinken. Sie hatte nichts gefunden, womit sie sich im Ernstfall verteidigen konnte. Weder ein Messer noch irgendeinen anderen spitzen Gegenstand. Dafür kannte sie nun die Identität des Mannes. Dieses Wissen nützte ihr jedoch nichts, solange sie hier gefangen war. Und ob Freddy Ruiz, falls er wirklich so hieß, sie je wieder laufen lassen würde, schien unwahrscheinlich. Was hatte er mit ihr vor? Céline legte beide Hände auf ihren Bauch. Wir müssen durchhalten, flüsterte sie leise. Wir beide, du und ich ... Sie hörte ihre eigene Stimme wie von weit her. Regte sich da etwas in ihrem Leib, verspürte sie eine Bewegung? Oder ließ sie sich von ihrem rasend pochenden Herzen täuschen? Ehe Céline eine Antwort darauf fand, hörte sie von draußen Schritte. Der Mann kam zurück! Rasch löschte sie die Campinglampe. Verdammt, der Gasgeruch hing in der Luft und würde sie verraten. Sie hörte, wie der Schlüssel ins Schloss gesteckt wurde und verkrampfte die Hände ineinander, damit sie ihr Zittern unter Kontrolle bekam.

# 15. KAPITEL

Er betrat den Bauwagen und knallte die Tür hinter sich zu. Sofort richtete er den Schein der Taschenlampe auf Céline und sah, dass sie am Tisch saß. Dann versuchte er, den Schlüssel ins Schloss zu stecken, um die Tür von innen abzusperren. Es gelang ihm nicht, und er stieß einen lauten Fluch aus. Im Bruchteil weniger Sekunden erfasste Céline die Aura, die den Mann umgab. Sie hatte sich verändert. Etwas überaus Gefährliches und Unberechenbares ging von ihm aus, er erschien bedrohlicher als in all den Stunden zuvor. Die Luft flirrte wie aufgeladen, angereichert mit einer Gewalt, die sich immer weiter aufbaute. Der laute Fluch war nur der Anfang. Was würde der Mann tun, wenn er am starken Gasgeruch merkte, dass sie, entgegen seiner Anweisung, die Lampe angezündet hatte?

Endlich hatte er es geschafft, die Tür abzuschließen. Er knallte die eingeschaltete Taschenlampe auf den Tisch, stürzte auf Céline zu und zerrte sie am Kragen ihrer Jacke vom Stuhl hoch. Sie versuchte sich zu wehren, doch er schlug ihr zweimal hart ins Gesicht. Céline taumelte gegen den Spind. Erneut packte der Geiselnehmer sie am Kragen und drückte sie gegen das kalte Metall.

Schmerzhaft spürte sie im Rücken den Druck des Vorhängeschlosses.

»Was meinst du«, brüllte er unbeherrscht. »Wie viel ist deinem Bullen das Leben seiner Tussi wert?«

Céline wollte sich aus seinem Griff befreien, doch es gelang ihr nicht. Ihre Wange brannte. Sie roch den heißen Atem des Mannes, und im Schein der Taschenlampe starrte sie in den dunklen Schlund seiner Augen. Sie schienen unnatürlich geweitet und flackerten.

»Zweihunderttausend will ich haben«, fuhr er mit lauter Stimme fort. »Wenn er die bis morgen früh nicht auftreibt, bist du dran!«

Mit einem Ruck ließ er Céline los, die zur Seite stolperte, stampfte zum Tisch und zündete mit einem Feuerzeug die Gaslampe an. Trotz der lähmenden Angst, die sein aggressives Verhalten in ihr ausgelöst hatte, nahm sie doch wahr, dass er mit einem Mal verwirrt schien, beinahe kraftlos und ohne Orientierung. Sein Blick irrte wie weggetreten durch den Bauwagen, als suchte er einen Halt, ohne ihn zu finden. Céline wagte sich nicht zu rühren. Eine unbedachte Bewegung, eine falsche Reaktion konnten zu einem neuen Ausbruch führen. Sie beobachtete ihn genau und zwang sich, ruhig und gleichmäßig zu atmen, wobei ihr das Herz bis zum Hals klopfte. Ihre rechte Wange brannte. Zum zweiten Mal hatte ihr Peiniger sie geschlagen. Nie zuvor in ihrem Leben war Céline von irgendjemandem geschlagen worden, auch als Kind nicht. Ohrfeigen oder Prügelstrafe hatte es in ihrem Elternhaus nicht gegeben.

Der Mann ließ sich auf einen Stuhl fallen und presste einen Moment lang die Hände vors Gesicht. Sein Atem ging keuchend, und ein Zittern durchzog seinen durchtrainierten Körper. Er krümmte sich, als litte er unter starken Schmerzen. Dann plötzlich straffte er sich, doch er schien Mühe zu haben, das Gleichgewicht zu halten. Er zog seine Pistole aus der Jackentasche, entsicherte sie und richtete sie auf Céline.

»Bleib bloß stehen, wo du bist!«, fauchte er mit einer Stimme, die merkwürdig verwaschen klang, so als wäre ihm die Kontrolle darüber entglitten. Seine geweiteten Augen stierten sie an. Die Pistole in der zitternden Hand schwankte gefährlich hin und her.

Jetzt nur nicht die Nerven verlieren, dachte sie. Beweg dich nicht! Irgendetwas Seltsames geschah mit diesem Mann. Er schien vollkommen außer sich, nicht mehr Herr seiner Sinne.

Mit der freien Hand streifte er seinen Rucksack von der Schulter und wühlte hastig in einer der Seitentaschen. Er zog ein Papiertütchen heraus, verstreute ein helles Pulver auf der Tischplatte und beugte sich darüber. In tiefen Zügen sog er die Substanz durch beide Nasenlöcher ein. Dann lehnte er sich auf dem Stuhl zurück, die Pistole weiterhin auf Céline gerichtet. Mit einer Mischung aus Furcht und Faszination sah sie ihm zu.

Sie verstand nicht viel von Drogen, hatte selbst nie welche genommen. Nicht einmal in ihrer Jugend, als es schick war, zumindest Haschisch auszuprobieren.

Dieser Mann, der sie hier gefangen hielt, war drogenabhängig. Was nahm er? Céline kannte sich nicht aus. Sie wusste nur, dass Kokain als weißes Pulver verkauft wurde. War das seine Droge? Oder gab es andere, ähnliche Substanzen?

Unverwandt blickte sie ihren Peiniger an. Nach einiger Zeit – waren es wenige Minuten? – bemerkte sie, wie das Zittern seiner Hände nachließ. Sein Blick wurde klarer und ruhiger, sein Körper entspannte sich. Das weiße Pulver schien sehr schnell zu wirken und den Zustand des schmerzhaften Entzugs zu beenden. Offensichtlich war aber durch die Einnahme der Droge sein Geruchssinn getrübt. Der starke Gasgeruch der Campinglampe hing immer noch im Raum, und der Geiselnehmer hatte ihn bisher nicht wahrgenommen.

Seine Stimme riss Céline aus ihren Gedanken und aus ihrer Erstarrung.

»Los, setz dich an den Tisch.« Jetzt klang er ruhig und souverän, aber dennoch bestimmt.

Zögernd gehorchte Céline. Während sie sich langsam auf den Stuhl gleiten ließ, spürte sie, dass sie dringend auf die Toilette musste. Die ganze Zeit hatte sie diesen Drang schon unterdrückt. Denn im Bauwagen gab es keine Toilette.

Nach dem Anruf des Geiselnehmers blieb LaBréa einen Moment bewegungslos auf seinem Schreibtischstuhl sitzen. In seinem Kopf drehte sich alles. Zweihunderttausend Euro wollte der Mann. Wie sollte er eine solche Summe bis zum nächsten Morgen beschaffen? Und selbst wenn das gelang – dass der Mann Céline danach wirklich freiließ, schien unwahrscheinlich. Er hatte seine Gesichtsmaske in der Bank zurückgelassen. Céline konnte ihn sicher genau beschreiben. Ein solches Risiko würde der Erpresser wohl kaum eingehen. Wie eine dunkle und drohende Wand stieg in LaBréa erneut die Angst um Céline hoch.

Er informierte seine Mitarbeiter über das Gespräch. Jeder im Raum wusste um den Ernst der Lage. Franck veranlasste, dass sofort Maßnahmen ergriffen wurden, damit auf LaBréas Festnetztelefon und Handy alle eingehenden Anrufe zurückverfolgt werden konnten. Es war ein schweres Versäumnis gewesen, dass LaBréa nicht früher daran gedacht hatte, seine Telefone überwachen zu lassen. Nun würde er nie in Erfahrung bringen, woher der erste Anruf des Geiselnehmers gekommen war.

Dann drehte sich das Gespräch um die Lösegeldforderung des Bankräubers.

»Eigentlich müsste die LCL-Bank diese Summe lockermachen«, meinte Claudine. »Die Entführung Ihrer Freundin geschah im Zusammenhang mit dem Überfall, Chef. Die sind doch gegen so was versichert, oder?«

Niemand wusste es. LaBréa wählte die Nummer von Capitaine Leconte und teilte ihm die Forderung des Geiselnehmers mit.

»Weiter hat er nichts durchgegeben?«, hakte Leconte nach. »Keine Zeitangabe, keinen Übergabeort?«

LaBréa wurde ärgerlich. Seine Stimme klang unwillkürlich lauter. »Nein, hat er nicht! Sonst hätte ich es Ihnen gesagt! Ich würde gern wissen, wie das Geld beschafft werden soll. Oder gehen Sie und Ihre Dienststelle davon aus, dass *ich* eine solche Summe bereitstellen muss?«

»Natürlich nicht!«, versuchte Leconte zu beschwichtigen. »Ich werde mich mit dem Polizeipräfekten in Verbindung setzen. Vielleicht kann er das Geld aus einem der Töpfe im Innenministerium bereitstellen.«

»Und die Bank?«

»Die kontaktiere ich natürlich auch.«

»Wann?«

»Sofort, falls ich den Filialleiter erreiche. Wir dürfen jetzt nicht die Nerven verlieren, LaBréa.«

»Niemand verliert hier die Nerven, Monsieur! Aber die Zeit drängt. Wenn der Kerl mich das nächste Mal anruft, muss ich wissen, ob das Geld bis morgen früh zur Verfügung steht.«

»So schnell entscheidet sich das nicht. Versuchen Sie erst mal, ihn hinzuhalten. Dieser Typ kann sich doch ausrechnen, dass wir jetzt am Abend und über Nacht nicht viel machen können.«

»Das wird ihn wenig interessieren!«

»Rufen Sie mich sofort an, wenn er sich wieder meldet. Und lassen Sie eine Fangschaltung auf Ihre Telefonapparate legen!«

»Ist längst veranlasst.«

»Mehr können wir im Moment nicht tun.«

»Sie hätten ihn nicht entkommen lassen dürfen, Leconte!« Er hörte selbst, wie vorwurfsvoll und verbittert das klang.

»Was hätten wir denn tun sollen?«, entgegnete Leconte scharf. »Es gab keine Gelegenheit, den Kerl auszuschalten. Das wissen Sie, LaBréa, Sie waren doch dabei! Nachdem er den Fluchtwagen gewechselt hatte, haben wir sämtliche Hauptverkehrsstraßen und den Périphérique überwacht. Nach Norden hin, ab der Anschlussstelle Porte des Lilas. Und in südlicher Richtung ab Porte de Vincennes. Wahrscheinlich ist er vorher abgefahren und irgendwo in der Stadt untergetaucht. Ihn dort aufspüren zu wollen wäre wie die Suche nach der Nadel im Heuhaufen.«

LaBréa sagte nichts. Er wusste, dass Leconte Recht hatte. Doch in seiner Verzweiflung und Ohnmacht suchte er nach einem Schuldigen. Dabei gab es keinen Schuldigen. Alles, was sich seit dem Mittag abgespielt hatte, war eine Aneinanderreihung von Zufällen, in deren Strudel Céline hineingeraten war, ohne dass es hätte verhindert werden können. LaBréa murmelte eine Entschuldigung.

»Tut mir leid, Leconte. Ich bin eben auch nur ein Mensch.«

Auch Leconte klang wieder ruhiger. »Ich kümmere mich um die zweihunderttausend. Ich kann nur hoffen, dass Fünfhunderterscheine in solchen Mengen vorrätig sind. Wenn die Stückelung kleiner ausfällt, gibt das einen Riesenpacken Geld.«

Das Gespräch war beendet, doch LaBréa hatte kein gutes Gefühl. Unsicherheit und Zweifel beschlichen ihn erneut. Würde Leconte mit dem nötigen Nachdruck dafür sorgen, dass die Geldsumme bereitgestellt wurde? Oder plante er, mit einer fingierten Übergabe den Geiselnehmer in die Falle zu locken? Schließlich war es nicht Lecontes Freundin, die sich in der Gewalt dieses Mannes befand. Aber LaBréa hatte keineswegs vor, die Entscheidung über das Leben von Céline anderen zu überlassen. Er fasste einen Entschluss. Er war radikal und konnte ihn seinen Job kosten.

»Ich steige für ein paar Tage aus«, sagte er zu seinen Mitarbeitern. »Sie arbeiten inzwischen weiter am Fall Chambon. Über Handy können Sie mich jederzeit erreichen, aber nur, wenn es ganz wichtig ist!«

»Alles klar, Chef«, sagte der Paradiesvogel nach einem kurzen Moment des Schweigens. »Wollen Sie sich krankmelden?«

»Nur wenn der Schöngeist mir nicht einige Tage unbezahlten Urlaub bewilligt.« Er griff zum Telefon und wählte die Nummer des Direktors. Hoffentlich war er um diese Zeit noch in seinem Büro. Seine Sekretärin meldete sich.

»Moment, ich stelle Sie durch, Commissaire«, meinte sie.

»Nicht nötig, Madame. Ich komme rauf. Es ist dringend.«

Ohne die Antwort abzuwarten, legte LaBréa auf. Bevor er sein Büro verließ, sagte er: »Einer von Ihnen überwacht heute Nacht mein Telefon, falls der Kerl es über den Dienstapparat versucht.«

»Ich übernehme das, Chef«, erwiderte Franck. »Wenn ich Ihren Computer benutzen darf, wegen der Ermittlungen im Fall Chambon?«

LaBréa nickte. Er wusste, dass er sich auf Franck verlassen konnte. Bei einem erneuten Anruf des Geiselnehmers würde er versuchen, den Mann solange hinzuhalten, bis dessen Nummer zurückverfolgt werden konnte.

»Und Sie?«, wollte Claudine wissen. »Haben Sie einen Plan, Chef?«

»Noch nicht. Ich gehe erst mal nach Hause. Da habe ich eine Akte mit Mordfällen aus meiner Zeit in Marseille und hier in Paris. Von den wichtigen Ermittlungsunterlagen habe ich mir immer Auszüge aus den Originalprotokollen kopiert.«

»Wow!«, bemerkte Jean-Marc.

»Ja, okay, das ist nicht ganz legal«, erwiderte LaBréa und zuckte die Achseln. »Aber man weiß ja nie, wozu so etwas gut ist. Ich seh mal nach, ob ich irgendwas finde, was mich in Verbindung mit diesem Typen bringt. Irgendein Hinweis, eine Winzigkeit.«

»Müsste schon was Wichtiges sein, Chef.« Franck kratzte sich am Dreitagebart. »Wo der Kerl sich so genau an Sie erinnert!«

»Wenn es so was Wichtiges wäre, würde ich mich ebenfalls daran erinnern. Aber vielleicht habe ich es auch schlicht und einfach vergessen. Deshalb will ich meinem Gedächtnis auf die Sprünge helfen. Vielleicht habe ich Glück. In den nächsten zwei Stunden können Sie mich also über mein privates Festnetz erreichen, Franck. Falls hier ein Anruf eingeht.«

Direktor Thibon saß hinter seinem Schreibtisch und schob sich eine Süßigkeit in den Mund. Vor ihm lag eine angebrochene Schachtel feinster Edelpralinen. Genüsslich ließ er den Nougattrüffel auf der Zunge zergehen und verzog kennerhaft die Lippen. Das Mienenspiel des Direktors fand ein jähes Ende, als LaBréa das Büro betrat. Rasch schluckte Thibon den Rest der Praline herunter, schob die Schachtel beiseite und lehnte sich zurück.

»Nun, LaBréa, wollen Sie sich für Ihr ungeheuerliches Verhalten vorhin bei mir entschuldigen?«, sagte er statt einer Begrüßung. »Das wird aber auch Zeit!«

»Wenn Sie darauf bestehen, Monsieur.«

»Ja, allerdings! Das ist ja wohl das Mindeste.«

»Gut, dann entschuldige ich mich hiermit.«

»Alles andere nimmt dann seinen Lauf, LaBréa. Sie kennen das Repertoire der Disziplinarmaßnahmen. Sie können jetzt gehen.« Der Direktor wandte den Kopf ab und schlug eine Akte auf.

»Noch nicht, Monsieur. Ich beantrage einige Tage unbezahlten Urlaub.«

Thibon warf ihm einen abschätzenden Blick zu.

»Unbezahlten Urlaub? Den gibt es in meiner Abteilung nicht. Wenn es um Ihre Freundin geht, die sich in der Gewalt des Geiselnehmers befindet …«

LaBréa unterbrach ihn brüsk. »Dann melde ich mich hiermit krank, Monsieur le directeur. Ich habe rasende Kopfschmerzen, außerdem Schwindelanfälle. Ein ärztliches Attest reiche ich nach.«

Er wandte sich um und verließ Thibons Büro. Thibon war so perplex, dass er nichts erwiderte. Stattdessen griff er langsam nach der Pralinenschachtel und biss krachend in einen neuen Trüffel. Da er einen mit Cognacfüllung erwischt hatte, landete die Hälfte davon auf seiner Seidenkrawatte.

Halb acht. Ein Nieselregen hatte eingesetzt. Auf den Bürgersteigen und Straßen spiegelte sich das Licht der Straßenlaternen. Es mischte sich mit dem Rot und Grün der Ampeln und dem flackernden Scheinwerferlicht der Autos.

Beim Pont Notre Dame überquerte LaBréa die Seine. Dunkel schlug das Wasser an den Quai. Ein hell erleuchtetes Ausflugsboot steuerte auf die Brücke zu. Die Sitzplätze unter Deck waren leer. Ein Geisterboot auf einer Irrfahrt durch eine unwirtliche Nacht.

Zehn Minuten später erreichte LaBréa seine Wohnung in der Rue des Blancs Manteaux und gab den Haustürcode ein. Im Hinterhof begegnete ihm Monsieur Hugo, der Hausmeister. Er klappte eine der Mülltonnen zu und kam zurück in den Flur gehastet. Seine spärlichen Haare klebten ihm nass am Kopf, von seiner schlabbrigen Fleecejacke perlte der Regen.

»'n Abend, Commissaire! So ein Sauwetter!«

»Ja, allerdings«, murmelte LaBréa und ging eilig weiter. Monsieur Hugo hüstelte, erstaunt, dass der Commissaire so kurz angebunden war, und ließ die Flurtür hinter sich ins Schloss fallen.

LaBréa warf einen schnellen Blick zu Célines Atelierwohnung hinüber. Sie lag rechter Hand über den Hof, an dessen Ende sich LaBréas Wohnung befand. Die Fenster waren dunkel, der Nieselregen schlug gegen die Scheiben. LaBréa hätte vor Verzweiflung am liebsten geschrien. Wo war Céline jetzt? Was hatte der Geiselnehmer mit ihr gemacht? Hastig eilte er weiter, als ginge von Célines Wohnung eine Gefahr aus, der er unbedingt entfliehen musste. Noch am Vormittag hatten Jenny und er Céline in ihrer Wohnung abgeholt, um mit der Métro zum Musée d'Orsay zu fahren. Unendlich lange schien das her. Der Tag hatte sich zu einem wahren Alptraum entwickelt.

Im Flur hängte er seinen Trenchcoat an den Garderobenhaken und schlurfte in die Küche. Als er auf dem Weg dorthin den Salon durchquerte, empfing ihn Kater Obelix mit lautem Miauen. Er schrie vor Hunger, denn LaBréa hatte ihn völlig vergessen. LaBréa strich dem Tier kurz übers Fell, doch Obelix entzog sich, zischte böse und erreichte vor ihm die Küche. LaBréa nahm aus dem Küchenschrank eine angebrochene Dose Katzenfutter und gab den Inhalt in den Napf, der neben der Balkontür stand. Sogleich machte sich Obelix darüber her. Für sich selbst wählte LaBréa ein Stück kaltes Huhn, das vom gestrigen Abendessen übrig geblieben war. Hastig aß er es direkt aus der Alufolie. Er suchte nach der Whiskyflasche. Sie lag seit Monaten unberührt im Küchenschrank, ein Geburtstagsgeschenk von seinem Bruder Richard. Normalerweise trank LaBréa keine scharfen Sachen. Doch angesichts der Stresssituation, in der er sich seit Stunden befand, schien ihm ein Schluck Whisky genau das Richtige. Er machte ein großes Glas halb voll und kippte es in einem Zug hinunter. Schon fühlte er sich besser, obgleich der Whisky wie Feuer in seinem Magen brannte. Er schob sich den letzten Bissen Huhn in den Mund und wusch sich rasch die Hände unter dem Wasserhahn der Küchenspüle. Dann ging er hinüber in den Salon, wo die schmatzenden Fresslaute des Katers nicht mehr zu hören waren.

Aus einem Sideboard holte er einen Aktenordner, setzte sich in einen der Sessel und begann, die kopierten Ermittlungsunterlagen der letzten Jahre durchzublättern. Er begann mit dem Mordfall Roulin. Vor zehn Jahren hatte der dreißigjährige Fabrice Roulin in Marseille seine Eltern und seine jüngere Schwester umgebracht. Geschickt hatte er zunächst versucht, den Verdacht auf einen Nachbarn zu lenken. Doch anhand einer lückenlosen Indizienkette konnte LaBréa ihn seinerzeit als Täter überführen. Fabrice Roulin saß eine lebenslange Haftstrafe ab. Unwahrscheinlich, dass er vorzeitig entlassen worden war. Ganz abgesehen davon, dass er nicht mit südlichem Akzent sprach und zudem lispelte. Außerdem war er heute ein Mann von vierzig Jahren. Die befreiten Geiseln aus der LCL aber hatten den Geiselnehmer als jüngeren Mann beschrieben.

LaBréa blätterte weiter. Gruppenvergewaltigung an einem siebzehnjährigen Mädchen mit Todesfolge. Ein besonders grauenhaftes Verbrechen. Drei der sechs jugendlichen Täter konnten in einem Wohnsilo in einer Vorstadt von Marseille verhaftet werden, die beiden anderen wurden nie gefasst. Die drei Angeklagten bekamen jeweils fünf Jahre Jugendhaft. Eine lächerlich geringe Strafe angesichts des Verbrechens, das sie begangen hatten. Alle drei wären heute wieder auf freiem Fuß und im Alter des Geiselnehmers. War es möglich, dass einer von ihnen jetzt die Bank überfallen und sich an LaBréa erinnert hatte, als dieser sich am Handy meldete?

Beim nächsten Fall handelte es sich um Schutzgelderpressung und Mord an einem Marseiller Geschäftsmann. Die Täter, zwei illegal in Frankreich lebende Ivorer, verbüßten eine lebenslängliche Strafe und würden anschließend in ihre Heimat abgeschoben werden.

Es folgte ein Fall von Giftmord, begangen von einer alten Frau an ihrem achtzigjährigen Ehemann. Noch vor Antritt der Strafe war die Frau verstorben. Hier hatte niemand mit LaBréa eine Rechnung offen.

Und dann zuckten LaBréas Augen wie elektrisiert zu den Unterlagen im Fall Philippe Douvry, Versicherungsvertreter. Wie hatte er vergessen können, was vor zehn Jahren in Marseille passiert war? Douvry war beschuldigt worden, eine minderjährige Anhalterin mitgenommen und in eine einsame Bucht in den Calanques entführt zu haben. Dort hatte er das Mädchen vergewaltigt, erwürgt und war anschließend mit der Leiche im Kofferraum auf die Klippen gefahren, wo er den Leichnam ins Meer warf. Die Beweise waren eindeutig, DNA-Spuren des Mädchens fanden sich im Kofferraum und auf dem Beifahrersitz. Kein Alibi des Beschuldigten. Der Mann bekam lebenslänglich. Douvrys Frau Nicole und sein damals zwölfjähriger Sohn Frédéric hielten eisern zu ihm. Nach der Urteilsverkündung hatte der Sohn LaBréa auf dem Gerichtsflur abgepasst. Mit hassverzerrtem Gesicht war er auf ihn zugestürzt und hatte ihm ins Gesicht geschrien: »Mein Vater ist unschuldig! Alles, was Sie behauptet haben, ist gelogen! Sie Drecksack! Jetzt müssen wir aus unserer Wohnung raus, weil wir kein Geld haben. Das vergesse ich Ihnen nie, das verspreche ich! Ich hasse Sie!«

LaBréa lehnte sich im Sessel zurück und runzelte die Stirn. *Müsste schon was Wichtiges sein,* hatte Franck vorhin im Büro gemeint. Frédéric Douvry ... *Ich hasse Sie ... das vergesse ich Ihnen nie* ... Nun, das war etwas Wichtiges, vielleicht eine heiße Spur. Der Junge wäre heute einundzwanzig Jahre alt. Kinder von überführten Mördern gerieten oft auf die schiefe Bahn. Die Verurteilung des Ernährers der Familie hatte Mutter und Sohn damals ohne Zweifel in tiefe finanzielle Nöte gestürzt. Da konnte ein junger Mann schon mal eine kriminelle Laufbahn einschlagen. Einbrüche, Banküberfälle ... und schließlich Mord. In der LCL-Bank hatte der Täter zwei Menschen erschossen. Mit Céline konnte das Gleiche geschehen, wenn sie nicht rechtzeitig befreit wurde.

LaBréa erhob sich aus dem Sessel, ging zum Telefon und wählte Jean-Marcs Nummer. Er nannte ihm das Aktenzeichen des Falles und bat um eine schnelle Recherche nach Frédéric Douvry.

»Wo lebt er heute, was macht er beruflich und so weiter. Das Übliche, Jean-Marc.«

»Glauben Sie, dass er der Kerl ist?«

»Auf jeden Fall hat er mir damals indirekt gedroht. Ich hab das seinerzeit nicht ernst genommen und deshalb auch tatsächlich vergessen.«

Im Anschluss an das Gespräch blätterte LaBréa die restlichen Unterlagen durch. Es kamen noch drei weitere Mordfälle in Marseille hinzu sowie die Kapitalverbrechen nach seinem Dienstantritt in Paris. Doch nirgendwo fand sich ein Anhaltspunkt, der auch nur annähernd so vielversprechend schien wie der Racheschwur eines zwölfjährigen Jungen, Sohn eines überfuhrten und verurteilten Mörders.

# 16. KAPITEL

»Wieso bist du eigentlich so hart zu ihm?«, sagte Françoise Thibon zu ihrem Mann und tupfte sich mit der Serviette die stark geschminkten Lippen ab. »Man kann sich doch vorstellen, wie ihm zumute ist! Seine Lebensgefährtin befindet sich in der Gewalt eines unberechenbaren Geiselnehmers. Versetz dich mal an seine Stelle, Roland. Wie würdest du reagieren, wenn ich in so eine Geschichte hineingeraten wäre?«

Tja, wie reagiert man, wenn einem die Ehepartnerin gleichgültig geworden ist? Direktor Thibon warf seiner Frau einen kurzen Blick zu und beugte sich ein wenig vor.

»Nicht ganz so laut, *chérie*«, sagte er mit gedämpfter Stimme und blickte rasch zum Nachbartisch. »Wir sind hier nicht allein!«

Sie saßen im *Restaurant de la Bourse,* einem ihrer Lieblingslokale. Françoise Lavallé, verheiratete Thibon, war Schauspielerin an der Comédie Française. Am heutigen Mittwoch fiel überraschend die Vorstellung aus, da der Hauptdarsteller des Stücks, in dem sie spielte, erkrankt war. Spontan hatte sie sich mit ihrem Mann zum Essen verabredet. Dem Direktor war das gar nicht recht gewesen, hatte er doch an diesem Abend seine junge Geliebte Eliane besuchen wollen. Seit zwei Jahren hatte er ein Verhältnis mit ihr, von dem seine Frau nichts wusste. Jedenfalls nahm Roland Thibon das an, da sie nie eine diesbezügliche Anspielung fallen ließ. Er finanzierte Eliane, die an drei Abenden in der Woche als Tänzerin in einem noblen Nachtclub arbeitete, das kleine Appartment im 1. Arrondissement, unweit seines Büros am Quai des Orfèvres. Eine praktische Adresse, konnte er Eliane so doch auch in der Mittagspause besuchen und sich von ihr verwöhnen lassen. Heute war Elianes freier Tag im Nachtclub; umso ärgerlicher, dass die Theatervorstellung seiner Frau ausfiel und Thibon schnell umdisponieren musste. Die Ausrede, heute Abend einen dringenden Termin beim Polizeipräfekten wahrnehmen zu müssen, wäre nicht glaubhaft gewesen. Er hatte sie seiner Frau bereits am Montag aufgetischt.

Thibon trank einen Schluck Wein und stocherte lustlos in seinem Essen herum. Während Françoise mit großem Appetit in ihr Steak biss, schob ihr Mann sein Risotto mit Steinpilzen beiseite. Erneut knüpfte Françoise an das Gespräch an.

»Ich finde, du solltest LaBréa anrufen und ihm signalisieren, dass du Verständnis für seine Situation aufbringst. Es ist doch völlig überzogen, wenn du ihm wegen dieser fingierten Krankmeldung an den Kragen gehst. Zeig dich großherzig, damit der Frieden in deiner Abteilung wiederhergestellt ist.«

Thibon seufzte. »Den Frieden in meiner Abteilung stört *er*, niemand sonst, Françoise. Ich weiß nicht, welches schlechte Karma mich heimgesucht hat, als LaBréa letztes Jahr ausgerechnet in meine Abteilung versetzt wurde! *Das Schicksal kann uns nur nehmen, was es uns gegeben hat.* Altes französisches Sprichwort. Aber ich werde dem Schicksal ein wenig nachhelfen.«

»Ich finde wirklich, du übertreibst, Roland! Vergiss bitte nicht, dass er sich im Sommer sehr fair zu uns verhalten hat. Ich meine, als diese ganze Clique um Ribanville und Lecadre aufgeflogen ist. Er hat es nicht an die große Glocke gehängt, dass wir so eng mit Lecadre befreundet waren. Mit einem Mörder und Kinderschänder!« Voller Abscheu schüttelte sie sich und griff hastig nach ihrem Weinglas. »Natürlich waren wir völlig ahnungslos! Aber dennoch – nicht auszudenken, was das für deine Karriere bedeutet hätte. Und für meine auch!«

»Ich fühle mich nicht in seiner Schuld. In dienstlichen Dingen handelt LaBréa fortwährend eigenmächtig, geradezu selbstherrlich. Er scheint nicht begriffen zu haben, dass es im Polizeiapparat eine Hierarchie und eine Befehlskette gibt.«

»Jetzt sei doch nicht so stur! Ein bisschen mehr Menschlichkeit und Einfühlungsvermögen – das wünsche ich mir von dir.« Sie blickte ihm direkt in die Augen. Er hatte Mühe, ihrem Blick standzuhalten.

Weiß sie etwas? Soll das eine Anspielung sein?, fragte er sich. Sie lächelte ihn an und schob sich den letzten

Bissen Fleisch in den Mund. Nachdenklich wog Roland sein Glas in der Hand. Seit zwanzig Jahren war er mit Françoise verheiratet. Aus einer mittellosen Familie stammend, hatte er seinerzeit das große Los gezogen, als er die verwöhnte Tochter eines wohlhabenden Pariser Rechtsanwalts für sich gewann. Schon damals glänzte sie als junger Star im Théâtre du Vieux-Colombier. Eine gefeierte Schauspielerin, von Männern umschwärmt. Bis heute war ihr Mädchenname Lavallé auch ihr Künstlername. Als Referendar in der Kanzlei ihres Vaters hatte er sie kennengelernt. Sein zukünftiger Schwiegervater, Edouard Lavallé, hielt große Stücke auf Roland. Er ebnete ihm den Weg in die konservative Partei, wo er bald die richtigen Verbindungen knüpfte. Als Jurist hatte er die besten Voraussetzungen für den höheren Polizeidienst. Auch da hatte Françoise' Vater seine Hände im Spiel, und Roland Thibon kletterte rasch und stetig die Karriereleiter empor.

Er wusste, dass er Françoise viel verdankte, eigentlich alles. Ihre Familie hatte ihn aufgenommen und protegiert. Einzig die Tatsache, dass Françoise keine Kinder bekommen konnte, war von Beginn an ein Wermutstropfen für ihre Eltern gewesen. Sie hätten gern Enkelkinder gehabt. Roland selbst machte sich nichts aus Kindern. Er hatte sich keine gewünscht und war im Grunde froh, dass die Natur bei seiner Frau einen Riegel vorgeschoben hatte. Vor einigen Jahren hatte Thibon kurzzeitig über eine Scheidung nachgedacht. Er liebte

Françoise nicht mehr. Hatte er sie überhaupt je geliebt? Natürlich, in den ersten Jahren war er sehr verliebt gewesen. Verstärkt wurde dieses Gefühl noch durch die Möglichkeiten, die sie und ihre Familie ihm eröffnen konnten. Doch so wie alles sich abnutzte, verloren auch Liebe und Verliebtheit ihr Feuer und glimmten nach nicht allzu langer Zeit nur noch träge vor sich hin. Françoise war nur zwei Jahre jünger als er. Mit zunehmendem Alter klammerte sie sich immer heftiger an ihre Jugend, die längst vorbei war. Mit aller Macht stemmte sie sich gegen das Unausweichliche. Kleine und große Schönheitsoperationen verschlangen riesige Summen Geld, der Effekt war nur vorübergehend. Thibon bekam Appetit auf junge, unverbrauchte und nicht geliftete Haut. Also begannen die Heimlichkeiten, die nicht immer komplikationslos abliefen. Vor einigen Jahren hatte seine damalige Geliebte – gleichzeitig seine Sekretärin – Druck gemacht, damit er sich scheiden ließ. Doch das wäre für ihn schon aus finanziellen Gründen nie infrage gekommen. Zwischen Françoise und ihm herrschte Gütertrennung. Papa Lavallé, der alte Fuchs, hatte in einer Ecke seines Herzens dem Emporkömmling wohl doch nicht so recht über den Weg getraut und einen entsprechenden Ehevertrag aufgesetzt. Bei einer Scheidung würde Thibon auf viele Annehmlichkeiten verzichten müssen, an denen Menschen mit großem Vermögen ihre Ehepartner teilhaben lassen. Und er hatte sich an ein Leben im Luxus gewöhnt. Dazu gehörte auch die Villa der Lavallés an der Côte d'Azur, das Feriendomizil der Familie. Ein Prestigeobjekt, mit dem Thibon gern prahlte und wohin er großzügig Menschen einlud, die ihm nützlich sein konnten oder mit denen er sich zu schmücken gedachte. Nein, der Gedanke an eine Scheidung war nie wirklich ernsthaft in Erwägung gezogen worden. Enttäuscht trennte sich die Sekretärin von Thibon und ließ sich in eine andere Dienststelle versetzen. Es folgten neue Geliebte, bis er Eliane kennenlernte, eine rassige, bronzehäutige junge Frau in der Blüte ihrer dreiundzwanzig Jahre. Der Gedanke an sie ließ Thibons Herz auch jetzt wieder höher schlagen. Gleich morgen Mittag würde er sie besuchen – er konnte es kaum erwarten.

Der bohrende Blick seiner Frau ließ ihn zusammenzucken. Wie ertappt straffte er sich, lächelte und fragte mit gespielter Zärtlichkeit: »Ein Dessert, *chérie*?«

»Mal sehen, was sie heute haben.«

Thibon winkte den Kellner herbei.

»Und tu mir den Gefallen, Roland, und ruf nachher LaBréa an. Versprichst du mir das?«

Thibon nickte. Natürlich würde er den Commissaire nicht anrufen. Er würde Françoise belügen, um sie zufriedenzustellen. Im Lügen war Thibon ein Meister seines Fachs. Sonst hätte er nicht so glatt und ohne jegliche Skrupel seit vielen Jahren ein perfektes Doppelleben führen können.

Der Druck auf Célines Blase wurde immer stärker. Was bedeutete das für das Baby? Konnte die Unterdrückung eines natürlichen Bedürfnisses einem Ungeborenen Schaden zufügen? Céline wusste es nicht.

Seit einigen Minuten saß sie dem Geiselnehmer an dem wackligen Tisch im Bauwagen gegenüber. Er betrachtete sie eingehend, sagte aber nichts. Sein Blick war unergründlich, das Schwarz seiner Augen bodenlos. Céline hatte Angst, doch sie zwang sich, ruhig zu bleiben und ihre Furcht nicht zu zeigen. Warum starrte er sie so an? Was kam als Nächstes? Was hatte er mit ihr vor?

»Tut mir leid, Monsieur«, sagte Céline jetzt entschlossen. »Aber ich muss ganz dringend auf die Toilette.«

Ein Grinsen huschte über das Gesicht des Mannes. Er verschränkte die Hände im Nacken. »Verstehe. Du musst pissen. Oder etwa noch was anderes?«

Heftig schüttelte Céline den Kopf. Sie wusste, was er meinte.

»Umso besser. Das macht es nicht so kompliziert.« Er stand auf und holte eine der leeren Cassouletdosen, die Céline neben dem Gaskocher hatte stehen lassen. Er knallte sie vor ihr auf den Tisch. »Hier, das ist hoffentlich groß genug. Was anderes gibt's nicht. Hock dich hinten neben die Matratze. Aber sieh bloß zu, dass nichts danebengeht!«

Céline spürte, wie die Schamesröte ihr ins Gesicht schoss. Auch die Wut war wieder da, der Hass auf diesen

Menschen. Zu allem, was er ihr bereits angetan hatte, brachte er sie nun in eine weitere entwürdigende Situation. Er würde zusehen, wie sie ihre Notdurft verrichtete, und wer konnte wissen, was dies in ihm auslösen mochte. Noch hatte er keine sexuellen Annäherungsversuche gestartet, keine diesbezügliche Gewalt angewendet. Doch das konnte sich jeden Moment ändern, und die Angst davor war Céline jede Sekunde gegenwärtig.

Sie nahm die leere Konservenbüchse und ging in den hinteren Teil des Wagens. Der Schein der Gaslampe war hier schwächer, dennoch würde der Mann sie gut sehen können. Sie zögerte einen Augenblick, dann zog sie den Reißverschluss ihrer Cordhose auf, streifte die Unterhose herunter und brachte die Büchse in Position. Sie füllte sich rasch, und Céline spürte eine ungeheure Erleichterung. Vorsichtig stellte sie das Gefäß ab und zog rasch ihre Kleidung hoch.

Der Geiselnehmer hatte tatsächlich die ganze Zeit zugeschaut. Erneut sah Céline das Grinsen auf seinen wulstigen Lippen. Mit der vollen Konservendose kam sie nach vorn zum Tisch. Sie war froh, dass die Aktion überstanden war, auch wenn das diabolische Grinsen Abscheu und tiefe Wut in ihr hervorrief.

»Was passiert jetzt damit?«, fragte Céline und deutete auf das volle Gefäß. Am liebsten hätte sie ihm den Inhalt ins Gesicht geschüttet.

»Stell's auf den Tisch, und setz dich wieder hin.«

Céline tat, was er sagte. Kaum saß sie auf dem Stuhl, stand der Geiselnehmer auf, packte mit seiner großen Hand die Konservenbüchse, und marschierte zur Tür. Er zog den Schlüssel aus seiner Hosentasche, sperrte auf und warf die Büchse aus dem Wagen. Céline hörte, wie sie einige Meter weiter scheppernd auf dem Kiesboden aufschlug. Das alles geschah sehr schnell, dennoch bemerkte Céline, dass von nirgendwoher ein Lichtschein auf das verlassene Gelände fiel und dass es regnete. Als sie vorhin allein im Bauwagen gewesen war, hatte sie gehört, dass der Regen eine Weile nachgelassen hatte. Jetzt war er wieder stärker geworden.

Die Tür wurde abgeschlossen, und der Mann ließ sich auf seinen Stuhl fallen. Er griff nach dem Glas Wasser, das Céline ihm zum Essen hingestellt hatte, und leerte es in einem Zug. Céline schluckte und startete einen neuen Versuch.

»Wird die Polizei das Lösegeld zahlen, das Sie für mich fordern?«

»*Die Polizei?*« Er lachte. »LaBréa soll zahlen. Und er *wird* zahlen! Mir ist völlig egal, woher die Kohle kommt. Hauptsache, er überbringt sie persönlich. Dann schnapp ich ihn mir!«

Céline horchte auf. Warum wollte er sich LaBréa »schnappen«? War sein Hass auf ihn so groß, dass er ihm nach dem Leben trachtete? Dass er keinen Moment zögern würde, einen weiteren Menschen zu töten, wusste Céline bereits.

»Warum konzentrieren Sie sich eigentlich so auf ihn?«, fragte sie. »Woher kennen Sie ihn denn?«

Das Gesicht des Mannes spannte sich an. Schon bereute Céline ihre Worte, sie befürchtete einen erneuten Gewaltausbruch. Doch er beugte sich nur ein wenig vor, füllte sein Wasserglas und sagte leise: »Mit dem Typen habe ich eine ganz spezielle Geschichte.«

»Was für eine Geschichte?«, hakte Céline rasch nach.

Die Augen des Mannes zogen sich zu schmalen Schlitzen zusammen. »Das möchtest du wohl gern wissen, was? Du wärst erstaunt, wenn ich sie dir erzähle!« Er lachte kurz auf.

Céline beschloss, weiter nachzuhaken. »Hat er Sie mal wegen irgendwas zu Unrecht verhaftet?« Sie sagte bewusst »zu Unrecht«, um den Mann nicht zu reizen.

»Nee, hat er nicht!« Es klang beinahe fröhlich, und auf seinem Gesicht spiegelte sich so etwas wie Schadenfreude und Triumph. »Ganz im Gegenteil: Verhaftet hat er mich nie.«

Céline überlegte sich die nächste Frage. Doch bevor sie sie stellen konnte, blickte der Mann auf seine Uhr. Im nächsten Moment sprang er abrupt auf.

»Zeit, diesen Typen anzurufen! Du solltest beten, dass er die Kohle bis morgen früh beschafft! Sonst …« Er beendete den Satz nicht.

Céline nahm all ihren Mut zusammen. »Sonst was, Monsieur? Töten Sie mich dann?«

»Kann sein.« Die Augen des Mannes blickten ausdruckslos. »Aber erst mal gehe ich davon aus, dass er den Zaster irgendwie auftreibt.« Erneut grinste er. »Schließlich will er seine Tussi doch wiederhaben, oder?«

Céline sah ihn fest an. »Und, bekommt er seine Tussi wieder, wenn die Geldübergabe erfolgt ist?« Es war eine Frage auf Leben und Tod, und Céline erwartete keine ehrliche Antwort. Der Mann erwiderte nichts, zog nur lautstark die Nase hoch, nahm seinen Rucksack von der Stuhllehne, löschte die Campinglampe und verließ rasch den Bauwagen.

Céline hörte, wie der Schlüssel von außen im Schloss gedreht wurde. Die Schritte des Mannes entfernten sich. Der Regen trommelte auf das Dach ihres Gefängnisses. Ansonsten herrschte Stille.

Franck hatte sich von Brigadier Valdez, einem der uniformierten Kollegen, beim Pizzabäcker am Boulevard Saint Michel eine Pizza holen lassen. Mit Schinken, Pilzen und Mozzarella. Er schob große Stücke davon in den Mund, während er seine Ermittlungen im Mordfall Luc Chambon an LaBréas Computer fortsetzte. Im Internet gab es diverse Foren für Waffennarren. Eine Glock 21, Kaliber .45 ACP war eine Waffe, über die man im Netz viele Informationen fand, die jedoch ohne Waffenschein nur als originalgetreue Nachbildung erworben werden konnte. Mit anderen Handfeuerwaffen war es ähnlich. In den Foren tummelten sich Amateure und

Profis, zwischen denen es rege Diskussionen gab. Es wurde gefachsimpelt, geschwärmt, Erfahrungen wurden ausgetauscht. Die User benutzten Nicknames, selten ihre richtige E-Mail-Adresse.

Franck hoffte, in einem dieser Foren auf einen Hinweis zu stoßen, der ihn auf die Spur von Chambons Mörder brachte. Die Chance, wirklich fündig zu werden, war äußerst gering. Aber die Ermittlungsarbeit der Polizei ist oft kleinteilig, und von tausend Recherchen führt manchmal eine zu einem Mosaikstück, das zur Aufklärung des Falles beitragen kann.

Die Pizza war zur Hälfte vertilgt. Franck hatte keinen Hunger mehr, er stellte den Karton mit dem Rest auf den Konferenztisch und klickte dann eine neue Seite an.

In dem Moment klingelte LaBréas Festnetztelefon. Franck griff nach seinem Handy und drückte eine Kurzwahltaste. Sie löste Alarm in der Technikabteilung ein Stockwerk tiefer aus, wo ein Mitarbeiter die Fangschaltung aktivierte.

Erst nach dreimaligem Klingeln nahm Franck den Hörer ab.

»Ja, hier Apparat LaBréa?«

Am anderen Ende der Leitung meldete sich niemand. Damit hatte Franck gerechnet. Wenn es der Geiselnehmer war, der anrief, würde er vielleicht gleich wieder auflegen, wenn er eine fremde Stimme hörte. Deshalb rief Franck laut: »Chef, Telefon für Sie!« Er lauschte in den Hörer. Das Gespräch war nicht unterbrochen worden. »Hallo?«, fuhr Franck fort. »Sekunde bitte, der Commissaire kommt sofort!« Um seinem kleinen Spiel Nachdruck zu verleihen, rief er noch einmal: »Chef! Telefon!« In dem Moment hörte er ein Klicken in der Leitung – der Anrufer hatte aufgelegt.

Fieberhaft überlegte Franck. Zehn Sekunden, fünfzehn Sekunden? Wie lange war der Anrufer in der Leitung geblieben? Er wählte die Nummer des Technikers.

»Achmed, habt ihr ihn? Ja?« Franck beugte sich gespannt vor. »Ach so … Scheiße! Ja, verstehe. Wahrscheinlich versucht er es gleich auf dem Handy vom Chef.« Er legte den Hörer auf und wählte LaBréas Privatanschluss.

»Chef? Gerade hat er hier angerufen. Doch, doch, die Zeit war ausreichend! Die brauchen nur zehn Sekunden, um den Anschluss festzustellen. Eine Telefonzelle an der Place de la République. Kann man wohl sagen, dass das Pech ist. Es bringt nichts, wenn wir jemanden hinschicken. Der ist längst weg und ruft sicher irgendwann von einer anderen Telefonzelle auf Ihrem Handy an. Also, bis dann, Chef.«

Franck legte den Hörer auf und atmete tief durch. Er war überzeugt davon, dass der Geiselnehmer heute Nacht keines zweites Mal auf LaBréas Dienstapparat anrufen würde. Dennoch beschloss Franck, noch eine Weile in LaBréas Büro zu bleiben und dort weiter im Fall Chambon zu recherchieren. Er seufzte. Als Polizeibeamter bei der Brigade Criminelle brauchte man eine gute Portion Geduld. Leider war Geduld noch nie Francks Stärke gewesen. Frustriert stand er auf und griff er nach dem letzten Stück Pizza. Es war inzwischen zu einer gummiartigen Masse erkaltet. Nur der Gedanke, dass er als Nächstes seine Freundin Eloïse zu Hause anrufen würde, hob seine Stimmung ein wenig.

# 17. KAPITEL

LaBréa legte die Akte zurück in das Sideboard. Er blickte auf seine Uhr. Gleich halb zehn. Der Geiselnehmer würde ihn sicher bald auf seinem Handy anrufen. Die Maßnahme bei LaBréas Handyprovider war veranlasst, der Anruf wäre in kürzester Zeit zurückzuverfolgen.

Das Glas Whisky, das LaBréa sich zur Beruhigung seiner Nerven eingeschenkt hatte, hatte seine erhoffte Wirkung ins Gegenteil verkehrt. LaBréas Herz klopfte zum Zerspringen, eine starke Spannung bemächtigte sich seiner. Mit dem Handy in der Hand lief er im Salon hin und her. Kater Obelix, der es sich inzwischen auf dem Sofa gemütlich gemacht hatte, blinzelte einige Male verschlafen, als fühlte er sich durch LaBréas Schritte gestört.

Hin und wieder blieb LaBréa stehen und warf einen Blick aus dem Fenster, das zu dem kleinen Garten hin lag. Der Regen schlug gegen die Scheiben, und erneut war Wind aufgekommen. Die Zwergzypresse wiegte sich heftig hin und her. Eine Nacht, in der man keinen Hund vor die Tür jagte. Eine Nacht, in der Céline an einem unbekannten Ort von einem skrupellosen Mörder gefangen gehalten wurde. War es Frédéric Douvry? Was wusste der Geiselnehmer von Céline? Hatte er sie gezwungen, die persönliche Beziehung zwischen ihr und LaBréa zu offenbaren? LaBréa hoffte inständig, dass seine Freundin einen Weg gefunden hatte, dies zu umgehen. Doch sie befand sich in einer Ausnahmesituation. Seit vielen Stunden hatte dieser Mann sie in seiner Gewalt und ihr möglicherweise bereits Schlimmes angetan. Wenn sie angesichts dieser Umstände die Nerven verlor und Fehler machte, war dies nur allzu verständlich.

Das Klingeln seines Handy riss LaBréa aus seinen Gedanken. Auf dem Display war keine Nummer zu sehen. LaBréas Hand zitterte, als er auf den grünen Knopf drückte.

»Ja, hier LaBréa«, sagte er mit ruhiger, fester Stimme. Er vernahm ein Schniefen, dann ertönte die Stimme des Geiselnehmers mit dem südlichen Akzent.

»Gut, dass ich dich endlich selbst an der Strippe habe, du Wichser. Hör zu, was ich dir sage. Morgen früh um acht ist die Geldübergabe. Ich will, dass du selbst kommst, und zwar allein.«

»Wo soll das Ganze stattfinden?«

»Das erfährst du noch.«

»Morgen früh um acht ist unmöglich«, erklärte LaBréa rasch. »In der Kürze der Zeit und in Anbetracht der Tatsache, dass es Nacht ist, kann eine solche Summe so schnell nicht beschafft werden. Ich brauche ein bisschen mehr Spielraum.«

»Den kriegst du aber nicht. Wenn ich das Geld morgen früh nicht habe, siehst du deine Tussi nie wieder.«

»Ich will einen Beweis, dass sie noch am Leben ist.«

»Sie ist noch am Leben.«

»Lassen Sie mich mit ihr sprechen!«

»Mit ihr sprechen willst du … Mal sehen, ob sich das einrichten lässt. Ich rufe Punkt Mitternacht wieder an, dann kannst du dich davon überzeugen, dass sie lebt.«

Am anderen Ende der Leitung ertönte ein Klicken. Das Gespräch war beendet. *Deine Tussi …* Der Geiselnehmer schien also Bescheid zu wissen. In zwei Stunden würde LaBréa Célines Stimme hören, falls der Mann ihn nicht belogen hatte und nur sein Spiel mit ihm trieb. Sollte er tatsächlich mit ihr reden können, hätte er nur wenige Sekunden Zeit, sich ein Bild von ihrer Lage zu machen. Die kleinste Nuance im Klang ihrer Stimme würde alles offenbaren. Der Gedanke daran erhöhte seinen Pulsschlag.

Von seinem Festnetzapparat aus rief LaBréa Capitaine Leconte an und erzählte ihm vom Anruf des Geiselnehmers. Leconte hatte inzwischen wegen des Lösegeldes mit einem der Verantwortlichen vom Vorstand der LCL-Bank gesprochen.

»Die müssen erst klären, ob ihre Versicherung für das Lösegeld einspringt.«

»Was? Das kann doch nicht wahr sein! Und das Innenministerium?«

»Gleich morgen früh kann ich den Abteilungsleiter erreichen, der für Lösegeldzahlungen zuständig ist.«

»Aber morgen früh ist zu spät, Leconte!«

Der SEK-Mann stöhnte leicht. »Ich versuche mein Bestes, LaBréa. Der Geldfonds für Geiselnahmen im Innenministerium unterliegt eigentlich strikten Auflagen und gilt nur für Leute, die in offizieller Mission in einschlägigen Ländern gekidnappt werden. Jemen, Sudan, Irak, Afghanistan. Angehörige der Streitkräfte oder Mitarbeiter humanitärer Hilfsorganisationen.«

»Und das Lösegeld für Íngrid Betancourt?« LaBréa fühlte Zorn und Verbitterung in sich aufsteigen. »Diese Frau war weder bei der Armee, noch hat sie in einer Hilfsorganisation gearbeitet! Sie war eine kolumbianische Politikerin mit einer zweiten Staatsbürgerschaft!« Für einen kurzen Augenblick tauchte das Bild der schmalen, blassen Frau vor LaBréas Auge auf. Ihr Porträt hatte seinerzeit in überdimensionaler Größe die Fassade des *Hôtel de Ville* geschmückt.

»Bei Íngrid Betancourt lagen die Dinge anders«, antwortete der Capitaine. »Ihre Befreiung wurde zur Chefsache des Präsidenten.«

»Tja, schade, dass Céline Charpentier über keinen direkten Draht zum Präsidenten verfügt«, erwiderte LaBréa sarkastisch.

»Es hat im Übrigen nie einen Bestätigung gegeben, dass die französische Regierung Lösegeld für Betancourt gezahlt hat. Das wurde stets dementiert.«

»Wie auch immer, Leconte. Ich stelle nur fest: Sie sind keinen Schritt weitergekommen.«

»Wir können schließlich nicht sämtliche Telefonzellen in der Stadt überwachen lassen!« Leconte räusperte sich kurz und fuhr fort: »Sie müssen den Kerl dazu bringen, die Übergabe zu verschieben! Er wird sich schon darauf einlassen. Ich kann einfach erst morgen früh etwas erreichen. Vielleicht stellt das Innenministerium einen Teil des Lösegelds zur Verfügung und die Bank den Rest.«

LaBréa hatte genug von dem Gespräch. Wütend knallte er den Hörer auf. Gleich darauf klingelte sein Handy.

»Commissaire?«, meldete sich die Stimme von Achmed Kadir, einem der Mitarbeiter der Technikabteilung. »Diesmal kam der Anruf dieses Typen aus einer Telefonzelle an der Métrostation Goncourt.«

»Also ganz in der Nähe der Place de la République, von wo aus er auf meinem Dienstapparat angerufen hat!«

»Richtig. Mit der Métrolinie 11 wäre das eine Station weiter Richtung Mairie des Lilas.«

»Eine Métrostation … Danke. Um Mitternacht will er wieder anrufen.«

»Wir bleiben die ganze Zeit in Bereitschaft.«

LaBréa steckte das Handy in seine Hosentasche. Knapp eineinhalb Stunden blieben ihm, bis der Geiselnehmer wieder anrief. Würde er Céline wirklich mit LaBréa sprechen lassen? Natürlich nicht! LaBréa schlug sich an die

Stirn. Wieso hatte er nicht gleich daran gedacht? Alle bisherigen Anrufe waren aus verschiedenen Telefonzellen gekommen. Der Mann hielt Céline irgendwo in einem sicheren Versteck. Ein Anruf von dort aus würde über ein Festnetz oder ein Handy erfolgen müssen. Beides riskante Vorgehensweisen. Der Bankräuber musste wissen, dass heutzutage jeder Anruf zurückverfolgt und auch jedes Handy geortet werden konnte. Das telefonische Gespräch mit Céline war nichts als ein leeres Versprechen gewesen, und LaBréa war darauf reingefallen. Er hatte seinen Verstand als Polizist ausgeschaltet, sonst wäre ihm dieser Schnitzer nicht passiert.

*Wir können nicht sämtliche Telefonzellen in der Stadt überwachen,* hatte Leconte gesagt. Aber wenigstens die, die in der Nähe der Ausgänge der Métrolinie 11 lagen! Leconte schien mit der Situation völlig überfordert, und LaBréa beschloss, vorerst auf seine Hilfe zu verzichten. Er holte einen großen Métroplan aus dem Sideboard und breitete ihn auf dem Esstisch im Salon aus. Der Anruf des Geiselnehmers auf LaBréas Dienstapparat, den Franck entgegengenommen hatte, kam aus einer Telefonzelle an der Place de la République. Der Anruf auf dem Handy, kurz danach, von einem öffentlichen Fernsprecher an der Métrostation Goncourt. Das bedeutete, dass der Geiselnehmer sich innerhalb kurzer Zeit in nordöstlicher Richtung bewegt hatte. Mit einem Métrozug? Folgte man der Strecke der Métrolinie 11, so führte diese an der Porte des Lilas zum Boulevard Périphérique. Nach dem Wechsel des Fluchtautos war der Mann mit Céline Richtung Porte de Montreuil gefahren. Vorausgesetzt, er hatte seine Flucht tatsächlich über die Stadtautobahn fortgesetzt, konnte er diese theoretisch an einer der nächsten Ausfahrten in nördlicher Richtung verlassen haben: der Porte de Bagnolet oder der Porte des Lilas. Nur ein Zeitkorridor von maximal zehn Minuten war ihm geblieben, danach war die Stadtautobahn von der Polizei abgeriegelt worden. Er konnte Céline also irgendwo im 19. oder 20. Arrondissement versteckt halten, sich des Fluchtwagens entledigt und die Métro benutzt haben, um die Telefonzellen aufzusuchen. Dies alles war natürlich reine Spekulation. Doch es musste einen Grund geben, warum der Geiselnehmer aus zwei Telefonzellen angerufen hatte, die sich entlang der Métrolinie 11 befanden. Diese Linie führte von der Station Châtelet über elf Haltepunkte bis zur Mairie des Lilas, der Station hinter der Périphérique-Anschlussstelle Porte des Lilas.

Sein Plan glich der Suche nach dem Tropfen Wasser in der Wüste – dennoch beschloss LaBréa, auf eigene Faust die Telefonzellen an den beiden Métrostationen genauer unter die Lupe zu nehmen und herauszufinden, ob es an den restlichen Haltepunkten der Linie 11 weitere öffentliche Fernsprecher gab. Um Mitternacht sollte der nächste Anruf des Geiselnehmers erfolgen. Sofern er aus demselben Umkreis kam, war LaBréa nicht weit. Wichtiger noch: Es würde seine Theorie bestätigen, dass Céline irgendwo in diesem Radius gefangen gehalten wurde.

LaBréa zog warme Kleidung an und holte den dunklen Parka aus dem Garderobenschrank. Seine Waffe verstaute er in einer Seitentasche. Von einem seiner Besuche in den USA hatte er eine Baseballmütze der San Francisco Giants mitgebracht. LaBréa hatte sie nie getragen, er hasste Kopfbedeckungen. Jetzt aber schien sie äußerst nützlich. Der Geiselnehmer kannte ihn schließlich. Auch wenn die Chance, dass er ihm tatsächlich in dieser Nacht begegnete, etwa so groß war wie die Möglichkeit, den Lotto-Jackpot zu knacken, wollte er lieber vorsorgen. Er zog die Mütze tief in die Stirn. Ein Blick in den Flurspiegel zeigte, wie viel diese kleine Veränderung bewirkte. Es war verblüffend; wenn er den Kopf ein wenig senkte, war sein Gesicht unter dem Mützenschirm nicht zu erkennen. Die perfekte Tarnung in einer dunklen, regnerischen Oktobernacht.

Bevor er seine Wohnung verließ, rief LaBréa in der Brûlerie an.

»Irgendwas Neues wegen Madame Charpentier?«, fragte Alissas Mutter Francine voller Anteilnahme.

»Nein, leider nicht. Ich wollte mich nur erkundigen, ob die Mädchen schon von der Geburtstagsparty zurück sind?«

»Noch nicht, Commissaire. Pierre-Michels Mutter hat vor zehn Minuten angerufen. Sie bringt die beiden gegen halb elf mit dem Wagen her.«

»Ist das nicht ein bisschen spät? Wegen der Schule, meine ich.«

»Die Mädchen haben morgen die beiden ersten Stunden frei.«

»Gut, dann bin ich beruhigt. Ich melde mich vielleicht nochmal, wenn das nicht zu spät für Sie ist.«

»Bis halb zwölf bin ich auf jeden Fall wach. Und bis dahin sind Jenny und Alissa sicher wieder hier.«

LaBréa legte den Hörer auf, strich dem schlafenden Obelix noch einmal übers Fell und löschte das Licht.

Jean-Marc saß in seinem Büro am Schreibtisch und gab den Namen »Frédéric Douvry« in diverse Datenbanken ein. Google spuckte keinen einzigen Eintrag aus. Im Zentralregister der Polizei war der Name nicht gespeichert. Das bedeutete, dass der Mann noch nie mit dem Gesetz in Konflikt geraten war. Im Geburtenregister von Marseille fand sich ein kurzer Eintrag: Frédéric Douvry, geboren am 2. Februar 1989 im Hôpital Saint Joseph. Mutter: Denise Douvry, geborene Castellan. Vater: Philippe Douvry.

Ein Klick ins Register des Marseiller Einwohnermeldeamtes, und Jean-Marc stieß auf die damalige Adresse der Familie. Im Jahr 2001 gab es eine Abmeldebescheinigung für Denise Douvry und ihren Sohn Frédéric. Von Philippe Douvry war keine Rede mehr. Das alles stimmte überein mit den Daten des Prozesses gegen den Ehemann und Vater, der Ende 2000 zu einer lebenslangen Haftstrafe verurteilt worden war. Offenbar waren Mutter und Sohn tatsächlich aus finanziellen Gründen gezwungen gewesen, ihre gutbürgerliche Wohngegend zu verlassen. Wohin waren sie anschließend gegangen? Mit einem weiteren Passwort loggte Jean-Marc sich in die zentrale Meldeamt-Datenbank aller französischer Départements ein. Nach knapp fünf Minuten hatte er zwei Namen auf dem Schirm. Es gab einen Frédéric Douvry in Strasbourg und einen in Grenoble. Beim ersten sah Jean-Marc das Geburtsjahr 1951, damit schied dieser Mann aus. Bei Frédéric Douvry in Grenoble hingegen landete der Paradiesvogel einen Volltreffer. Geburtsdatum und Geburtsort wiesen ihn als denjenigen aus, nach dem Jean-Marc suchte. Er klickte das Online-Telefonbuch für Grenoble an. Einen Eintrag auf den Namen Frédéric Douvry gab es nicht. Dass der Mann keinen Festnetzanschluss besaß, war nicht weiter verwunderlich. Gerade jüngere Leute verzichteten heutzutage immer mehr auf einen solchen Anschluss und besaßen lediglich ein Handy. Nachdem er die Nummer der Gendarmerie Grenoble aus dem Handbuch der Polizeidienste herausgesucht hatte, rief Jean-Marc dort an. Er erklärte dem jungen Kollegen den Zweck seines Anrufs, schilderte ihm den Hintergrund mit der Geiselnahme und bat ihn, sofort jemanden zur Adresse von Frédéric Douvry zu schicken. War der Mann zu Hause, führte diese Spur in eine Sackgasse. Wenn nicht …

»Rue des Abeilles?«, fragte der diensthabende Gendarmeriebrigadier. »Das liegt zufällig gleich bei uns um die Ecke. Meine Kollegin fährt da jetzt mal hin. Wir melden uns bei Ihnen, Leutnant.«

Jean-Marc bedankte sich, legte den Hörer auf und erhob sich. Sein Rücken schmerzte. Noch immer spürte er die Nachwirkungen des Angriffs vom letzten Sommer. Da hatte man ihn auf der Suche nach dem Mörder des Jungen aus der Seine undercover in die Pädophilenszene eingeschleust. Dort war er zwei Männern in die Falle getappt, die ihn krankenhausreif geschlagen hatten. Nur durch Zufall war Jean-Marc seinerzeit in einer alten Autowerkstatt gefunden worden. Zwei Monate hatte er im Krankenhaus und in der Reha zugebracht. Wieder im Dienst war Jean-Marc erst seit zwei Wochen.

Er ging in den Aufenthaltsraum, wo die Kaffeemaschine stand. Dank ihr gab es richtigen Espresso, nicht so ein Gesöff wie an dem Automaten früherer Zeiten. Jean-Marc liebte seinen Espresso stark, heiß und sehr süß. Mit der dampfenden Tasse kehrte er zurück in sein Büro. Übers Handy rief er seinen Freund Cyril an. Dieser war Arzt, und ganz in der Nähe seiner Praxis wurde demnächst eine große Wohnung frei. Jean-Marc und er wollten endlich zusammenziehen.

»Hast du dir die Wohnung angesehen?«, fragte er Cyril.

»Ja, hab ich. Aber da gibt's ein paar Haken.«

»Zum Beispiel?«

»Sie ist ziemlich dunkel. Und irgendwie riecht sie komisch. Als ob Feuchtigkeit in den Wänden steckt. Na ja, kein Wunder: Die Concierge hat mir gesagt, dass das Dach schon seit Jahren undicht ist und dringend erneuert werden müsste.«

»Also Fehlanzeige, oder?«

»Würde ich schon sagen. Wir suchen weiter, Jean-Marc. Irgendwann finden wir schon das Richtige. – Wie lange hast du noch zu tun?«

»Nicht mehr lange. In einer Viertelstunde ist Feierabend, dann komm ich zu dir. Ich warte nur noch ...«

In dem Moment läutete sein Festnetztelefon.

»Ich muss Schluss machen. Ein dringender Anruf.« Er drückte das Handygespräch weg und griff nach dem Festnetzhörer.

»Leutnant Lagarde.«

Eine weibliche Stimme meldete sich.

»Brigadier Sylvestre, Gendarmerieposten Grenoble. Ich bin jetzt in der Rue des Abeilles Nummer 21. Dieser Frédéric Douvry wohnt da nicht mehr. Ein Hausbewohner hat mir gerade erzählt, dass er vor einigen Wochen ausgezogen ist.«

»Wusste er, wohin?«, warf Jean-Marc rasch ein.

»Nein. Douvry hatte die Wohnung möbliert gemietet und war dann von einem Tag auf den anderen weg. Kontakte zu den Nachbarn hatte er nicht. Der lebte für sich.«

»Beruf, Freundin, irgendwas Greifbares?«

»Leider nicht.«

»Wie sieht der Mann aus? Konnte der Nachbar ihn beschreiben?«

»Er ist groß, sportlich, dunkle Haare. Keine besonderen Kennzeichen.«

»Danke, Brigadier. Sie haben uns sehr geholfen!«

Gleich darauf wählte Jean-Marc LaBréas Nummer. »Chef? Die Spur von Frédéric Douvry verliert sich in Grenoble. Da war er eine Zeit lang gemeldet.« Er gab die Einzelheiten durch. »Gut möglich, dass er wirklich der Junge von damals ist«, meinte Jean-Marc zum Schluss. »Vielleicht ist er nach Paris gezogen.«

Er hörte, wie LaBréa am anderen Ende der Leitung seufzte.

»Ich weiß nicht, Jean-Marc.« LaBréas Stimme klang belegt. »Das passt alles etwas zu gut. Frédéric Douvry schwört mir als Junge Rache, zehn Jahre später verschwindet er aus Grenoble. Der Geiselnehmer hier in Paris gibt vor, mich zu kennen ... Woher weiß ich eigentlich, ob er mich wirklich kennt? Vielleicht hat er nur mal meinen Namen gehört und hat sich ein perfides Spiel ausgedacht!«

»Stimmt, Chef. Möglich wär's.«

»Kurz, wir sind genauso schlau wie zuvor. Frédéric Douvry ist bisher nicht straffällig geworden. Erstaunlich bei jemandem, der so eiskalt eine Bank überfällt, zwei Menschen erschießt und mit einer Geisel die Flucht antritt. So einer ist doch kein Anfänger! Der hat vorher schon andere Delikte begangen und mit der Polizei zu tun gehabt.«

»Ich finde nichts über ihn, Chef.«

»Weil der Geiselnehmer vielleicht doch jemand anders ist. Je mehr ich darüber nachdenke, desto skeptischer werde ich, was Douvry betrifft. Jedenfalls danke für Ihre schnelle Recherche. Machen Sie Feierabend, Jean-Marc.«

»Irgendwas Neues, Chef?«

»Nichts. Ich bin jetzt in der Stadt unterwegs und warte auf den nächsten Anruf. Woher das Lösegeld kommen soll, weiß ich bisher nicht. Leconte ist eine absolute Null. Der schafft es nicht mal, dass die LCL-Bank das Lösegeld übernimmt!«

»Dabei hat diese Bank Geld wie Heu«, warf Jean-Marc ein. »Die leisten sich sogar das Hauptsponsoring bei der Tour de France.«

»Tja. Wenn ich Leconte wäre, hätte ich den Mann schon längst aus dem Bett geklingelt!«

»Warum tun Sie's nicht, Chef?«

LaBréa lachte gequält auf. »Weil ich keine dienstliche Befugnis dazu habe, und weil ich persönlich in diese Geiselnahme involviert bin. Der Bankdirektor würde mir die Tür gleich wieder vor der Nase zuschlagen. Mir bleibt nichts anderes übrig, als mich selbst auf die Suche nach dem Versteck zu machen, wo dieses Schwein meine Freundin festhält.« Es kam selten vor, dass LaBréa seinen Mitarbeitern gegenüber Kraftausdrücke benutzte. Doch heute konnte er sich nicht beherrschen.

»Auf eigene Faust? Ohne Lecontes Wissen – und ohne Verstärkung?« Jean-Marc klang skeptisch.

»Freiwillige Helfer sind willkommen, Jean-Marc.«

»Okay! Das nehme ich wörtlich! Sagen Sie mir, wo Sie sind.«

LaBréa seufzte. »Das mit der Verstärkung hab ich nicht ernst gemeint.«

»Aber ich meine es ernst, Chef. Also, wo finde ich Sie?«

»Ich checke die Gegend entlang der Métrolinie 11. Wenn ich richtigliege, ruft er um Mitternacht vielleicht wieder von einem der öffentlichen Fernsprecher dort an. Das würde meine Vermutung, dass es ein Muster gibt, bestätigen. Sagen Sie: Gibt es eine Möglichkeit, rauszufinden, wie viele öffentliche Fernsprecher sich an den einzelnen Haltepunkten der Linie 11 befinden?«

»Die gibt es sicher, aber das könnte eine Weile dauern.«

»So viel Zeit haben wir nicht.«

»Wo treffe ich Sie, Chef?«

LaBréa nannte ihm eine Métrostation.

# 18. KAPITEL

Er fühlte sich stark. Sein Adrenalinspiegel hatte den höchsten Pegelstand erreicht. Die letzte Dosis hatte innerhalb einer halben Stunde ihre volle Wirkung entfaltet. Sie würde einige Stunden vorhalten, mindestens bis Tagesanbruch. Bis dahin hatte er sich diesen LaBréa bei der Geldübergabe geschnappt und ihm vorher noch einen ordentlichen Denkzettel verpasst, um seiner Forderung nach dem Lösegeld auf spezielle Weise Nachdruck zu verleihen. Der Typ würde ihm aus der Hand fressen und alles tun, um seine Tussi zu retten. Sobald die Kohle in seinem Besitz war – und Freddy zweifelte keinen Augenblick daran, dass er sie bekommen würde –, hatte er genug in der Tasche, um sich im Labor des Abbruchhauses mit einem satten Vorrat feinster Qualität einzudecken. Dann würde er mit Hilfe diverser gestohlener Wagen über die spanische Grenze bis nach Portugal fahren. Dort konnte er sich neue Papiere besorgen, eine Schiffspassage buchen und irgendwo in Südamerika untertauchen. Zweihunderttausend Mäuse – damit kam man in solchen Ländern sehr weit.

Natürlich würde er die Tussi nicht mit dem Bullen sprechen lassen! Er war doch nicht blöd. Das ginge schließlich nur über sein Handy, und das konnte von den Bullen sofort geortet werden. Er hatte es seit dem frühen Morgen ausgeschaltet. Ein Wegwerfhandy mit einem Guthaben von sechzig Anrufen, für fünfundvierzig Euro im Supermarkt gekauft. Er hatte erst zweimal damit telefoniert.

Zu Fuß ging er im Regen durch die Rue du Faubourg du Temple bis zum Boulevard de Belleville. Dort kannte er eine Kneipe, *Chez Marion & Pierre*. Hier gab es die beste Bouillabaisse der Stadt. Marseiller Fischsuppe, mit viel scharfer Knoblauch-Rouille und knusprigen Croutons. Seit seiner Kindheit war ihm dieses Essen vertraut, und er hatte lange gesucht, bis er dieses Lokal in Paris entdeckte. Das Cassoulet am späten Nachmittag, das die Tussi im Bauwagen aufgewärmt hatte, war ein öder Fraß gewesen. Eine Notration, damit er bei Kräften blieb und die Nerven behielt.

Im *Chez Marion & Pierre* war der Laden gerammelt voll. Er fand einen Platz im hinteren Teil des Raumes, direkt neben dem Eingang zu den Toiletten. Dort roch es ziemlich streng. Doch als Marion, die dralle Wirtin mit den schwarz gefärbten Haaren und den falschen Wimpern, ihm die Fischsuppe servierte, überdeckte deren köstlicher Duft den Geruch nach Urin und Schlimmerem.

Langsam und voller Genuss aß er. Die Suppe war heiß, und er achtete darauf, dass er sich nicht den Mund verbrannte. Hin und wieder blickte er auf seine billige

Taucheruhr. Er hatte einen Plan. Bevor er diesen Bullen um Mitternacht anrief, wollte er auf einen Sprung zurück in den Bauwagen. Die Tussi kam inzwischen sicher um vor Todesangst. Sie war ihm mit Haut und Haaren ausgeliefert. Dieser Gedanke verpasste ihm einen weiteren Adrenalinstoß und löste ein tiefes Gefühl der Befriedigung in ihm aus. Macht über Menschen ausüben, ihnen seinen Willen aufzwingen, das hatte ihn schon immer fasziniert. Bisher war der Tag super gelaufen. Trotz der kleinen Pannen in der Bank saß er weiterhin unangefochten am Drücker. Der Bulle würde nach seiner Pfeife tanzen, und das Versteck für die Tussi war todsicher, und zwar im wahrsten Sinn des Wortes.

Kurz vor zehn schlenderte er zum Tresen und bezahlte sein Essen. Die Wirtin legte die Zeitung beiseite. Als er das Wechselgeld einsteckte, fiel sein Blick auf die Schlagzeile des Blattes. *Neue Randale in den Vorstädten – Polizei machtlos* stand da. Er verzog seine Lippen zu einem Lächeln. Nicht nur in den Vorstädten hatte die Polizei jegliche Kontrolle verloren.

Céline war auf der alten Matratze eingenickt und in einen unruhigen Schlaf gefallen. Seit der Geiselnehmer erneut den Bauwagen verlassen hatte, dachte sie fieberhaft darüber nach, wie sie sich befreien konnte. Die Fenster waren von außen vernagelt – hier gab es kein Entrinnen. Die Eisentür bewegte sich nicht, sosehr Céline auch daran rüttelte. Einige Male hämmerte sie mit aller Kraft dagegen und schrie um Hilfe. Als wäre ihre Stimme so wie sie selbst in der engen Räumlichkeit gefangen, klangen ihre Rufe dumpf und wurden von den Wänden blockiert. Céline begriff bald, dass niemand sie hören würde. Wer war auch schon in einer solchen Regennacht auf diesem einsamen Gelände unterwegs? Vielleicht jemand, der seinen Hund ausführte? Doch diese Hoffnung blieb vergeblich, und darüber stürzte Céline in tiefe Verzweiflung. Ihre Lage schien aussichtslos, ihr Schicksal ungewiss. Oder vielmehr nur allzu gewiss, weil der Mann sie töten würde, ganz gleich, ob er das Lösegeld bekam oder nicht. Sie dachte an ihr Baby. Sie durfte nicht sterben, sondern musste aus dem tiefen Loch aus Angst und Verzweiflung herauskriechen. Kraft schöpfen, sich zur Ruhe zwingen. Die Ausdünstungen der Matratze, auf der sie sich zusammenrollte, störten sie jetzt nicht mehr. Sie fühlte sich selbst schmutzig und verschwitzt. Sie hätte sich gern die Hände gewaschen und ihr Gesicht mit Wasser erfrischt. Der Kanister stand auf dem Tisch. Doch wohin mit dem Abwasser? Seit geraumer Zeit verspürte sie wieder brennenden Durst. Doch sie verkniff sich einen Schluck aus dem Wasserkanister. Sie war froh, dass sie keinen Harndrang verspürte, und hoffte, dass es noch eine Weile so blieb.

Im Schlaf suchten wirre Traumsplitter sie heim. Sie rannte durch fremde Häuser, wartete an einem Bahnsteig auf einen Zug, der nicht kam. Auf einem Feldweg, der rechts und links von tiefen Wassergräben gesäumt war, kam ihr LaBréa entgegen. Er sah anders aus als in Wirklichkeit. Wie wild winkte sie ihm zu und wollte etwas rufen. Doch die Stimme versagte ihr, kein Laut entwich ihrer Kehle. Kaum lachte LaBréa sie an, entfernte er sich plötzlich. So schnell Céline auch auf ihn zulief, seine Gestalt wurde immer kleiner und verschwand bald wieder am Horizont. Mit einem Ruck schreckte Céline schweißgebadet hoch. Ein Geräusch an der Tür holte sie in die Wirklichkeit zurück und tauschte einen Alptraum gegen den anderen aus.

Gleich darauf betrat ihr Peiniger wieder den Bauwagen. Er leuchtete mit der Taschenlampe herum und entdeckte Céline auf der Matratze. Sie stand sofort auf und strich sich Hose und Jacke glatt. Der Geiselnehmer zündete die Gaslampe an und musterte Céline von oben bis unten. Sein Blick im Halbdunkel schien ebenso unergründlich wie gefährlich. Mit zwei Schritten war er bei ihr. Ein starker Knoblauchgeruch strömte von ihm aus. Eine Welle von Panik ergriff Céline. Jetzt ist es so weit, dachte sie. Jetzt stürzt er sich auf dich, und du kannst nichts dagegen tun. Rasch drückte sie sich an die Wand und ballte die Hände zu Fäusten. Sie würde sich wehren. Kampflos würde er sie nicht auf die Matratze zwingen.

Doch er hatte gar kein Interesse daran. Er beugte sich ans Fußende der Lagerstatt und wühlte zwischen den dort liegenden Kleidern herum. Dann fand er, was er suchte. Er ging zum Tisch, ließ sich auf den Stuhl fallen.

»Los, komm her! Dein Bulle will einen Beweis, dass du noch am Leben bist. Den liefern wir ihm.«

Erleichtert, dass es nicht zu dem befürchteten Übergriff gekommen war, setzte Céline sich an den Tisch und fragte rasch: »Hat der Commissaire schon gesagt, ob das Lösegeld bereitgestellt wird?«

»*Der Commissaire!*«, äffte er sie nach. »Tu doch nicht so förmlich! Das nützt dir jetzt sowieso nichts mehr.«

Was heißt das?, überlegte Céline fieberhaft. Hatte er sich verplappert und damit seine wahren Absichten verraten? Waren die Würfel schon längst gefallen, und sie klammerte sich an einen Funken Hoffnung? Welches perfide Spiel spielte dieser Mann mit ihr? Laut sagte sie: »Ich will nur wissen, auf was ich mich einstellen muss, Monsieur.«

Erneut grinste er.

»Auf alles, du Schlampe. Einfach auf alles. Damit liegst du auf keinen Fall schief!«

Als Céline sah, was er unter dem Klamottenhaufen herausgekramt hatte, ahnte sie, was der Mann vorhatte.

Wenig später schnappte er sich seinen Rucksack und drehte sich zur Tür. Nur mit Mühe beherrschte sich Céline, um nicht voller Wut auf ihn einzuschlagen. Ihr Hass war stärker als je zuvor. Doch sie wusste, dass sie keine Chance hatte. Sie durfte nicht die Nerven verlieren, sondern musste sich und ihr Kind schützen. Auch wenn es am Ende vielleicht umsonst war.

Sekunden später hatte der Mann den Bauwagen wieder verlassen. Der Schlüssel drehte sich im Schloss. Céline warf sich auf die Matratze und trommelte wie von Sinnen mit den Fäusten darauf ein. Tränen der Wut und Ohnmacht liefen über ihre Wangen.

»Du Schwein, du verdammtes Dreckschwein!«, schrie sie laut. Es war ihr egal, ob der Mann ihre Worte im Weggehen hörte. »Ich will hier raus, ich will endlich raus! Lass mich raus, du Schwein!« Immer wieder wiederholte sie diese Sätze, bis ihr Schreien in ein mattes Schluchzen überging und ihre Arme sich schützend um ihren Bauch legten. Dann beruhigte sie sich. Sie erinnerte sich an den Traum von vorhin. Es war nur ein Traum, dachte sie. Eine Angstfantasie, geboren aus Hoffnungslosigkeit und Verzweiflung. LaBréa ließ sie nicht im Stich. Im Gegenteil, er würde sie finden! Er würde sich auf die Suche nach ihr begeben und sie befreien. Eine andere Möglichkeit war undenkbar. Ebenso undenkbar wie die Vorstellung, ihr Leben und das ihres ungeborenen Kindes auf solch erbärmliche Weise zu beenden.

Plötzlich musste sie an ihre Arbeit denken. Seit dem Banküberfall hatte sie kein einziges Mal daran gedacht, dass sie Malerin war. Eine Frau, die kreativ arbeitete und mit ihrer Arbeit Erfolg hatte. Vor wenigen Tagen erst war ihr die Idee zu einem neuen Bilderzyklus gekommen: *Lichter der Stadt.* Morgen hatte sie ursprünglich die ersten Leinwände grundieren wollen, um dann mit den Skizzen zu beginnen. Jetzt schien dieses Projekt in weite Ferne gerückt. Selbst wenn sie diese schreckliche Situation unversehrt überstehen sollte, erschien es ihr unvorstellbar, schon bald wieder Farben zu mischen und so zu tun, als wäre nichts geschehen. Traumatische Erlebnisse brauchten Wochen, wenn nicht Jahre, um verarbeitet zu werden.

Céline erhob sich von der Matratze. Erst jetzt wurde ihr klar, dass der Geiselnehmer vergessen hatte, die Lampe zu löschen. Die Nacht war noch lang, und wer konnte wissen, was noch alles geschehen würde. Wie viel Gas befand sich in so einer Kartusche? Besser, man ging sparsam damit um. Céline blies die Flamme aus und tastete sich zurück zum Matratzenlager. Wie die Duftmarke des Todes hing der strenge Knoblauchgeruch in der stickigen Enge des Bauwagens.

Die Stadt schlief nie. Auch in einer kalten und regnerischen Oktobernacht wie dieser waren Menschen auf den Straßen unterwegs. Autos fuhren über die Boulevards, und das Wasser unter ihren Reifen spritzte auf die Bürgersteige. In den hell erleuchteten Restaurants und Bistros saßen Gäste hinter beschlagenen Scheiben. Wie immer in Paris wurde spät zu Abend gegessen. Nur in den kleinen Nebenstraßen stand das Leben still. Hin und wieder führte ein Hundebesitzer eilig sein Tier Gassi, darauf bedacht, bald wieder im Trockenen zu sein.

Den Kragen des Parkas hochgeschlagen, die Baseballmütze tief ins Gesicht gezogen, durchquerte LaBréa die Straßen seines Viertels. Ein böiger Wind trieb den Regen von allen Seiten herbei. Mit hastigen Schritten ging LaBréa zur Métrostation St. Paul und bestieg dort die Linie 1. An der Haltestelle Hôtel de Ville stieg er um in die Linie 11 und fuhr in nordöstlicher Richtung bis zur Endstation Mairie des Lilas. Hier hatte er sich mit Jean-Marc verabredet.

Auch jetzt, um zweiundzwanzig Uhr, waren noch viele Menschen mit der Métro unterwegs. Sie kamen spät von der Arbeit und steuerten auf ihr Zuhause in den Außenbezirken zu. LaBréa blickte in müde, gleichgültige Gesichter, junge und alte, ein Gemisch aus allen Hautfarben. Regen perlte von der Kleidung der Fahrgäste, von zusammengeklappten Regenschirmen tropfte das Wasser.

LaBréa fühlte sich ausgelaugt. Noch nicht einmal zwölf Stunden waren seit der Geiselnahme in der Bank vergangen, und doch schien es eine Ewigkeit her. Die Ereignisse hatten sich überstürzt, und die Nacht war noch lange nicht zu Ende. Ein Wettlauf mit der Zeit – wer würde ihn gewinnen? Was würde geschehen, wenn der Morgen anbrach, ohne dass das Lösegeld aufgetrieben worden war? Es gab nur zwei Möglichkeiten: Entweder es gelang ihm, die Übergabe des Geldes hinauszuzögern, oder er konnte dem Geiselnehmer noch in dieser Nacht das Handwerk legen. Wie beim Schach war die Partie eröffnet. Eine tödliche Partie, bei der es darum ging, die Dame vor dem gegnerischen Angriff zu retten. Wenn sie nicht bereits schachmatt gesetzt war … La-Bréa zwang sich, diesen Gedanken beiseitezuschieben. Einen geliebten Menschen in Todesgefahr zu wissen war das Schrecklichste, das LaBréa sich vorstellen konnte. Er hatte das im letzten Jahr bereits einmal durchgemacht, als Jenny sich in der Gewalt des Bastillemörders befand.

Der Zug fuhr mit hohem Tempo. Er bestand aus neueren Waggons, deren Fahrgeräusche gedämpfter klangen. Die anderen Züge wurden mehr und mehr aus dem Verkehr gezogen, was LaBréa sehr bedauerte. Das Rattern der alten Métrowaggons war etwas, das ihn seit seiner Kindheit begleitet hatte.

Jean-Marc erwartete ihn am Métroausgang. Er war mit einem der Dienstwagen gekommen. Sein übliches farbenfrohes Outfit war einem dunkelbauen Anorak mit Kapuze gewichen, der ihn vor dem Regen schützte, und die schwarzen Jeans waren praktisch und unauffällig.

LaBréa musterte ihn, und Jean-Marc schien seine Gedanken zu ahnen.

»Die Klamotten hab ich mir von Gilles geliehen.« Es klang wie eine Entschuldigung. Gilles war der Leiter der Spurensicherung. »Wir haben dieselbe Größe.«

»Und Gilles?«, fragte LaBréa erstaunt. »Was trägt er in der Zwischenzeit?«

»Er hat noch ein zweites Paar Jeans in seinem Spind. Und den Anorak braucht er heute Nacht nicht, weil er bis morgen früh durcharbeitet. Übrigens, bevor ich's vergesse, Chef: Die beiden Zahnbürsten in der Wohnung von Luc Chambon haben anscheinend unterschiedliche DNA. Die genaue Analyse dauert aber noch, meint Gilles. Die Spuren sind hart an der Grenze, was ihre Verwertbarkeit angeht.«

»Ja, ja, verstehe.« LaBréas Interesse für den Mordfall Luc Chambon und einen möglichen Mitbewohner des Opfers beschränkte sich im Augenblick auf ein Minimum. Seine Gedanken galten einzig und allein Célines Befreiung. Er fuhr fort: »Wir fahren einmal die ganze Strecke ab. Damit verschaffen wir uns einen Überblick über alle Telefonzellen, die es an den einzelnen Métrostationen gibt.« Bewusst hatte LaBréa die Fahrstrecke von der Endstation in die Stadt hinein gewählt, da einige Straßen und Boulevards in südöstlicher Richtung Einbahnstraßen waren.

An der Porte des Lilas hatte es einen Verkehrsunfall gegeben. Die Polizei war bereits vor Ort, und ein Krankenwagen kam soeben angebraust. LaBréa schenkte dem Geschehen keine Beachtung. Er spähte nach allen Seiten und hielt Ausschau nach den grauen Telefonzellen, die im Stadtbild oft nicht auf den ersten Blick zu erkennen waren. Nur bei wenigen konnte man noch mit Münzen bezahlen. Ansonsten waren Telefonkarten oder Kreditkarten erforderlich. Der Geiselnehmer würde nicht mit einer Karte telefonieren, so viel schien sicher. Selbst wenn sie gestohlen war, hinterließ sie immer eine Spur. Von daher war die Anzahl der infrage kommenden öffentlichen Fernsprecher auf die Münzapparate eingegrenzt.

An der Porte des Lilas gab es zwei Telefonzellen, bei beiden musste man eine Karte benutzen. LaBréa machte sich kurze Notizen in seine Kladde.

»Fahren Sie weiter«, sagte er zu seinem Mitarbeiter. An jeder Métrostation auf dem Weg stadteinwärts drosselte Jean-Marc das Tempo, und LaBréa blickte sich um. Erst an der Métrostation Pyrénées auf der Rue de Belleville entdeckte er eine Telefonzelle mit Münzschlitz. In seinem Notizbuch kreiste er die Haltestelle Belleville dick ein.

An der Station Goncourt sah er sich besonders sorgfältig um. Es gab zwei Telefonzellen, eine für Kartenbenutzer und eine mit Münzschlitz.

»Na bitte!«, murmelte LaBréa zufrieden. »Von hier aus hat er ja bereits angerufen. Halten Sie mal an, Jean-Marc.«

Der Paradiesvogel parkte den Wagen an der Ecke zur Avenue Parmentier, und die beiden stiegen aus. Jean-Marc zog sich die Anorakkapuze über den Kopf. Der Regen hatte nicht nachgelassen. In der Telefonzelle mit dem Münzapparat fanden sie nichts, was von Interesse sein konnte. Was hatte LaBréa auch erwartet? Sie erkundeten die Gegend. Ringsum lagen kleinere Straßen und eine Kirche. Hier war Wohngebiet, ein urbaner Kiez.

»Schwer vorstellbar, dass er Ihre Freundin hier irgendwo versteckt, Chef«, meinte Jean-Marc. LaBréa nickte.

»Wir checken ja auch nur, von wo aus er überall die Möglichkeit hätte, anzurufen. Fahren wir weiter.«

Die nächsten Telefonzellen befanden sich an der Place de la République. Drei an der Zahl. Zwei davon für Kartenbenutzer, eine mit Münzapparat. Von hier aus hatte der Geiselnehmer auf LaBréas Dienstapparat angerufen, und Franck hatte das Gespräch entgegengenommen.

Die nächsten beiden Haltepunkte entlang der Métrolinie 11 erwiesen sich als nicht ergiebig. Nur an der darauffolgenden Station, Rambuteau, gab es rund um das Centre Pompidou mehrere Telefonzellen, allerdings keine mit Münzapparat. Da täglich viele Besucher und Touristen das Centre Pompidou besuchten und nicht jeder, der telefonieren wollte, über eine Karte verfügte, war das erstaunlich.

»Öffentliche Fernsprecher sterben sowieso irgendwann aus«, bemerkte Jean-Marc. »Heutzutage hat ja fast jeder ein Handy. Dieser Typ sicher auch. Aber er wird sich hüten, es zu benutzen.«

Eine Telefonzelle mit Münzapparat gab es auch an der Haltestelle Hôtel de Ville, Ausgang Rue de Rivoli. An der Endhaltestelle Châtelet, Ecke Boulevard Sébastopol, befanden sich zwei weitere Telefonzellen, jede jedoch mit Kartenzahlung. Die Fahrt war hier zu Ende.

»Macht insgesamt vier öffentliche Fernsprecher mit Münzzahlung an den Haltepunkten der Métrolinie 11«, resumierte LaBréa. »Um sie alle heute Nacht zu überwachen, bräuchten wir noch zwei Leute.«

»Hab mir schon gedacht, dass ein Zweimannteam nicht ausreicht und vorsichtshalber im Büro mit Claudine und Franck gesprochen«, sagte Jean-Marc. »Beide wären bereit, heute Nacht dazuzustoßen, Chef.«

LaBréa blickte auf die Uhr. Es war kurz nach elf. Noch eine knappe Stunde bis zum Anruf des Geiselnehmers. Er zögerte kurz, dann sagte er: »Danke, Jean-Marc. Das vergesse ich Ihnen nicht. Ihnen und den anderen! Sind die zwei noch im Präsidium?«

»Ja. Ich hab ihnen gesagt, dass sie sich auf alle Fälle bereithalten sollen.«

»Okay, wenn sie sich beeilen, können wir in der Umgebung der vier infrage kommenden Telefonzellen unauffällig Stellung beziehen. Ich übernehme das Terrain am Ausgang Haltestelle Goncourt, Sie fahren zur Métrostation Pyrénées. Franck checkt die Place de la République und Claudine das Hôtel de Ville.« Dorthin konnte man vom Präsidium aus zu Fuß gelangen.

Jean-Marc nickte und zog sein Handy aus der Tasche. Drei Minuten später trennten sie sich. Während Jean-Marc mit dem Wagen zurück zur Haltestelle Pyrénées fuhr, steuerte LaBréa auf den Métroeingang zu. Er würde erneut in die Linie 11 steigen und bis zur Station Goncourt fahren.

Bevor er die Treppen zum Métroschacht erreichte, klingelte sein Handy. Sofort begann sein Herz heftig zu klopfen. Keine Nummer auf dem Display. Dann die Stimme des Geiselnehmers.

»Beweg deinen Bullenarsch und pack dich irgendwo in die Métro. Nimm die Linie 11 und steig an der Haltestelle Belleville aus. Auf dem Bahnsteig Richtung Châtelet gibt es einen Abfallkorb, gleich vorm Ausgang Rue Louis Bonnet. Dort findest du was für dich.« Ein Klicken, der Mann hatte das Gespräch weggedrückt, ohne dass LaBréa etwas fragen oder erwidern konnte.

Haltestelle Belleville! LaBréas Herz schlug wie rasend. Die Métrolinie 11 ... Schon wieder kam sie ins Spiel. Immer mehr war LaBréa davon überzeugt, dass sich irgendwo im Umfeld dieser Strecke das Versteck befand, wo Céline gefangen gehalten wurde.

Der Geiselnehmer konnte nicht wissen, dass LaBréa nur fünf Haltestellen entfernt in eben gerade diese Métrolinie steigen wollte, um an der Haltestelle Goncourt den Münzapparat zu überwachen. LaBréa wählte die Nummer des Technikers Achmed Kadir.

»Öffentlicher Fernsprecher an der Place Jean Rostand, Commissaire«, sagte dieser wie aus der Pistole geschossen. »Liegt gleich neben der Métrostation Belleville.«

»Na, wer sagt's denn! Danke, Achmed.«

Ein Gefühl des Triumphes durchzuckte LaBréa. Die Place Rostand hatten Jean-Marc und er vorhin nicht ins Visier genommen. Doch offenkundig befand sich hier, einen Steinwurf von der Métrostation Belleville entfernt, ein Münzfernsprecher. Alle Wege führten immer wieder zur Linie 11. Er rief Jean-Marc an und erzählte ihm vom Anruf des Mannes.

Als er den Bahnsteig erreichte, war der Zug bereits eingefahren, und das Signal zur Abfahrt ertönte. LaBréa sprang in den erstbesten Wagen, und schon schlossen sich die Türen hinter ihm. Ihr krachendes Geräusch war der Beweis dafür, dass LaBréa diesmal einen der alten Métrozüge erwischt hatte.

# 19. KAPITEL

An der Place Rostand hatte er fünfzig Cent in den Münzfernsprecher geworfen und den Bullen auf seinem Handy angerufen. Danach schlenderte er zur Métrostation. Es war Zeit genug, vor dem Bullen dort anzukommen und das Paket für ihn zu deponieren. So schnell konnte der Typ gar nicht vor Ort sein, ganz gleich, von welchem Punkt der Stadt aus er sich auf den Weg machte.

Der Autoverkehr hatte um diese Zeit etwas nachgelassen. Ein Raser bretterte mit überhöhter Geschwindigkeit über die Straße, vor der nächsten Kreuzung quietschten seine Bremsen. Einige Buslinien fuhren noch, auch Fußgänger waren unterwegs. Die Kneipe *Chez Marion & Pierre,* die genau auf dem Weg lag, machte gerade dicht. Die dralle Wirtin hatte bereits die Stühle auf die Tische gestellt und schloss nun die Tür ab. Als sie ihn sah, winkte sie ihm kurz zu. Er tat so, als bemerkte er es nicht. Seine Haare waren vom Regen klatschnass und klebten ihm am Kopf. In einem Hauseingang blieb er stehen und sondierte vorsichtshalber das Terrain um die Métrostation. Ein paar Leute kamen aus dem Schacht, klappten ihre Regenschirme auf, anderen eilten nach unten auf die Bahnsteige.

Leichtfüßig sprang er die Treppen hinunter. Er ließ den Eingang zur Linie 2, die die Linie 11 hier kreuzte, links liegen und ging zum Bahnsteig der Linie 11, Richtung Châtelet. Dort warteten nur wenige Menschen, der nächste Zug sollte erst in fünf Minuten einfahren. Auf einer der Plastikbänke lag ein Clochard und schlief. Das Bündel mit seinen Siebensachen hatte er sich auf den Bauch gelegt und hielt es mit beiden Händen umklammert. Kräftige Schnarchtöne hallten über den Bahnsteig, aus seinen Mundwinkeln floss Speichel.

Er spähte nach rechts und links. Niemand beachtete ihn. Vor dem Abfallkorb am Ende des Bahnsteigs blieb er stehen. Er kramte mit der Hand in den Abfällen, bis er etwas Passendes entdeckte, das seinen Zweck erfüllte.

Ganz bewusst hatte er diese Métrostation gewählt. Den Bahnsteig und die Ausgänge kannte er wie seine Westentasche. Ein prickelndes Gefühl durchströmte ihn. Spannung stieg in ihm auf, Jagdfieber. Er liebte die Gefahr, insbesondere, wenn sie von ihm selbst ausging. Mit einem breiten Grinsen auf dem Gesicht verließ er den Bahnsteig.

Nach zehn Minuten Fahrt hielt der Zug an der Station Belleville. Fieberhaft hatte LaBréa in der Zwischenzeit überlegt, was in dem Abfallkorb auf dem Bahnsteig liegen mochte? Verschiedene Horrorszenarien fielen ihm ein und lösten beunruhigende Gedanken in ihm aus. Es gab Fälle, da hatten Geiselnehmer ihren Opfern ein Ohr abgeschnitten, um ihrer Forderung nach Lösegeld Nachdruck zu verleihen. Oder einen kleinen Finger abgetrennt. Was hatte Célines Entführer sich ausgedacht?

Sobald LaBréa den Zug verlassen hatte, waren all seine Sinne geschärft. Der Abfallkorb befand sich auf dem gegenüberliegenden Bahnsteig, von wo aus die Züge dorthin fuhren, wo LaBréa soeben herkam: Richtung Châtelet.

Einige Menschen waren mit ihm ausgestiegen. Eine junge Schwarze schleppte riesige Einkaufstüten. Ihr schlurfender, schwerer Gang war der einer Frau, die den ganzen Tag hart gearbeitet hatte. Den Blick gesenkt, ging sie in Gedanken versunken zum Ausgang. Ihre großen, silbernen Ohrringe klirrten bei jedem ihrer Schritte.

Auf dem gegenüberliegenden Bahnsteig standen einige Fahrgäste und warteten auf den Zug. LaBréa entdeckte niemanden, auf den die Beschreibung des Geiselnehmers zutraf. Die Menschen in der Bank hatten zwar sein Gesicht nicht gesehen, ihn aber von der Statur her sehr genau beschrieben. Was hatte LaBréa erwartet? Dass der Mann seelenruhig hier irgendwo herumstand und Ausschau nach ihm hielt? Der Kerl war sicher längst über alle Berge. Dennoch wusste LaBréa, dass er vorsichtig sein musste.

Er bog in den Gang ein, der auf den gegenüberliegenden Bahnsteig führte. Dicht hinter ihm folgte ein älterer Mann. Ein Teenager-Pärchen, kaum älter als siebzehn Jahre alt und eng umschlungen, tänzelte hinter ihnen her. Das Mädchen kicherte, ihr Freund, ein breitschultriger Schwarzer mit Schlabberklamotten und schief aufgesetzter Baseballkappe, flüsterte ihr etwas ins Ohr und küsste sie im Gehen. Die beiden überholten LaBréa und erreichten vor ihm den Bahnsteig.

Unauffällig blickte LaBréa sich um. Am Ausgang Rue Bonnet, am anderen Ende des Bahnsteigs, entdeckte er den Abfallkorb. Er wartete einige Minuten, bis der nächste Zug einfuhr, Menschen aus- und einstiegen und der Bahnsteig sich leerte. Dann ging er mit raschen Schritten zum Abfallkorb und durchsuchte ihn. Neben einer leeren Coladose, einem alten Stück Baguette, gebrauchten Papiertaschentüchern und einer zerdrückten Styroporverpackung entdeckte er die Papiertüte einer Bäckereikette. Er öffnete sie und spähte vorsichtig hinein. Dann nahm er ein Papiertaschentuch aus seiner Hosentasche, um seine Finger zu schützen. Erst dann zog er den Inhalt der Tüte heraus.

Ein farbiges Polaroidfoto.

Es zeigte Céline, die ein Exemplar der Tageszeitung *Le Figaro* hochhielt. Ihre Augen waren aufgerissen und voller Angst, die Pupillen glänzten rot, eine Folge des Blitzlichts. LaBréa sah genauer hin und nahm erst jetzt die Schlagzeile auf der Titelseite wahr. *Neue Randale in den Vorstädten – Polizei machtlos.* Bilder aus den siebziger und achtziger Jahren fielen ihm ein. Geiseln in der Gewalt der Roten Brigaden in Italien, der RAF in Deutschland. Eine hochgehaltene Zeitung oder ein Pappschild mit Datum, ein schnelles Polaroidfoto, damit untermauerten Terroristen ihre Forderungen an die Regierungen dieser Länder. Auch die Mafia ging bei Lösegelderpressungen ähnlich vor. Nun war Céline von dem Entführer in gleicher Weise abgelichtet worden, auf eine Stufe mit Menschen gestellt, die man als Geiseln gehalten und dann getötet hatte. LaBréa fühlte einen heftigen Stich in seiner Brust. Wut und Ohnmacht schnürten ihm die Kehle zu. »Dieses Schwein!«, murmelte er leise mit zusammengebissenen Zähnen.

Das Foto war zu klein, um das Erscheinungsdatum der Zeitung lesen zu können. War das die Ausgabe vom heutigen Mittwoch, die letzte Nacht ausgeliefert worden war? Dann hatte das Polaroid keine Beweiskraft, Céline konnte längst tot sein. Doch vielleicht war es ja die Zeitung vom morgigen Donnerstag? Das hoffte LaBréa, denn dann war das Foto innerhalb der letzten Stunden aufgenommen worden. Bloß wo? Den Hintergrund sah man kaum; man würde das Bild stark vergrößern müssen, um möglicherweise Einzelheiten erkennen zu können.

LaBréa steckte Foto und Papiertüte in einen Plastikbeutel, von denen er immer welche dabeihatte. Die Techniker bei der Spurensicherung würden noch heute Nacht beides unter die Lupe nehmen.

Er verließ den Bahnsteig. Vor dem Ausgang der meisten Métrostationen gab es Zeitungskästen, aus denen man nach Einwurf einer Münze die neuesten Presseerzeugnisse entnehmen konnte. Erst wenn er sich vergewissert hatte, dass die Zeitung in Célines Hand die *Figaro*-Ausgabe des morgigen Tages war, wäre er überzeugt, dass sie noch lebte.

Der gekachelte Gang, der sich über eine Treppe in mehreren Windungen bis zum Ausgang Rue Bonnet erstreckte, war menschenleer. LaBréas Schritte hallten von den Wänden wider. Die Baseballkappe tief ins Gesicht gezogen, eilte er zügig voran. Hinter einer Biegung stutzte er kurz. Ein starker Knoblauchgeruch hing plötzlich in der Luft. In LaBréas Kopf schrillte eine Alarmglocke. Zu spät. Der Angriff traf ihn mit voller Wucht. Er spürte einen heftigen Schlag auf den Kopf, dann fiel er in tiefe Dunkelheit.

Seit ihrer Kindheit hatte Céline nicht mehr gebetet. Nun saß sie seit geraumer Zeit am Tisch und stützte den Kopf auf ihre gefalteten Hände. Mit halblauter, erstickter Stimme wandte sie sich an einen Gott, an den sie als erwachsener Mensch nie geglaubt hatte. Tränen flossen ihr über die Wangen, sie fühlte sich am Ende ihrer Kraft und erhoffte sich durch diese Zwiesprache Trost in der Düsternis des Bauwagens, auf dessen Dach der Regen trommelte.

Erhörte Gott diejenigen überhaupt, die stets an ihm gezweifelt hatten? Oder erbarmte er sich gerade derer, die ihn verleugneten? Dunkel erinnerte sich Céline an eine Stelle in der Bibel. Hatte Jesus in der Bergpredigt davon gesprochen? Sie wusste es nicht. Leise kamen die Worte über ihre Lippen, erst stockend, dann immer drängender. Sie flehte um Rettung und Befreiung aus ihrer Gefangenschaft; darum, dass der Kelch an ihr vorübergehen möge. Dass ihr Baby das Licht der Welt erblicken durfte und dass LaBréa den Weg gewiesen bekam, der auf dieses verlassene Gelände und zu dem alten Bauwagen führte.

Erniedrigt und auf schreckliche Weise ausgeliefert hatte sie sich gefühlt, als der Mann die Zeitung aus dem Rucksack gezogen und das Polaroid von ihr geschossen hatte. Bis ins Mark gedemütigt. Wie ein Opferlamm wurde sie zur Schau gestellt, für immer in der Rolle der Geisel eines wahnsinnigen Bankräubers im Bild festgehalten. Wenn die Polizei sie nicht fand, würde man das Foto vermutlich in den Zeitung abdrucken und im Fernsehen zeigen. *Wer hat diese Frau gesehen …* Das Konterfei einer Frau in Geiselhaft, die der Kamera eine Zeitung zeigte als Beweis, dass man sie noch nicht liquidiert hatte … Die Scham, die sie empfunden hatte, als sie die Titelseite hochhielt und ihr Peiniger ihr noch gesagt hatte, sie solle lächeln, hatte sich tief in sie eingebrannt. Eine Scham, stärker als in jenem Moment, als sie sich über die leere Konservendose gehockt hatte. Dieses Foto sollte für LaBréa der Beweis sein, dass sie noch lebte. Er brauchte einen solchen Beweis und hatte ihn wahrscheinlich vom Geiselnehmer gefordert. Doch würde er ihren Anblick je wieder vergessen können?

Oder stand dieses schreckliche Bild für alle Zeiten zwischen ihnen wie eine tiefe Kluft, die sie nie würden überwinden können?

Unruhig rutschte Céline auf dem harten Stuhl hin und her. Seit geraumer Zeit schon quälte sie ein nagendes Hungergefühl. Außer weiteren Dosen mit Cassoulet und anderen Fertiggerichten gab es nichts in diesem Bauwagen. Ein trockenes Stück Baguette, mehr wünschte sie sich nicht. Vielleicht half auch ein Schluck Wasser gegen den Hunger. Sie tastete nach dem Kanister, setzte die Öffnung an den Mund und trank gierig. Wenn ihre Blase sich wieder meldete, würde sie schon eine Lösung finden.

Auf welche Weise hatte er LaBréa das Polaroidfoto zukommen lassen? Ein schneller Blick auf ihre Uhr … es war jetzt kurz vor Mitternacht. Wann würde ihr Peiniger zurückkehren, was würde er ihr antun?

Die Minuten dehnten sich endlos in die Dunkelheit. Erneut faltete Céline die Hände und richtete ihre Gedanken an die ferne, unsichtbare, höhere Macht. Es gab sie, oder es gab sie nicht. Wer wusste das schon? In dieser Stunde der völligen Einsamkeit und des Verlassenseins spendete der Gedanke an Gott ein wenig Trost. Und war es nicht das, warum sich der Mensch Glauben und Religion geschaffen hatte?

Das kurze Telefonat mit Cyril verlief unerfreulich und hätte beinahe einen schalen Geschmack hinterlassen.

Cyril war sauer, dass Jean-Marc nun doch nicht, wie geplant, heute Nacht zu ihm nach Hause kam.

»Auf nichts kann man sich mit dir einstellen!« Es klang vorwurfsvoll und unzufrieden. »Mit dir ist ein Privatleben die reinste Glücksnummer.«

»Das musst du doch verstehen, Cyril. Die Freundin des Chefs befindet sich seit heute Mittag um zwölf in der Gewalt eines Mörders! Da kann man den Mann doch nicht hängenlassen!«

»Aber mich kannst du hängenlassen.«

»So ein Quatsch! Ich lass dich doch nicht hängen – wir verschieben es nur auf morgen.«

»Ja, ja, Jean-Marc. Den Spruch kenne ich. *Verschieben wir's auf morgen,* das hat schon Scarlett O'Hara gesagt. Im Übrigen ist der Plan deines Chefs doch hirnrissig. Wie wollt ihr denn zu viert die ganze Gegend überwachen?«

»Ob das Lösegeld beschafft werden kann, entscheidet sich erst morgen früh. Der Chef will doch bis dahin nicht untätig zu Hause rumsitzen.«

»Und deine anderen Kollegen? Ich meine diesen Leconte und seine Truppe. Drehen die inzwischen Däumchen?«

»Solange der Kerl keinen Ort und Zeitpunkt für die Geldübergabe nennt, sind denen die Hände gebunden.«

Am anderen Ende der Leitung ertönte ein lautes Seufzen. »Wie auch immer. Ich ergebe mich in mein Schicksal!« Das klang schon versöhnlicher. Eine der guten Eigenschaften von Cyril war, dass er nie lange sauer oder beleidigt sein konnte. »Auf jeden Fall wünsche ich euch viel Erfolg, auch wenn ich nicht daran glaube. Sei vorsichtig und pass auf dich auf, Jean-Marc!«

»Mach ich. Ich ruf dich gleich morgen früh an, bevor du in die Praxis gehst. Schlaf gut, *chéri*.«

Jean-Marc drückte das Gespräch weg. Die Uhr auf dem Display seines Handys zeigte zehn vor zwölf. Vor mehr als einer halben Stunde hatten er und LaBréa sich an der Métrostation Châtelet getrennt. Kurz darauf hatte sein Chef ihn vom Anruf des Geiselnehmers unterrichtet. LaBréa war sofort zur Haltestelle Belleville gefahren. Bisher hatte er sich nicht gemeldet. Wollte er seine Handyleitung freihalten, falls der Geiselnehmer sich früher als verabredet meldete? War die Abfallkorbgeschichte auf dem Bahnsteig nur ein Ablenkungsmanöver? Eines der vielen Spielchen, mit denen der Geiselnehmer die Polizei in Atem hielt? Jean-Marc fühlte eine diffuse Unruhe in sich aufsteigen und beschloss, LaBréa anzurufen. Er tippte auf die Kurzwahltaste mit der Nummer seines Chefs. Am anderen Ende der Leitung ertönte der Klingelton, aber niemand meldete sich. Dann schaltete sich die Mailbox ein. Jean-Marc hinterließ eine kurze Nachricht und bat LaBréa um Rückruf. Das mulmige Gefühl in seinem Bauch wurde immer stärker. Irgendetwas stimmte nicht! Wieso nahm LaBréa das Gespräch nicht an? Die Verbindung war ja zustande gekommen, also befand er sich nicht im Funkloch eines Métroschachts.

Jean-Marc wählte die Nummer von Claudine. Sie hatte an der Métrostation Hôtel de Ville Posten bezogen. »Hast du was vom Chef gehört ?«

»Nein, wieso? Ich denke, du bist in Kontakt mir ihm?«

»Er geht nicht an sein Handy.«

»Vielleicht will er die Leitung für den Typen freihalten?«

»Irgendwie hab ich so'n komisches Gefühl. Wenn ich ihn in fünf Minuten nicht erreiche, springe ich in den nächsten Métrozug und fahre bis Belleville.«

»Vielleicht war die Sache mit dem Abfallkorb Fehlanzeige, und der Chef ist zurück zur Station Goncourt?«

»Könnte sein. Auf jeden Fall checke ich erst Belleville, dann Goncourt.«

»Okay, ich sage Franck Bescheid. Bei mir ist bis jetzt alles im grünen Bereich. Ich hab die Telefonzelle gut im Blick. Aber tote Hose. Bei dem Wetter ist kein Mensch mehr unterwegs. Melde dich, sobald du was weißt!«

»Mach ich, Claudine.«

Er steckte das Handy ein und verließ seinen Beobachtungsposten in der Rue Clavel mit gutem Sichtkontakt auf den Fernsprecher an der Ecke Rue des Pyrénées. Zum Métrobahnhof Belleville war es nur eine Station. Wenn der nächste Zug nicht allzu lange auf sich warten ließ, war er in drei Minuten vor Ort.

Jean-Marc überquerte die Straße und sah sich noch einmal gründlich um. Niemand, der verdächtig schien. Inzwischen war es Mitternacht. Noch immer regnete es.

Jean-Marc dachte an seinen Freund Cyril, der es sich jetzt in seiner warmen Wohnung gemütlich machte. Ein bisschen beneidete er ihn. Als Arzt mit eigener Praxis hatte er feste Arbeitszeiten und musste sich nicht die Nächte und Wochenenden um die Ohren schlagen. Doch gleich darauf wurde der Gedanke an ein bequemes Sofa und einen guten Schluck Wein wieder verdrängt. La-Bréa brauchte ihn heute Nacht. Er war der beste Chef, den Jean-Marc sich vorstellen konnte. Er ahnte, wie ihm in dieser Situation zumute war. Um nichts in der Welt würde er LaBréa in dieser Nacht hängenlassen.

Jean-Marc beeilte sich und hatte Glück. Eine Minute später fuhr die Métro ein. Im Waggon saßen nur zwei Männer. Der eine hatte sein Gesicht an die Scheibe gedrückt und schlief. Der andere wiegte seine Schultern im Rhythmus der Musik, die laut aus den Kopfhörern seines MP3-Players dröhnte. Jean-Marc blieb gleich an der Tür stehen. Der Zug setzte sich ratternd in Bewegung und verschwand im Tunnel.

Als sein Handy klingelte, erkannte Franck auf dem Display die Nummer von Claudine.

»Na, was liegt an?«, fragte er etwas flapsig.

»Jean-Marc fährt zur Station Belleville. Er meint, irgendwas stimmt da nicht. Der Chef hat sich nicht gemeldet und geht auch nicht an sein Handy.«

»Scheiße. Hoffentlich ist da nichts schiefgelaufen! Was machen wir?«

»Nichts. Wir warten, bis Jean-Marc oder der Chef sich melden. Was tut sich bei dir?«

»*Nada.* Wenn du mich fragst, schlagen wir uns die Nacht umsonst um die Ohren.« Seine Gedanken eilten zu seiner Freundin, die am späten Abend mit ihm gerechnet und für ihn gekocht hatte. Mist, so ein Auberginenauflauf mit Lammkoteletts schmeckte aufgewärmt einfach nicht. »Der Chef hätte lieber diesem Idioten Leconte Dampf machen sollen«, fuhr er fort.

»Du weißt doch, dass Lecontes Dienststelle den Chef aus der Sache raushalten will! Und Thibon – der hat ihn ja auch fallenlassen.«

»Hast du was anderes erwartet?«, knurrte Franck. Er fror, fühlte sich müde und hatte Hunger. Der Gedanke an die Kochkünste seiner Freundin Eloïse und ihre herrlichen weichen Formen – lauter Dinge, auf die er jetzt verzichten musste – verstärkte noch seine schlechte Laune.

»Moment mal!«, zischte Claudine plötzlich, und Franck hörte die Anspannung in ihrer Stimme. »Da kommt ein Typ über den Platz und steuert genau auf die Telefonzelle zu … Jetzt nimmt er den Hörer ab und wirft 'ne Münze ein. Ich mach Schluss, Franck!«

»Sei vorsichtig, Claudine!«, rief er noch, doch sie hatte schon aufgelegt.

Der Mann trug Handschuhe und hatte sich die Kapuze seines Anoraks über den Kopf gezogen. Er schaute sich kurz um, bevor er eine Nummer wählte. Schwer zu sagen, wie alt er war. Claudine verließ ihren Beobachtungsposten und näherte sich der Telefonzelle. Um unauffällig zu wirken, hatte sie sich zwei mit Papierabfällen und leeren Flaschen gefüllte Plastiktaschen aus dem Büro mitgebracht. Jemand, der sie nicht kannte, würde sie für eine Frau halten, die spät mit ihren Einkäufen bepackt nach Hause kam. Sie ging in einer Entfernung von etwa zehn Metern an der Telefonzelle vorbei und hörte deutlich, wie der Mann jetzt lachte. Ein warmes, verliebtes Lachen. Es hatte nichts mit dem Lachen eines Menschen gemein, der eine Geisel in seiner Gewalt hielt, einen anonymen Anruf tätigte und die Polizei erpresste. Das Gespräch dauerte eine Weile, und Claudine bezog währenddessen unter den Arkaden in der Rue de Rivoli in einem Hauseingang Posten. Wenig später verließ der Mann mit federndem Schritt die Telefonzelle. Er überquerte die Rue de Rivoli und kam dicht an Claudine vorbei. Er bemerkte sie nicht und fing plötzlich an zu pfeifen. Claudine erkannte die Melodie. Ein populärer Schlager vom letzten Sommer, dem Sommer der Hundstage. Überall hatte man damals diesen idiotischen Song gehört: ein Ohrwurm, der die Sängerin binnen kurzer Zeit zur Millionärin gemacht hatte.

Der Mann bog in die Rue des Archives ein. Claudine folgte ihm in gebührendem Abstand. Die beiden Plastiktüten baumelten rechts und links in ihren Händen. Kurz vor der nächsten Straßenkreuzung zögerte er kurz, suchte offenbar nach einer Hausnummer. Dann hatte er sie gefunden und stand vor einem Hauseingang. Er gab einen Code ins Tableau ein und zog kurz darauf die Haustür hinter sich zu. Rue des Archives Nummer 74 … Claudine warf einen Blick auf die Fassade des Hauses. Dann rief sie in der Technikabteilung des Präsidiums an.

»Kurze Frage, Achmed: Habt ihr gerade einen Anruf vom Fernsprecher Hôtel de Ville abgefangen?«

»Nein. Bisher hat der Typ den Commissaire noch nicht wieder angerufen. Warum?«

»Ich bin einem Mann gefolgt, der gerade von dort telefoniert hat. War aber offenbar Fehlanzeige.«

Claudine fühlte sich frustriert. Der Mann hatte ganz harmlos und verliebt mit jemandem telefoniert. Mit einer Freundin? Egal, jedenfalls schien er absolut unverdächtig. Dennoch notierte Claudine sich die Uhrzeit des Telefonats und die Nummer des Hauses, das er betreten hatte. Einige Regentropfen fielen auf ihr Notizbuch. Ein heißes Bad, dachte sie. Das wär's jetzt! Genüsslich in der Wanne liegen, und gleich danach ins Bett. Bei dieser Vorstellung dachte sie an die Freundin ihres Chefs. Sie mochte sich nicht ausmalen, unter welchen Umständen Céline Charpentier von dem Geiselnehmer gefangen gehalten wurde. Auf jeden Fall gab es für sie mit Sicherheit kein entspannendes Bad. Sie seufzte und trottete zurück zu ihrem Beobachtungsposten am Hôtel de Ville.

# 20. KAPITEL

Das Erwachen war schrecklich. LaBréa spürte, wie eine Hand ihn kräftig an der Schulter rüttelte. Ihm tat jeder Knochen weh.

»Monsieur?« Eine fremde Stimme. »Ist Ihnen nicht gut? Soll ich einen Krankenwagen rufen?«

LaBréa öffnete die Augen. Wie durch einen Schleier sah er den Mann, der sich über ihn beugte. Sein Gesicht war verschwommen, nur ein dichter schwarzer Backenbart gab ihm eine scharfe Kontur. Ein hämmernder Schmerz zog sich von LaBréas Hinterkopf bis zur Stirn. Langsam hob er die Hand und tastete nach der Stelle. Er spürte eine riesige Beule, doch zu seinem Erstaunen kein Blut. Mühsam stemmte er den Oberkörper hoch und stützte sich mit den Händen auf dem harten Asphaltboden des Métroganges ab.

»Nein, keinen Krankenwagen«, murmelte er.

»Was ist passiert?«, fragte der Mann erneut. Erst jetzt sah LaBréa, dass er nicht allein war und neben ihm eine Frau stand. »Sind Sie gestürzt?«

»Nein, nein.« LaBréa schüttelte den Kopf, was eine erneute Schmerzattacke auslöste. Wie lange hatte er hier gelegen? Er erinnerte sich an den Knoblauchgeruch, eine schnelle Bewegung, links von ihm, und einen fürchterlichen Schlag. Er wusste genau, wer ihn angegriffen hatte. Warum? War die Attacke eine Warnung? Davon ging LaBréa aus.

Er erhob sich und lehnte sich für einen Moment an die gekachelte Wand. Da erst entdeckte er die Nische, die dort eingelassen war. Von ihr ging eine kleine Tür ab. LaBréa schwankte, als er einen Schritt vorwärts tat, um zu prüfen, ob diese Tür verschlossen war. Sie war es; der Geiselnehmer musste demnach den Métrogang benutzt haben. Aber hier in der Nische hatte er sich versteckt. LaBréa wandte sich an die beiden Fremden, die ihn immer noch bestürzt musterten.

»Haben Sie jemanden gesehen? Jemand, der weglief, nach oben, zum Ausgang hin?«

»Nein«, erwiderte die Frau. »Wir sind gerade erst nach unten gekommen. Und da haben Sie hier gelegen. Sind Sie überfallen worden? Sollen wir die Polizei rufen?«

»Ich bin selber Polizist, Madame.«

»Ach so!«, meinte die Frau erstaunt.

Hastig durchsuchte LaBréa seine Kleidung. Seine Waffe steckte noch in der Seitentasche des Parkas. Auch sein Dienstausweis war da, Handy, Portemonnaie und Hausschlüssel. Und – die Papiertüte mit dem Polaroidfoto befand sich dort, wo er sie hingesteckt hatte. Der Angreifer hatte ihn demnach nicht durchsucht, sondern war vermutlich gleich nach seiner Attacke geflüchtet.

»Können wir noch irgendwas für Sie tun, Monsieur?«, fragte die Frau voller Anteilnahme.

»Danke, es geht schon wieder.« LaBréa strich seine Kleidung glatt. Die Schulter tat ihm höllisch weh, und sein Kopf klopfte zum Zerspringen. Eine Schmerztablette, die hätte er jetzt gebrauchen können! Rasch fragte er die beiden Fremden danach. Doch sie hatten nichts dergleichen dabei.

LaBréa verabschiedete sich von dem Paar, das sich, leise miteinander flüsternd, Richtung Bahnsteig wandte. Er warf einen Blick auf die Uhr. Fünf nach zwölf. Er griff nach seinem Handy, doch es erschien kein Funksignal. Würde der Geiselnehmer tatsächlich um Mitternacht anrufen? LaBréa tastete noch einmal nach der Beule an seinem Hinterkopf und hastete weiter. An der Kreuzung der Gänge, die jeweils zu den beiden Bahnsteigen der Linie 11 führten, kam ihm Jean-Marc entgegen.

»Gott sei Dank, Chef! Wir haben uns schon Sorgen gemacht, weil ich Sie telefonisch nicht erreichen konnte. Alles okay?«

»Leider nicht. Der Kerl hat mir hier unten aufgelauert und mich niedergeschlagen. Nichts Ernsthaftes, nur eine Beule am Kopf. Ich hab ihn überhaupt nicht bemerkt – der hatte sich versteckt. Ich war dann kurzzeitig bewusstlos. Jetzt hab ich rasende Kopfschmerzen. Hätten Sie zufällig eine Tablette für mich, Jean-Marc?«

»Klar, Chef. So was hab ich immer dabei.« Jean-Marc zog sein Portemonnaie aus der Tasche des geliehenen Anoraks und holte aus einem Seitenfach ein Kärtchen mit Tabletten. Er gab LaBréa zwei davon, die dieser trocken hinunterschluckte. Dann ergriff er Jean-Marcs Arm. »Fahren Sie zurück zur Station Pyrénees; wir dürfen keine Zeit verlieren!«

»Was haben Sie denn in dem Abfallkorb gefunden, Chef?«

LaBréa sagte es ihm. Während Jean-Marc zum Bahnsteig der Linie 11 Richtung Porte des Lilas lief, eilte LaBréa zum Métroausgang, wo es einen Taxistand gab. Als der Wagen losfuhr, rief er Claudine an und berichtete ihr, was geschehen war.

»Ich fahre jetzt ins Präsidium«, sagte er dann. »Ich brauche Gilles' Hilfe.«

»Sollen Franck und ich weiter auf unseren Posten bleiben?«, fragte Claudine.

»Ja. Es ist jetzt nach Mitternacht. Der Kerl hat bisher nicht wieder angerufen. Aber er wird sich auf jeden Fall melden – der will ja sein Lösegeld. Ich glaube nach wie vor, dass ich mit dem Umfeld dieser Métrolinie richtigliege. Umso mehr, seit er hier aufgetaucht ist und mich kurzfristig aus dem Verkehr gezogen hat.«

Mit hohem Tempo raste der Wagen durch die nächtliche Stadt. Der Regen hatte jetzt nachgelassen, und nach einigen Kilometern Fahrt hörte er ganz auf. LaBréa besprach am Telefon die Einzelheiten mit Gilles, dem

Leiter der Spurensicherung. Es traf sich gut, dass dieser heute eine Nachtschicht eingelegt hatte. Er verfügte über die entsprechenden Geräte, um das Polaroidfoto genau unter die Lupe zu nehmen und Detailansichten stark zu vergrößern.

»Übrigens, wir haben tatsächlich aus der Maske des Geiselnehmers Hautzellen sicherstellen können«, bemerkte Gilles. »Zwei meiner Leute arbeiten daran. Die DNA-Analyse müsste spätestens in zwei, drei Stunden vorliegen. Vielleicht bringt uns das weiter?«

Weiter bringt uns nur, dieses Schwein ganz schnell zur Strecke zu bringen, dachte LaBréa, doch er sagte es nicht. Die Zeit lief ihm davon. Bis jetzt hatte der Mann nicht angerufen. Er ließ ihn schmoren. Erst die Attacke in der Station Belleville, jetzt Schweigen – eine kluge Taktik, das musste LaBréa zugeben. Abgesehen von dem Polaroidfoto gab es nicht Neues, keine wirklich greifbare Spur, nur Vermutungen und eine Theorie. Die Übergabe des Lösegeldes, dessen Herkunft und Bereitstellung völlig ungewiss erschienen, sollte um acht Uhr morgens stattfinden. Leconte, dieser Idiot, hatte gut reden! *Versuchen Sie erst mal, ihn hinzuhalten …* Bisher hatte es nur eine Gelegenheit gegeben, mit dem Geiselnehmer zu sprechen, und da war LaBréas Versuch, die Frist zu verlängern, kläglich gescheitert.

Ein anderer Gedanke schoss LaBréa durch den Kopf. Er hatte sich doch beim Schöngeist krankgemeldet. Das bedeutete, dass er das Präsidium eigentlich nicht betreten durfte. Noch viel weniger durfte er die Dienste des Technikteams in Anspruch nehmen. Streng genommen war Gilles nicht befugt, das Polaroidfoto zu untersuchen, es sei denn, er hätte die Anweisung von Leconte oder dessen Dienststelle bekommen. Gilles war sich dessen sicher bewusst gewesen, als sie eben telefonierten. Die Tatsache, dass er es nicht erwähnt hatte, zeigte LaBréa, dass auch Gilles bereit war, ihm unbürokratisch Hilfe zu leisten. Genau wie LaBréas drei Mitarbeiter. Was täte er nur ohne sie? Als er an Leconte und seine Versuche, das Lösegeld aufzutreiben dachte, lachte LaBréa laut auf. Der Taxifahrer warf ihm einen erstaunten Blick im Rückspiegel zu.

Kurz darauf bremste der Wagen vor dem Eingang Quai des Orfèvres Nummer 36.

Auf dem Weg zur Technikabteilung kam LaBréa Capitaine Fourès vom Drogendezernat entgegen. Er war in Begleitung von drei Mitarbeitern, und alle schienen es eilig zu haben. Fourés blieb kurz stehen.

»Franck hat mich heute gefragt, ob Ihr Mordopfer, dieser Luc sowieso …«

»Luc Chambon«, ergänzte LaBréa.

»Ja, genau. Ob dieser Mann in der Drogenszene bekannt war. Bisher ist sein Name nirgends aufgetaucht. Aber wir sind gerade auf dem Weg zu einer Razzia. Tipp von einem unserer Informanten in der Szene. Illegales Meth-Labor. Kann sein, dass wir da was über diesen Luc Chambon rauskriegen. Die Jungs in diesen Labors führen manchmal eine penible Kundenkartei.«

Obgleich LaBréa der Mordfall Luc Chambom im Augenblick nicht interessierte, nickte er.

»Gut. Sagen Sie Bescheid, falls Sie fündig werden.«

Gilles hatte bereits alles vorbereitet.

»Vielen Dank, dass Sie sich die Zeit nehmen, Gilles«, sagte LaBréa und drückte dem Leiter der Spurensicherung die Hand.

»Ist doch selbstverständlich, Commissaire. Für Ihre Situation hat hier jeder Verständnis.«

»Ja, außer dem Schöngeist.«

Nachdem Gilles das Polaroid ohne Erfolg auf Fingerabdrücke untersucht hatte, begleitete LaBréa ihn in einen kleinen Raum. Dort gab es einen leistungsstarken Computer mit einer speziellen Fotovergrößerungssoftware. Seit sie den Beamten am Quai des Orfèvres zur Verfügung stand, ging das geflügelte Wort um, mit ihr könne man die berühmte Nadel im Heuhaufen entdecken. Das war zwar übertrieben, aber LaBréa hatte sich mehrfach davon überzeugen können, welche erstaunlichen Resultate man damit erzielte. Das Foto sollte im Anschluss an die digitale Recherche noch auf weitere Spuren untersucht werden.

Zunächst scannte Gilles das Polaroid und lud es auf den Rechner. Dort erschien es bildschirmfüllend; die Software hatte den Rotreflex in Célines Augen automatisch entfernt. Man erkannte das Erscheinungsdatum der Zeitung; es war die *Figaro*-Ausgabe vom Donnerstag. Erleichtert atmete LaBréa auf.

Als ahnte Gilles seine Gedanken, sagte er: »Die ersten, noch fast druckfrischen Exemplare werden gegen einundzwanzig Uhr dreißig in der Stadt ausgeliefert. Zu dem Zeitpunkt hat sie also auf jeden Fall noch gelebt.«

Eingehend betrachtete LaBréa Célines Gesicht. Das Haar klebte ihr am Kopf, wirr und ungekämmt. Ein Leidenszug lag um ihre Mundwinkel. Ihr Gesichtsausdruck spiegelte die Angst wider, die Ungewissheit um das, was mit ihr geschehen mochte. Und dennoch – ein bestimmter Ausdruck ihrer Augen verriet LaBréa, dass das Schlimmste möglicherweise noch nicht geschehen war. Keine Vergewaltigung, keine starken körperlichen Misshandlungen. Im Lauf seines Berufslebens hatte LaBréa einige Fotos von Geiseln gesehen. Wenn man die Gesichter dieser Menschen genau studierte, ließ sich aus ihnen viel darüber ablesen, was sie durchlitten hatten: Hunger, körperliche Strapazen, schwere Misshandlungen. Bei Céline war er sich seiner Einschätzung sicher, da er sie genau kannte und ihr Mienenspiel zu deuten wusste. Trotz der Angst vermittelte ihr Blick in die Kamera immer noch Stärke, Willen und Durchhaltekraft.

Ein Schlagwort kam LaBréa plötzlich in den Sinn: *Stockholmsyndrom.* Das Sympathisieren einer Geisel mit dem Geiselnehmer. Er hatte sich stets gefragt, welcher Typ Mensch für dieses psychologische Phänomen anfällig war? Insbesondere Frauen bauten oft ein positives emotionales Verhältnis zu ihrem Entführer auf. Doch in Célines Fall war LaBréa absolut überzeugt davon, dass sie niemals mit ihrem Entführer gegen die Polizei kooperieren, seine Taten im Nachhinein entschuldigen oder gar irgendeine Form von emotionaler Beziehung zu ihm aufbauen würde.

Gilles vergrößerte jetzt Célines Gesicht in einzelnen Abschnitten. Man sah jede Wimper und beinahe jede Pore ihrer Haut. Auf den Wangen gab es dunkle Flecken

»Hämatome, vermute ich. Er hat sie ja geschlagen«, kommentierte LaBréa.

»Und hier: Schweißspuren.« Gilles zeigte mit dem Cursor an eine Stelle über ihrer linken Schläfe. »Sehen Sie das, Commissaire?«

LaBréa nickte. Ein feines Rinnsal lief in die Augenbraue und verlor sich dort. »Zeigen Sie mal, ob auf der Zeitung irgendein Aufkleber zu erkennen ist, Gilles. Eine Auslieferungsadresse, eine Nummer oder Zahl, irgendwas, das darauf hinweist, woher der Kerl die Zeitung hat.«

Einen solchen Hinweis gab es nicht. Gilles konzentrierte sich jetzt auf das Umfeld, in dem das Foto aufgenommen worden war.

»Das ist das Gute an einem Polaroid«, bemerkte er. »Dass dank der Einheitsoptik der Kamera nie ein richtig enger Bildausschnitt entstehen kann. Bei einer Person mit einer Zeitung in der Hand haben wir automatisch auch immer ein Stück Hintergrund.«

»Sie sitzt an einem Tisch«, stellte LaBréa fest. »Links von ihr steht ein Plastikkanister.«

»Vielleicht ist da Wasser drin?«, mutmaßte Gilles. »Aber viel entscheidender ist das hier.« Er klickte an den linken vorderen Rand der Fotografie, und man konnte einen Gegenstand erahnen, der nur halb von der Aufnahme erfasst worden war. »Das ist eine Gaslampe. Campinggas. Das erkenne ich an der Art der Flamme und der Form der Lampe.« Er klickte einen Bildausschnitt rechts vom Tisch an und vergrößerte ihn. LaBréa beugte sich nach vorn.

»Ist das ein Campingkocher?«, fragte er.

»Ja, sieht ganz so aus«, erwiderte Gilles. »Da steht ein Topf drauf.«

»Dann ist sie in einem Wohnwagen oder einem Campingcar!«

»Das werden wir gleich wissen.«

Mit einigen Klicks holte Gilles den Hintergrund des Fotos nach vorn und vergrößerte zunächst einen Ausschnitt im oberen Bereich. Er zeigte ein Stück holzgetäfelte Decke. Auch die Wände waren mit Holz verkleidet. Gilles holte den Bildausschnitt näher heran.

»Wohnwagen oder Campingcars haben normalerweise keine Decke aus Holz. Und sie ist auch nicht leicht gewölbt – im Gegensatz zu der hier.« Er ließ den Cursor entlang einer Linie gleiten, die den Deckenbogen von der Wand trennte. »Das ist auch keine richtige Holztäfelung. Hier wurden einfache Bretter zur Innenverkleidung verwendet.«

»Ein Bauwagen!«, rief LaBréa spontan. »Zeigen Sie doch mal, ob an der linken Wandseite ein Fenster zu sehen ist?«

Gilles betätigte seine Befehlstasten. Am linken Bildrand erkannte man jetzt eine dunkle Öffnung, darauf einen kleinen Reflex.

»Ja, da ist ein Fenster, oder?«, fragte LaBréa. »Von außen abgedichtet, vernagelt oder dergleichen.«

Gilles holte den Ausschnitt ganz nah heran. Jetzt war es deutlich zu sehen: ein kleiner Fensterknauf, Teile des Fensterrahmens.

»Stimmt, Commissaire. Die Sicht nach draußen ist versperrt.«

LaBréa deutete auf die Scheibe. »Dieser Reflex hier, was könnte das sein?«

Gilles klickte einige Male hin und her. »Irgendwas spiegelt sich anscheinend in der Scheibe«, meinte er.

»Vielleicht das Blitzlicht der Kamera?«, warf LaBréa ein.

»Möglich. Der Reflex kommt von der dem Fenster gegenüberliegenden Wandseite oder vom unteren Teil der Decke. Das Blitzlicht hat den Raum für Bruchteile von Sekunden erhellt.«

Gilles ließ den Cursor über das Foto gleiten und schwenkte nach allen Seiten. Er nahm die rechte Wandseite über dem Campingkocher ins Visier und vergrößerte die Ausschnitte jeweils so stark, dass man beinahe die Holzstruktur der Bretterverkleidung zu sehen meinte. Zentimeter für Zentimeter tastete Gilles Decke und Wand ab. Plötzlich kam etwas ins Bild, das nicht zu der Holzvertäfelung passen wollte.

»Was haben wir denn da?«, murmelte er halblaut. Noch einmal vergrößerte er den Bildausschnitt. Ein kleines Messingschild mit Schrift wurde sichtbar. Gilles versuchte, sie zu entziffern.

»*Société Malin & Fils, Constructions de Bâtiments*«, las er laut vor. »Eine Baufirma!«

»Ich hab's doch gesagt, das ist ein Bauwagen!« LaBréas Herz pochte wild. Nervös fuhr er sich über sein stoppeliges Kinn. »Fragt sich nur, wo dieser Wagen steht?«

»Wahrscheinlich irgendwo in der Umgebung der Métrolinie 11. So wie Sie es schon die ganze Zeit vermuten, Commissaire. Wir haben jetzt den Namen der Firma, der der Wagen gehört. Morgen früh …«

LaBréa unterbrach ihn. »Morgen früh ist zu spät, Gilles! Der Mann ist zu allem fähig. Der wird sich mit dem Lösegeld nicht vertrösten lassen.«

»Vielleicht doch? Was hat er denn davon, wenn er seine Geisel umbringt, aber leer ausgeht?«

»Rache, Gilles. Vergessen Sie nicht, der Mann hat möglicherweise eine Rechnung mit mir offen, obwohl ich nicht die geringste Ahnung habe, was das sein könnte. Würden Sie an meiner Stelle das Risiko eingehen?«

»Vermutlich nicht.«

»Na also. Dann gibt es nur einen Weg: Wir müssen diesen verdammten Bauwagen finden!«

Gilles tippte einen Suchbegriff bei Google ein.

»Hier, nur nochmal sicherheitshalber. Das steht bei Wikipedia«, sagte er. »*Als Dachaufbau bei Bauwagen ist ein Runddach üblich ... Die Inneneinrichtung eines Bauwagens ist meist spartanisch ... An einer der Seitenwände sind ein oder zwei kleine Fenster angebracht.* Ich glaube, wir liegen richtig, Commissaire.«

LaBréa nickte und strich sich die Haare aus der Stirn. Vielleicht wohnte der Kerl selbst in diesem Wagen? Ein Bett oder Ähnliches hatten sie auf dem Foto allerdings nicht entdecken können. Die hintere Bodenfläche der Räumlichkeit lag völlig im Dunkeln, und keine noch so starke Vergrößerung hatte dort Einzelheiten erkennen lassen.

LaBréa fasste einen Entschluss.

## 21. KAPITEL

Das Gefühl, als einsamer Wolf durch die nächtliche Stadt zu streifen und seiner Beute aufzulauern, hatte für ihn etwas Verlockendes und befriedigte ihn in höchstem Maße. Mit dem Bullen Katz und Maus spielen, ihm immer einen Schritt voraus sein, die Spielregeln bestimmen. Das alles vor dem Hintergrund, dass er dessen Tussi in seiner Gewalt hatte. War der Typ inzwischen zu sich gekommen, hatte er sich von dem Schlag erholt? Er hatte den Knauf seiner Pistole benutzt, um diesem Dreckskerl einen ordentlichen Denkzettel zu verpassen. Der Bulle wusste jetzt, dass er jederzeit in seiner Nähe sein konnte. Unsichtbar, ein Phantom ohne Namen, das nach Belieben zuschlug und sich dann blitzschnell ins schützende Dunkel der Nacht zurückzog.

Es hatte aufgehört zu regnen. Die Straßen waren inzwischen menschenleer. Nach der Attacke auf den Bullen hatte er sich von der Métrostation Belleville entfernt und war Richtung Parc de Belleville entschwunden. Hier hatte er früher häufig Geschäfte gemacht, als der Markt noch nicht in der Hand der asiatischen Mafia gewesen war. Meth, Koks, Heroin – die ganze harte Palette. Der Stoff kam aus dem Ausland, meist minderwertige Ware. Einmal war er nur mit knapper Not einer Razzia entkommen. Die Bullen hatten den ganzen Park abgeriegelt und jede Menge Leute abgeführt. Da hatte er beschlossen, auszusteigen und künftig nur noch Selbstversorger zu sein. Es gab andere Möglichkeiten, an Kohle heranzukommen. Bevor er den Plan zu dem Banküberfall fasste, knackte er einige Geldautomaten. Als kleine Fingerübung. Das hatte ihm Appetit auf ein größeres Ding gemacht. Yannick kannte er von der Arbeit auf der Straße, der Typ war in Ordnung. Als dieser dann in das Abbruchhaus einzog und sich ebenfalls selbstständig machte, war die Bekanntschaft zu ihm Gold wert. Er war sozusagen Privatkunde bei ihm, bekam stets Rabatt, und Yannicks Ware war okay.

In der Rue Bisson kannte er eine Kneipe, die die ganze Nacht geöffnet hatte. Sie befand sich noch nicht in der Hand der asiatischen Mafia. Schlitzaugen mochte Freddy nicht. Vor allem mochte er sich nicht mit ihnen anlegen. Damit hatte er einschlägige Erfahrungen, wie die Narbe an seinem linken Oberarm ihm jeden Tag vor Augen führte. Mit dem Messer waren diese Leute schnell und geschickt wie sonst kaum jemand.

In der Kneipe herrschte nicht viel Betrieb. Zwei Schwarze saßen in einer Ecke und spielten Backgammon. Eine Nutte wartete am Tresen auf Kundschaft und zeigte ihm ihre Zahnlücke, als sie ihn anlächelte. Er winkte gleich ab. Die Nutte knipste ihr Lächeln aus und trank einen Schluck aus ihrem Glas. Beim Wirt, einem jungen Typen maghrebinischer Herkunft, bestellte er einen starken Kaffee. Damit blieb er für den Rest der Nacht fit und klar im Kopf. Er stellte sich ans Kopfende des Tresens und wartete. Die Nutte rutschte vom Hocker und verschwand Richtung Toiletten. Der Wirt stellte ihm den Kaffee hin, dazu zwei trockene Kekse, die er auf dem Rand der Untertasse liegen ließ. Fünf Minuten später verließ er die Kneipe und ging zurück. Er steuerte die Métrostation Goncourt an. Von dort aus hatte er schon einmal telefoniert. Aber jetzt würde er nicht anrufen, noch nicht! Der Typ sollte erst einmal schmoren und sich den Kopf zerbrechen, was in der Zwischenzeit mit seiner Tussi geschah.

Es tat gut, anderen Menschen Angst einzujagen. Das entschädigte ihn ein wenig dafür, dass er selbst in seinem Leben reichlich Angst gehabt hatte, in seiner Jugend und auch später, als die Bullen ihm dicht auf den Fersen waren und ihn beinahe geschnappt hätten. Wochenlang hatte er in einem Rattenloch ausgeharrt, bevor er dem Süden den Rücken kehrte und alles, was dort geschehen war, abschüttelte. Die Angst hatte ihn erst verlassen, als er in Paris ankam. Nun war der Bulle an der Reihe, sich vor Angst in die Hosen zu scheißen. Im Leben glich sich eben alles aus.

Auf dem Bahnsteig war er der einzige Fahrgast. Der Métrozug kam nach wenigen Minuten, einer der Letzten, die jetzt noch fuhren. Das kümmerte ihn nicht, denn nach dieser Fahrt würde er die Métro in dieser Nacht sowieso nicht mehr benutzen.

An seiner gewohnten Haltestelle stieg er aus und ging Richtung Sackgasse. Noch bevor er in sie einbog, sah er zwei Fahrzeuge, die den Zugang blockierten. Bullenautos, mit blinkenden Blaulichtern. Er war aufs Höchste alarmiert. Was war passiert? Der Bauwagen!, schoss es ihm im nächsten Moment durch den Kopf. Doch wie hätten die Bullen darauf kommen sollen? Das war nahezu ausgeschlossen! Der Stoff, den er am Abend gesnifft hatte, jagte mit vollem Tempo durch seine Adern.

Er machte kehrt und rannte im Schatten der Hauswand davon, damit die Bullen nicht auf ihn aufmerksam wurden. Es gab noch einen anderen Zugang zu dem verlassenen Baugelände. Er lief durch einige dunkle Straßen und näherte sich dem Areal von der nördlichen Seite her. Hier wucherte dichtes Buschwerk, eine gute Deckung. Vorsichtig kroch er durch die Zweige und befand sich bald etwa zwanzig Meter hinter dem Bauwagen. Rechts unter den Bäumen stand der alte Peugeot. Niemand war auf dem Gelände. Die Silhouette des Bauwagens hob sich vom nachtblauen Himmel ab. Die Wolkendecke war aufgerissen, man sah die ersten Sterne, aber es schien kein Mond.

Er stieß einen Seufzer der Erleichterung aus. Wenn die Bullen sich nicht auf dem Baugelände befanden, gab es nur einen Grund, warum sie gekommen waren.

Er wandte sich von dem Bauwagen ab und bewegte sich wieder in Richtung Sackgasse, wobei er erst unter den Bäumen und dann hinter den Mauern der Bauruinen Deckung suchte. Als er sich der Straße näherte, hörte er Stimmen, laute Befehle. In den Pfützen nahe der Sackgasse spiegelte sich das Blaulicht weiterer Bullenwagen. Ein Beweis dafür, dass sie das letzte Haus in der Sackgasse ins Visier genommen hatten.

Er versteckte sich in einem der Rohbauten, der ganz nah am Geschehen lag. Nach etwa fünf Minuten hörte er, wie Wagentüren geschlagen wurden und Autos starteten. Im Spiegel der Pfützen entschwanden die Blaulichter rasch, dann herrschte Stille.

Kein Zweifel, die Bullen hatten Yannicks Labor ausgehoben. Irgendjemand musste denen einen Tipp gegeben haben. Er atmete auf. Da war er gerade noch einmal davongekommen. Die Bullen hatten sich auf ihre Razzia konzentriert und nicht die leiseste Ahnung davon gehabt, welcher Fund ihnen, wenige Schritte vom Abbruchhaus entfernt, durch die Lappen gegangen war! Er grinste breit. Doch sogleich fiel ihm ein, dass er nun mit einem Schlag seine günstige und bequem zu erreichende Bezugsquelle verloren hatte. So eine Scheiße! Hätte Yannick ihm doch bloß am Abend noch was geliefert! Aber dieser Idiot hatte ihn abblitzen lassen. Jetzt saß Yannick selbst ganz tief drin. Die Bullen würden ihn in die Mangel nehmen, und vielleicht schlugen sie ihm einen Deal vor: Namen gegen Strafnachlass.

Trotzdem, er hatte nichts zu befürchten. Yannick kannte nur seinen Vornamen. Keine Adresse, keine weiteren Einzelheiten. Und mit der Kohle, die er morgen früh bekommen würde, konnte er sich überall mit Stoff eindecken.

Er verließ sein Versteck und ging mit raschen Schritten zur Sackgasse. Wie dunkle Höhlen wirkten die zerschlagenen Fenster im Erdgeschoss der Abbruchbude. Am Abend, als er Yannick aufgesucht hatte, waren die Scheiben noch intakt gewesen. Auch von hier aus waren die Bullen also ins Haus gedrungen. Yannick hatte keine Chance gehabt. Vielleicht schlief er schon, und der Überraschungscoup der Drogenfuzzis war voll gelungen.

Vor ihm lag das düstere Baugelände, und der Wagen war gut hinter dem Buschwerk getarnt, als hätte die Nacht ihn für immer verschluckt.

Es wurde Zeit, zu handeln. Vor wenigen Augenblicken hatte er unheimliches Glück gehabt, dass das Versteck nicht entdeckt worden war. Doch sein Glück durfte man nicht überstrapazieren. Er würde noch eine halbe Stunde warten und dann den Bullen anrufen.

Céline war eingenickt. Ihre Arme lagen ausgestreckt auf der Tischplatte, ihr Oberkörper war zusammengesackt. Ihre unbequeme Haltung weckte sie schließlich. Es war kurz nach ein Uhr morgens. Sie hatte über eine Dreiviertelstunde geschlafen, ein Zeichen dafür, wie erschöpft sie war. Ein Schrecken fuhr ihr in die Glieder. Das Baby! Wie unvorsichtig von ihr, nicht daran zu denken, dass das Ungeborene Schaden nehmen konnte, wenn sie so über die Tischplatte gebeugt längere Zeit verharrte. Céline streckte sich vorsichtig und setzte sich kerzengerade auf.

Es war dunkel im Bauwagen. Ein stickiger Mief hing in der Luft. Eine Mischung aus Gasgeruch, Knoblauchgestank, verbrauchter Luft und Schweiß. Es war ihr eigener Körper, den sie da roch. Schmutzig und verschwitzt, wie sie sich fühlte, konnte das nicht ausbleiben.

Der Druck auf ihre Blase war inzwischen unerträglich. Céline überlegte nicht lange, zündete die Gaslampe an, nahm die zweite Cassouletdose und erleichterte sich. Wenigstens das ist jetzt erledigt!, dachte sie und stellte die volle Dose hinter das Regal mit den Küchenutensilien. Dort würde sie der Geiselnehmer nicht so schnell entdecken.

Am Tisch sitzend überfiel sie erneut bleierne Müdigkeit. Nur mit Mühe hielt sie sich wach. Bilder und Ereignisse zogen vorüber wie in einem Schattenspiel. Das überlebensgroße Bildnis von Íngrid Betancourt auf dem Plakat an der Fassade des Hôtel de Ville. Ihre niedergeschlagenen Augen, diese Haltung der Demut und Schwäche auf dem Foto während ihrer Gefangenschaft im Dschungel, einem Foto, das um die Welt ging. Sechseinhalb Jahre hatte ihre Gefangenschaft gedauert. Doch schließlich war sie befreit worden, und Céline hatte sich seinerzeit gefragt, wie ein Mensch eine derart lange Zeit als Geisel aushalten und überstehen konnte? Nun war

Céline selbst in einer ähnlichen Situation, und ihr Schicksal schien ebenso ungewiss wie das der berühmten Politikerin, die niemals wieder in die Politik zurückgekehrt war.

Als sie draußen plötzlich Schritte hörte, schreckte Céline hoch. Sie löschte rasch die Lampe. An der Art und Lautstärke der Schritte erkannte sie, dass es der Geiselnehmer war. Céline stöhnte. Jegliche Hoffnung, dass einmal jemand anders als ihr Peiniger dieses verlassene Gelände betrat, wurde immer wieder erstickt.

Sie lauschte auf das Geräusch des Schlüssels. In den langen Stunden ihres Alleinseins hatte sie sich überlegt, wie sie den Mann ausschalten konnte, wenn er durch die Tür kam. Sollte sie ihm die Gaslampe auf den Kopf schlagen, hoffen, dass er zu Boden ging und sie fliehen konnte? Was gab es noch als Waffe – den halb leeren Wasserkanister? Bei näherer Überlegung hatte Céline all diese Szenarien wieder verworfen. Ihr Peiniger, ein großer, durchtrainierter Mann, war ihr körperlich überlegen. Hinzu kam, dass er äußerst vorsichtig vorging, wenn er die Tür des Bauwagens aufschloss. Als Erstes leuchtete er mit der Taschenlampe ins Wageninnere, um zu sehen, wo Céline sich befand. Erst dann trat er ein und schloss sofort die Tür ab. Damit schien jeder Versuch, ihn zu überrumpeln, von vornherein zum Scheitern verurteilt.

Auch diesmal beachtete er all seine Vorsichtsmaßnahmen. Nachdem er abgesperrt hatte, zündete er die

Lampe an. Mit einem Grinsen auf dem Gesicht ließ er sich in den Stuhl fallen.

Bewegungslos saß Céline ihm am Tisch gegenüber. Sie versuchte in seinen Augen zu lesen. Sie schienen uferlos in ihrer Abgründigkeit und gaben nichts preis. Sie wollte etwas sagen, doch der Mann kam ihr zuvor.

»Deinem Bullen hab ich einen Denkzettel verpasst«, bemerkte er mit Genugtuung in der Stimme.

»Was haben Sie mit ihm gemacht?« Céline bemühte sich, ihrer Stimme einen unverfänglichen Klang zu geben.

»Machst dir wohl Sorgen um ihn, was? Aber keine Bange, er lebt noch.« Beinahe genüsslich fuhr er mit der Zunge über seine Lippen. Dann schnellte er plötzlich nach vorn, griff über den Tisch nach Celines Handgelenk und umschloss es mit festem Griff. »Ich will erst das Geld, verstehst du? Und er selbst wird es überbringen!« Mit einem Ruck ließ er ihre Hand wieder los.

»Dann ist also alles klar mit dem Lösegeld?«

Er musterte sie unbewegt. »Das hoffe ich doch. Sonst bist du dran, das weißt du ja.«

Céline ballte die rechte Hand zur Faust und spürte, wie das Blut daraus entwich. Das Gefühl von Wut und gleichzeitiger Ohnmacht war so grenzenlos, dass sie die Beherrschung verlor.

»Was sind Sie nur für ein Scheusal!«, stieß sie hervor, und die Zornesröte stieg ihr ins Gesicht. »Macht es Ihnen solchen Spaß, Menschen zu quälen, sie zu erniedrigen, mit ihnen zu spielen?« Ihre Stimme wurde lauter, sie schrie ihn beinahe an. »Was habe ich Ihnen denn getan? Und wofür wollen Sie sich am Commissaire rächen? Denn darum geht's Ihnen doch: um einen Rachefeldzug! Und mich benutzen Sie dazu. Sie sie sind, Sie sind ...« Céline hielt inne und drehte den Kopf zur Seite. Sie durfte nicht aussprechen, was sie dachte. Ihr war klar, dass sie sich hier um Kopf und Kragen redete.

Er hatte ihren verbalen Ausbruch mit regungsloser Miene verfolgt. Dann sagte er gefährlich leise: »Bist du fertig mit deiner Moralpredigt? Du kannst dir deine Worte sparen. Sie ändern sowieso nichts an meinen Plänen.«

»An Ihren Mordplänen, meinen Sie?«, entfuhr es Céline erneut. Sie konnte sich einfach nicht zurückhalten. »Denn das sind Sie doch: ein Mörder, ein feiger Mörder, zu feige, um es mit dem Commissaire Auge in Auge aufzunehmen!«

Er lachte laut auf. »Auge in Auge mit dem Bullen? Das war schon damals nicht so. Auge in Auge, das gab's nie! Leider, kann ich nur sagen! Ich hatte nämlich nur indirekt das Vergnügen mit ihm. Doch jetzt hat ein gütiges Schicksal ihn mir in Paris auf dem Silbertablett serviert. Und zwar durch dich, seine neue Tussi!«

Er schob den Stuhl zurück, zog den Schlüssel aus der Tasche und verließ lachend den Bauwagen.

Wie gelähmt hockte Céline auf ihrem Stuhl. Was hatte dieser Kerl da gerade gesagt? Fieberhaft dachte sie nach. Wie sollte sie seine Worte deuten? Für einen Moment stockte ihr der Atem, denn plötzlich stieg ein schrecklicher Verdacht in ihr hoch. Mit einem Schlag ahnte sie, woher Freddy Ruiz, falls er so hieß, LaBréa kannte! War das möglich? Gab es solche Zufälle? Und – ahnte LaBréa inzwischen ebenfalls, wer der Mann war?

Die Schritte entfernten sich. Kurz darauf hörte Céline unter dem Bauwagen ein Geräusch. Einen Kratz- oder Schabelaut. Eine Katze? Ein Hund? Angestrengt lauschte sie. Erneut keimte Hoffnung auf. Céline beugte sich auf ihrem Stuhl nach unten und rief so laut sie konnte: »Hallo, ist da jemand? Hilfe! Bitte helfen Sie mir!«

Niemand antwortete. Die Tränen schossen Céline in die Augen, und sie begann hemmungslos zu schluchzen.

Simon Four litt seit Jahren unter Schlafstörungen. Das hatte dazu geführt, dass er relativ spät zu Bett ging, um wenigstens einige Stunden durchzuschlafen. Mehr als vier, fünf Stunden waren es nie. Er hatte sich daran gewöhnt, und gegenüber Dritten brüstete er sich gern damit, dass er seine Lebenszeit nicht mit zu viel Schlaf vergeudete. Gegen die bleierne Müdigkeit am Morgen halfen drei Tassen starker Kaffee und ein früher Arbeitsbeginn. Meist erschien er bereits gegen acht in seinem Büro, ein Abteilungsleiter, der noch vor seiner Sekretärin ins Haus kam. Nach der Scheidung von seiner Frau Julia hatte er seinen täglichen Gang ins Büro kurzfristig auf sieben Uhr dreißig verlegt. Doch wenig später pendelte sich der alte und vertraute Rhythmus wieder ein.

Die Scheidung hatte nicht nur zur Aufteilung des gemeinsamen Haushaltes und des Barvermögens der Eheleute Four geführt. Auch die beiden Kinder, Antoinette und Raphaël, waren jeweils einem Elternteil zugesprochen worden. Der fünfzehnjährige Raphaël lebte bei Simon, die dreizehnjährige Antoinette bei ihrer Mutter. Hin und wieder traf sich die ganze Familie am Wochenende zum Essen. Julia hatte Simon seinen Ehebruch, den Grund für die Scheidung, nicht verziehen. Als Frau mit Prinzipien trennte sie sich sofort von ihm. Dennoch schafften es beide, nach der Scheidung freundschaftlich verbunden zu bleiben. Es gab keinen Rosenkrieg, kein Geschacher um materielle Werte und kein hässliches Waschen schmutziger Wäsche. Auch die Geschwister verstanden sich gut.

Die Beziehung zwischen Simon und der Frau, mit der er Julia betrogen hatte, ging kurz darauf in die Brüche. Danach gab es einige flüchtige Liebschaften, nichts Ernsthaftes. Mit seinem Sohn kam er gut aus, abgesehen davon, dass er ein Internet-Junkie war und Simon keine Kontrolle darüber hatte, was er alles im Netz konsumierte. Verhindern konnte er das als Vater ohnehin nicht. Entscheidend war, dass die schulischen Leistungen seines Sohnes nicht litten, und das hatte Simon bisher nicht feststellen können.

Auch in dieser Nacht stand der Zeiger der Uhr beinahe auf eins, als Simon immer noch mit einem Buch in seinem Ohrensessel saß. Das Feuer im Kamin war fast völlig heruntergebrannt. Sollte er noch ein Scheit auflegen? Simon schürzte unschlüssig die Lippen. Der Salon war mollig warm, die Luft roch angenehm nach Pfeifentabak. Noch ein Holzscheit ins Feuer werfen, eine letzte Pfeife stopfen und einen Schlummertrunk zu sich nehmen? Bevor Simon ein Entscheidung darüber fällen konnte, klingelte das Telefon.

Um diese Uhrzeit?, dachte er. Wer konnte das sein? Hoffentlich nicht jemand von der Klinik! Simons Mutter lag nach einem Schlaganfall seit einer Woche im Krankenhaus. Laut Auskunft der Ärzte war sie zwar stabil, aber vielleicht hatte sie einen Rückfall erlitten? Sein Herz pochte schneller, als er den Hörer seines Festnetzapparates abnahm.

»Hallo?«

»Hier ist Maurice«, ertönte eine vertraute Stimme. »Entschuldige, dass ich so spät noch anrufe.«

Erstaunt runzelte Simon die Stirn. Nach kurzen Zögern erwiderte er rasch: »Kein Problem, ich bin noch wach.«

»Ich brauche dringend deine Hilfe!«

»Was ist denn los? Du klingst gar nicht gut!«

Sie kannten sich seit ihrem sechzehnten Lebensjahr, hatten zusammen Abitur gemacht, bevor sich ihre Wege für viele Jahre trennten. Als LaBréa im letzten Jahr von Marseille nach Paris zurückkehrte, nahmen sie die Verbindung wieder auf. Erst in der vergangenen Woche hatte Simon mit LaBréa und dessen Freundin Céline in einem kleinen Restaurant zum Abendessen gespeist. Er mochte Céline Charpentier und war ein Fan ihrer Bilder. Bei ihrer letzten Ausstellung hatte er ein Aquarell gekauft. Es hing im Salon über dem Kamin, eine abstrakte Studie in leuchtenden Farben.

Wie gebannt lauschte Simon den Worten seines alten Schulfreundes. In knappen Sätzen berichtete LaBréa ihm von dem Banküberfall und Célines Geiselnahme. Simon war geschockt.

»Du liebe Güte, das ist ja entsetzlich! Und du hast keine Ahnung, wohin der Kerl sie verschleppt hat?«

»Doch, die habe ich. Und das ist auch der Grund, warum ich dich anrufe.« LaBréa erläuterte ihm die Einzelheiten.

Simon hörte eine Weile zu und meinte dann: »Aber hier zu Hause habe ich keine Unterlagen!«

»Ich weiß«, erwiderte LaBréa. »Deswegen ist es auch am besten, wir treffen uns in deinem Büro. Und zwar jetzt gleich. Du bist der Einzige, der mir im Moment weiterhelfen kann.«

»Das hoffe ich, Maurice! Bei mir geht so viel über den Schreibtisch, dass ich nicht jeden einzelnen Vorgang im Kopf haben kann. Aber sämtliche Dossiers müssten in meinem Computer gespeichert sein.«

»Wie lange brauchst du, bis du da bist?«

»Mit dem Wagen nicht länger als zehn Minuten.« Simons Wohnung lag in der Nähe des Jardin du Luxembourg, sein Büro am Boulevard Morland im 4. Arrondissement.

»Gut, dann treffen wir uns vor dem Haupteingang.«

Nachdem Simon den Hörer aufgelegt hatte, löschte er im Salon das Licht. Wie gut, dass er kein weiteres Holzscheit aufgelegt hatte! Er verließ ungern die Wohnung, wenn das Feuer im Kamin noch loderte. Wenigstens schlief sein Sohn tief und fest. Vorsichtig öffnete er Raphaëls Zimmertür. Er hatte sich getäuscht. Der Junge lag keineswegs im Bett und schlief. Er saß vor seinem Computer und tippte gerade etwas ein.

»Bist du verrückt?«, rief Simon ungehalten. »Ich denke, ihr schreibt morgen früh eine Geschichtsarbeit?«

Raphaël grinste. »Ja eben, deswegen recherchiere ich auch noch was Wichtiges.«

Simon glaubte ihm kein Wort. »Mach sofort das Ding aus. Versprichst du es mir?« Sein Sohn nickte. »Ich muss nämlich nochmal aus dem Haus.«

»Wohin denn?«

»Erzähl ich dir morgen.«

Er schloss die Tür, eilte kopfschüttelnd in den Flur und öffnete den Garderobenschrank. Wenig später verließ er die Wohnung. Er mochte sich nicht vorstellen, was los war, wenn er in seinem Büro nicht die Unterlagen fand, die LaBréa so dringend benötigte.

# 22. KAPITEL

Zwei Stufen auf einmal nehmend, jagte LaBréa die Treppe hinunter in die Tiefgarage des Präsidiums, wo die Dienstwagen der Brigade Criminelle standen. Er startete einen der Renaults und bretterte über die Brücke auf den Seine-Quai. Immer noch verspürte er starke Kopfschmerzen, Jean-Marcs Tablette hatte sie nur kurzzeitig gelindert. Als sein Handy klingelte, ahnte er schon, wer der Anrufer war. Ohne Umschweife kam der Geiselnehmer zur Sache.

»Dies ist mein letzter Anruf, du Dreckskerl. Ich hoffe, du hast dich inzwischen von deinem kleinen Denkzettel erholt!« Es klang höhnisch, und LaBréa ballte unwillkürlich die Faust. »Hör gut zu: Morgen früh, Punkt acht, Métrostation Châtelet. Am Ende des Tunnels, der zur Linie 4 führt, Richtung Clignancourt, gibt es einen defekten Plastiksitz. Darunter legst du die Kohle. Pack sie in einen alten Müllsack, damit's wie Abfall aussieht. Und nochmal: keine Tricks. Sonst siehst du deine Tussi nie wieder. Aber sobald ich das Geld habe und in Sicherheit bin, lass ich sie frei.«

Ehe LaBréa antworten konnte, ertönte das Freizeichen. Er bremste den Wagen scharf ab und hielt am

Straßenrand. Es dauerte nur eine Minute, da rief Achmed vom Technikteam an.

»Und?«, fragte LaBréa gespannt.

»Der Anruf kam von einer Telefonzelle am Boulevard Mortier. Gleich hinter der Porte des Lilas.«

»Danke, Achmed.«

»Soll ich weiter in Bereitschaft bleiben?«

»Auf jeden Fall! Rufen Sie Jean-Marc an, und sagen Sie ihm Bescheid. Er und die anderen sollen ihre Posten nicht verlassen, auch wenn er diesmal von woanders angerufen hat. Das Gespräch kam immer noch aus unmittelbarer Nähe von Linie 11.«

Châtelet ... Das war also der Plan des Geiselnehmers. Eine der am stärksten frequentierten Métrostationen der Welt. Soweit LaBréa wusste, nutzten mehr als siebenhunderttausend Menschen täglich diesen Bahnhof. Hier kreuzten sich mehrere Métrolinien mit den großen Linien der Vorortzüge. Ein verwirrendes und unübersichtliches Netz von Tunneln sorgte immer wieder für Diskussionsstoff in der Stadt. Selbst alteingesessene Pariser hatten oft Schwierigkeiten, sich sofort zurechtzufinden.

Der ideale Ort für die Übergabe eines Lösegeldes, zumal morgens um acht, in der Stoßzeit des Berufsverkehrs. Zehntausende trafen mit den Vorortzügen aus dem Umland ein. Riesige Trauben von Menschen wechselten die Bahnsteige, stiegen um, hasteten zu den Ausgängen. Unmöglich, im dichten Gewühl vieler Menschen jemanden zu schnappen, der eine alte Mülltüte unter einem Sitz hervorzog, im Labyrinth der Gänge verschwand oder sich im Gewimmel der Menschen in den nächsten Métrozug schob. Ein solcher Übergabeort für ein Lösegeld war definitiv nicht zu überwachen, auch nicht mit einem Großaufgebot an Zivilbeamten. Der Geiselnehmer wäre auf der Hut und könnte sofort in der Menschenmasse untertauchen, wenn er Verdacht schöpfte. Zudem boten sich ihm tausend Gelegenheiten, sich irgendwo unauffällig zu postieren und zu beobachten, ob LaBréa wirklich allein kam, um das Geld zu hinterlegen.

Ein perfider Plan. Selbst wenn das Lösegeld bereitgestellt wurde und der Kerl es abholte, gab es keine Garantie, dass Céline freikam. Gab es überhaupt je eine Garantie bei Geiselnahmen? Oftmals kassierten die Erpresser das Lösegeld und brachten ihre Geiseln danach um. Der Mann hatte bereits in der LCL-Bank zwei Menschen kaltblütig erschossen. Auf sein Konto ging auch der Tod des Blumenhändlers Thinot. Es war nicht anzunehmen, dass er ausgerechnet Céline laufen ließ, die ihn identifizieren konnte. Ein kalter Schauer lief LaBréa über den Rücken. Vielleicht würde er Céline nie wiedersehen, und sein Kind, das sie unter dem Herzen trug, würde nie das Licht der Welt erblicken … Die Vorstellung erfüllte ihn mit quälendem Entsetzen, rief jedoch gleichzeitig neue Kräfte in ihm wach. Er würde alles versuchen, um Céline zu retten.

Er wählte die Nummer von Capitaine Leconte. Als dieser hörte, wo der Übergabeort des Geldes sein sollte, meinte er mit einem Anflug von Sarkasmus: »Wenn sich nicht einer von uns direkt neben dem Geldsack unter den defekten Sitz auf die Lauer legt und wartet, bis der Kerl das Geld abholt, kriegen wir ihn nie!«

LaBréa war nicht zum Scherzen zumute. Die Hoffnung, dass die zweihunderttausend Euro bis acht Uhr bereitgestellt wurden, hatte er längst aufgegeben. Als ahnte Leconte seine Gedanken, versuchte er Optimismus zu verbreiten. »Um sechs rufe ich den Abteilungsleiter im Innenministerium an. Und den Bankdirektor klingelt einer meiner Kollegen zur gleichen Zeit aus dem Bett. Da bleiben uns bis acht Uhr noch zwei Stunden.« Er ließ es so klingen, als wäre das eine riesige Zeitspanne. Lächerlich, dachte LaBréa. Das konnte und würde niemals klappen. Was waren Leconte und seine Leute nur für Dilettanten!

»Wieso konnten Sie ihn nicht zu einer zeitlichen Verschiebung überreden, LaBréa?«

LaBréa schnaubte. »Ich bin gar nicht zu Wort gekommen. Was stellen Sie sich eigentlich vor? *Sie* sind doch mit der ganzen Sache völlig überfordert und erkennen anscheinend nicht den Ernst der Lage! Tut mir leid, Monsieur, aber auf Sie verlasse ich mich jetzt nicht mehr.«

»Was soll das heißen?«

»Ich versuche, den Kerl vorher zu schnappen.«

Leconte lachte kurz auf.

»Und wie? Ganz allein? Wenn Sie mehr Informationen in der Sache haben als ich, rate ich Ihnen, mir die mitzuteilen. Der Fall liegt in meiner Zuständigkeit, das wissen Sie!«

»Ich pfeife auf Ihre Zuständigkeit! Es geht um das Leben meiner Freundin, und da halte ich bestimmt nicht die Dienstvorschriften ein.«

Ehe Capitaine Leconte noch etwas erwidern konnte, hatte LaBréa das Gespräch beendet. Er setzte seine Fahrt fort und parkte zehn Minuten später den Wagen vor dem Eingang des Gebäudes Boulevard Morland Nummer 17. Hier befanden sich die Büros der Pariser Baubehörde, ein Amt, das dem Bürgermeister der Stadt unterstellt war und in dessen Zuständigkeit die Bearbeitung von Anträgen für Bauvorhaben im gesamten Stadtgebiet lag. LaBréas alter Schulfreund Simon Four war seit drei Jahren der Leiter dieser Behörde. Er wartete bereits vor dem Eingang des Gebäudes, als LaBréa darauf zueilte.

Das Büro lag im zweiten Stock. Simon schloss die Tür auf, knipste das Licht an, zwei helle Neonröhren flackerten auf. Er fuhr seinen Computer hoch und stellte einen zweiten Stuhl neben seinen Schreibtischsessel.

»Dauert einen Moment«, meinte er. Die beiden nahmen Platz und warteten. Dann erschien die Startseite mit dem Logo der Stadt Paris. Simon gab sein Passwort ein.

LaBréas Handy klingelte. Es war Gilles von der Spurensicherung. »Ich hab was Wichtiges, Commissaire. Wo sind Sie gerade?«

»Moment!« LaBréa legte seine Hand auf die Sprechmuschel seines Handys und fragte Simon leise: »Gibst du mir mal deine Festnetznummer hier im Büro?«

Simon kritzelte sie rasch auf ein Stück Papier.

»Gilles? Hören Sie, rufen Sie mich bitte auf folgender Nummer an.« Er gab die Zahlen durch. »Ich möchte, dass meine Handyleitung frei bleibt. Also, bis gleich.«

Kurz darauf klingelte das Telefon auf Simons Schreibtisch. Simon nahm den Hörer ab und reichte ihn LaBréa.

»Ja, was gibt's?«

»Wir haben aus der zweiten Zahnbürste im Mordfall Luc Chambon DNA isoliert und …«

LaBréa unterbrach ihn brüsk. »Der Mordfall Chambon ist jetzt völlig nebensächlich, Gilles. Ich bin hier gerade an einer wichtigen Sache dran, deshalb …«

Jetzt war es an Gilles, ihn zu unterbrechen. »Das weiß ich doch! Es geht auch nicht um den Mordfall Chambon.«

»Sondern?«

»Die DNA aus der zweiten Zahnbürste am Tatort in der Rue Massillon ist identisch mit der DNA, die wir aus der Gesichtsmaske des Geiselnehmers isolieren konnten.«

Gilles' Worte wirkten wie ein Paukenschlag. LaBréa war einen Moment vollkommen perplex. Dann überschlugen sich seine Gedanken.

»Was sagen Sie da? Das würde ja bedeuten, dass dieser Kerl sich in der Wohnung von Luc Chambon aufgehalten hat!«

»Richtig. Jedenfalls hat er dort eine Zahnbürste benutzt.«

LaBréa konnte es immer noch nicht fassen. »Und es bedeutet weiterhin, dass dieser Kerl vielleicht auch der Mörder von Chambon sein könnte.«

»Ja, das wäre möglich. Zumal die Schusswunden der beiden Opfer in der Bank ähnliche Merkmale aufweisen wie die Wunde bei Luc Chambon. Das hat mir Dr. Foucart vor einigen Stunden bestätigt.«

»Warum hat sie mich da nicht gleich angerufen?«, entfuhr es LaBréa ärgerlich.

»Ich hatte ihr ja dazu geraten. Aber sie meinte, im Moment würde Sie der Mordfall Chambon nicht interessieren. Und große Kaliber wie .45 ACP gibt es ja öfter. Noch wissen wir nicht, welche Waffe in der Bank benutzt wurde. Erst durch den DNA-Vergleich ist klargeworden, dass der Geiselnehmer aus der Bank in irgendeiner Verbindung zu dem Mordopfer Chambon stand.«

»Das sind eigenartige Zufälle, Gilles. Vor allem wenn man nicht an Zufälle glaubt, so wie ich! Allerdings frage ich mich, welcher Art die Verbindung zwischen den beiden sein könnte? Hat der Kerl mit Chambon zusammengewohnt? Und welches Motiv hatte er, den Mann jetzt zu erschießen?«

»Eine Abrechnung unter Drogenjunkies? Chambon hat doch Crystal Meth genommen.«

»Ja, er schon. Aber ein Typ, der eiskalt einen Bankraub mit Geiselnahme durchzieht? Ist so einer ein Junkie? Ich weiß nicht, Gilles.«

»Wenn er zum Beispiel Crystal nimmt, ist er voller Power und hellwach. Jedenfalls solange die Dosis vorhält.«

»Haben Sie die DNA des Geiselnehmers durchs Zentralregister laufen lassen?« LaBréas wartete die Antwort nicht ab. »Taucht der Kerl irgendwo auf?«

»Das weiß ich frühestens in ein paar Stunden. Die zentralen Datenbanken werden nämlich gerade gewartet. Wir haben ein bis zwei Stunden keinen Zugang zu den Daten.«

»Na wunderbar, auch das noch!«

»Die Techniker sagen, sie können derartige Arbeiten nur nachts vornehmen, weil tagsüber alle Dienststellen aufs Register zugreifen wollen.«

»Gut, da kann man nichts machen. Rufen Sie mich sofort an, wenn die Datenbank wieder zugänglich ist und Sie einen Abgleich finden! Und unterrichten Sie bitte Franck oder Jean-Marc von den DNA-Ergebnissen.«

»Mach ich. Wie läuft's bei Ihnen?«

»Wir beginnen gerade mit der Suche.«

Während des Telefonats hatte Simon Four damit begonnen, in seinem Computer die diversen Ordner mit Baugenehmigungsanträgen für das Stadtgebiet Paris aufzurufen. Es waren Hunderte von Ordnern mit Tausenden von Dokumenten.

»Wo soll ich anfangen, Maurice?«, fragte er LaBréa, nachdem dieser das Gespräch mit Gilles beendet hatte.

»Ich habe hier das Material der letzten zehn Jahre. Geordnet nach den einzelnen Arrondissements der Stadt, nach Datum und Jahr der Anträge, nach Kriterien wie Größenordnung des Bauvorhabens. Privathäuser, Mehrfamilienhäuser, Industriebauten, ganze Baukomplexe, beispielsweise Wohnsiedlungen. Für den Zeitraum vor dem Jahr 2000 gibt's nur die alten Akten, und die lagern in unserem Archiv.«

»Ich hoffe, dass wir die nicht brauchen. Was die Arrondissements betrifft, können wir das von vornherein eingrenzen. Ich folge meiner Theorie, dass der Bauwagen irgendwo im Umkreis der Métrolinie 11 stehen müsste. Das heißt …« LaBréa erhob sich vom Stuhl und trat zur gegenüberliegenden Wand. Dort befand sich ein großer Stadtplan. Mit dem Zeigefinger tippte er auf die einzelnen Stationen der Linie 11. »Infrage kämen, wenn ich bei der Endstation Châtelet beginne: das 4. Arrondissement, das 3., das 11. und das 20. Arrondissement.«

»Das grenzt die Suche erheblich ein.«

»Sag mal, kannst du nicht einfach als Suchbefehl den Namen der Baufirma eingeben, *Malin & Fils*?«

»Das wäre natürlich am einfachsten, aber leider geht das nicht.«

»Warum nicht?«

»Weil Suchbegriffe jeder Art, Namen, Adressen und so weiter, nur in ein geöffnetes Dokument eingegeben werden können. Nicht in ein Konglomerat mehrerer Dateien in einem Ordner, der einen größeren Zeitraum umfasst und aus Tausenden von Einzelanträgen besteht.«

»Verdammter Mist!«

»Wir nehmen uns eben jedes der infrage kommenden Arrondissements vor.«

»Und der Name dieser Firma ist dir wirklich nicht geläufig, Simon?«

»Nein, das hab ich ja schon gesagt. Ich leite diese Abteilung jetzt seit drei Jahren. Ich bin mir ziemlich sicher, dass *Malin & Fils* in dieser Zeit keinen Antrag bei uns gestellt hat.«

»Ich denke mal laut nach, Simon. Ein Bauwagen: Da sagt mir mein gesunder Menschenverstand, dass so was nicht unbedingt beim Bau eines Einfamilienhauses von der Baufirma zur Verfügung gestellt wird. Sondern wohl eher, wenn es sich um ein größeres Bauvorhaben handelt, und eine entsprechend große Anzahl von Arbeitern auf der Baustelle beschäftigt ist.«

»Da gebe ich dir Recht.«

»Dann lass uns gleich mit den größeren Bauvorhaben beginnen. Mehrfamilienhäuser, Wohnsiedlungen.«

LaBréa nickte und fuhr in seiner Überlegung fort: »Ein Bauwagen, in dem man eine Geisel festhalten kann, ohne befürchten zu müssen, entdeckt zu werden, wird seit längerem nicht benutzt.«

»Stimmt. Entweder wurde der Wagen irgendwo abgestellt, oder die Firma hat ihn auf der Baustelle vergessen.«

»Fang 2007 an, bevor du hier Chef wurdest. Dann gehen wir zurück bis ins Jahr 2000.«

Mit flinken Fingern tippte Simon auf die Tastatur seines Rechners. Plötzlich hielt er inne. »Warte mal, wir haben was vergessen. Daran hätten wir früher denken müssen.« Er öffnete die Webseite des Pariser Branchenbuches und tippte den Namen der Baufirma *Malin & Fils* ein. »Hier, bitte!«, erklärte er und blickte LaBréa vielsagend an. »So was hab ich mir beinahe schon gedacht: Die Firma gibt es heute gar nicht mehr.«

LaBréa stieß einen leisen Pfiff aus. »Deswegen wurde der Wagen auch in letzter Zeit nicht mehr gebraucht. Die Firma hat dichtgemacht, und niemand kümmerte sich um den Bauwagen. Und wo lässt eine Firma, die aus irgendwelchen Gründen nicht mehr existiert, ihr Material zurück?«

»Auf der Baustelle, wo sie zuletzt gearbeitet hat.«

LaBréa nickte. »Ganz genau!«

Simon schloss die Webseite und öffnete den ersten Ordner mit größeren Bauvorhaben und Siedlungsbauten aus dem Jahr 2007. Die Dateien waren nach Arrondissements geordnet. Nach zehn Minuten stellte sich heraus, dass sie hier nicht fündig wurden. Rasch und konzentriert arbeiteten sie weiter. Nirgendwo im Jahr 2007 tauchte der Name *Malin & Fils* in den infrage kommenden Arrondissements als Antragsteller einer Baugenehmigung auf.

LaBréa wurde zunehmend nervös. Als Simon den ersten Ordner des Jahres 2005 öffnete, war es zehn nach drei Uhr morgens. LaBréas Augen schmerzten vom ständigen Starren auf den Bildschirm. Er stöhnte. Er hätte gern einen starken Kaffee getrunken, doch dazu war keine Zeit. Vor einer halben Stunde hatte Simon eine Flasche Wasser und zwei Gläser aus einem Schrank auf den Schreibtisch gestellt. Die Flasche war bereits leer. Das monotone Geräusch von Simons tippenden Fingern auf der Tastatur würde LaBréas sicher noch lange im Gedächtnis bleiben. Ordner für Ordner, Antrag für Antrag öffnete Simon, bevor er nach einem kurzen Blick auf den Namen des Antragstellers das Dokument sofort wieder schloss. LaBréa wurde immer mutloser. Die Chancen, auf diese Weise den Standort des Bauwagens der Firma *Malin & Fils* ausfindig zu machen, schienen zunehmend zu schwinden. Doch welche Möglichkeiten hatte er sonst? Im Wettlauf mit dem Tod klammerte man sich an jede Hoffnung, so aussichtslos sie auch erscheinen mochte. Seit mehr als fünfzehn Stunden befand sich Céline nun in der Gewalt dieses Mörders und Erpressers. Eines Mannes, der möglicherweise in den Morgenstunden einen dritten Mord verübt hatte. In welcher Beziehung er zu Luc Chambon stand, darüber würde LaBréa später nachdenken. Jetzt ging es einzig und allein um Célines Leben. Er zweifelte keinen Augenblick daran, dass dieser Mann seine Drohung wahrmachen würde. Bis morgen früh um acht lief die Frist. Noch viereinhalb Stunden.

»Du, Maurice, ich hab was!« Simons aufgeregte Stimme riss LaBréa aus seinen düsteren Gedanken. »Im 20. Arrondissement. Antrag vom 24. Februar 2005.«

LaBréa beugte sich vor und studierte das Dokument auf dem Bildschirm.

»*Résidence Cour Soleil*«, las er laut vor. »Residenz Sonnenhof … Bauherr und Baufirma: *Malin & Fils*. Baugelände: sechs Parzellen südlich von der Passage Montenegro, Katasteramtsnummer soundso …« Fragend blickte er Simon an. »Passage Montenegro: Wo liegt das?«

»Warte mal, ich sehe mir kurz den Geländeplan an.« Simon blätterte durch das Dokument. Gleich darauf hatte er, was er suchte. »Das liegt zwischen Rue Haxo, Rue de l'Orme und der Rue de Belleville.«

LaBréa sprang auf und ging zum Stadtplan. »Hier!« Er stieß mit dem Finger auf die Stelle und drehte sich zu Simon. »Und weißt du, welche Métrostationen gleich in der Nähe liegen? Die Haltestelle Télégraphe und Porte des Lilas der Métrolinie 11!« Er stürzte zurück zum Schreibtisch, setzte sich jedoch nicht wieder auf den Stuhl. »Was steht da noch alles?«, fragte er ungeduldig.

»In dem Vorhaben ging es um den Bau von sechzig Wohnungen in insgesamt fünf Gebäuden«, erwiderte Simon. »Der Antrag wurde vier Monate später vom

Bürgermeister genehmigt.« Erneut blätterte Simon in den Seiten des Dokuments. »Baubeginn war im September 2005. Und dann …« Simon deutete mit dem Cursor auf eine Zeile in dem Dokument. »Baustopp am 17. Dezember 2005, wegen Konkurs der Firma *Malin & Fils*. Da waren gerade die ersten Rohbauten fertig!«

»Und was ist danach damit passiert?«

»Frag mich was Leichteres, Maurice. Auf jeden Fall wurden diese Wohnungen nicht fertiggestellt.«

»Wurden sie wieder abgerissen?«

»Keine Ahnung. Fahr hin, dann siehst du's.«

»Worauf du dich verlassen kannst!« LaBréas Herz klopfte heftig. Positiver Stress. Er stellt sich immer dann ein, wenn in einer scheinbar aussichtslosen Situation Hoffnung aufkeimt. Komisch, seine Kopfschmerzen waren mit einem Mal wie weggeblasen! LaBréa führte mehrere Telefonate mit seinen Mitarbeitern. Sollte er auch Leconte informieren? Er entschied sich dagegen. Leconte und das SEK würde er erst alarmieren, wenn das Baugelände im 20. Arrondissement sich tatsächlich als heiße Spur erwies und ein starkes Polizeiaufgebot vonnöten war.

Er dankte Simon für dessen Hilfe, hastete zu seinem Dienstwagen und fuhr in rasendem Tempo durch die nächtliche Stadt ins 20. Arrondissement.

# 23. KAPITEL

Den ganzen Tag lang hatte er kaum an ihn gedacht. Die Vorbereitungen zu dem Überfall in der LCL, die Ereignisse in der Bank selbst und die Geiselnahme der Bullentussi hatten ihn voll in Anspruch genommen und abgelenkt. Inzwischen kam es ihm fast so vor, als hätte seine letzte Begegnung mit Luc nie stattgefunden. Und doch lag sein alter Kumpel jetzt in seinem Rattenloch von Wohnung, mit einer Kugel in der Brust. Ob ihn wohl schon jemand gefunden hatte? Er bezweifelte das. Luc hatte keine Freunde, und niemand außer ihm hatte Luc je in diesem Hinterhof in der Rue Massillon besucht. Wer würde ihn vermissen? Nicht einmal er vermisste ihn, und sie beide kannten sich seit Jahren, hatten so manches Ding miteinander gedreht. Sie hatten einander vertraut, und ihre Freundschaft hätte noch Jahre überdauern können, wenn nicht ... Als er jetzt darüber nachsann, schüttelte er unwillkürlich den Kopf. Am Abend zuvor hatte er mit Luc eine Tour durch die Kneipen am Boulevard de Clichy unternommen. Sie redeten von alten Zeiten, und er erzählte Luc von seinem Plan, am nächsten Tag die LCL-Bank zu überfallen. Luc war sofort Feuer und Flamme, faselte von der fetten Beute, die sie sich teilen würden. Doch so war das nicht gedacht. Er hatte nicht vor, Luc an der Sache zu beteiligen. Der Banküberfall war als Soloakt geplant und sollte seinen Absprung aus Paris einleiten, ihm ein neues Leben im Ausland ermöglichen. Warum war er so blöd gewesen, Luc überhaupt davon zu erzählen? Sie tranken viel in dieser Nacht, und sie snifften jede Menge Zeugs aus Yannicks Labor. Irgendwann landeten sie in Lucs Wohnung, obwohl er selbst die Nacht in dem Bauwagen hatte verbringen wollen, um sich in Ruhe auf den Banküberfall zu konzentrieren. Gegen sechs Uhr am nächsten Morgen, nach wenigen Stunden Schlaf, erwachte er neben Luc auf dessen Matratzenlager. Luc lag nicht mehr neben ihm. Vom anderen Ende des Raumes waren raschelnde Geräusche zu hören. Leise erhob er sich und sah, wie Luc neben dem Berg von Klamotten auf dem Boden hockte und seinen Rucksack durchsuchte. Luc entdeckte die Tüte mit dem Stoff, den er sich bei Yannick besorgt hatte. Seine zweite Tagesration, die er dringend benötigte, wenn die Sache in der Bank abgewickelt und er untergetaucht war. Nachdem er das Tütchen eingesteckt hatte, durchwühlte Luc weiter den Rucksack.

»Was suchst du denn sonst noch, Luc?«

Seine Stimme klang schneidend, und sein Kumpel zuckte zusammen. Freddy, der sich nie von seiner Glock trennte, auch nicht, wenn er sich schlafen legte, entsicherte die Waffe und richtete sie auf den Mann, der sein Freund war. Jedenfalls hatte er das bis zu diesem Augenblick geglaubt. Luc sagte nichts, starrte ihn nur an und erhob sich langsam. Den Rucksack ließ er auf den Boden gleiten.

Die beiden standen sich jetzt Auge in Auge gegenüber. Etwas Unausgesprochenes wuchs zwischen ihnen.

»Du beklaust mich also, Luc«, sagte Freddy nach einer Weile und fixierte ihn. »Und sicher nicht das erste Mal, oder? Für Typen wie dich gibt's 'ne spezielle Bezeichnung: Kameradenschwein.«

So lange kannten sie sich nun schon, und er hatte Luc immer blind vertraut. Seinerzeit im Süden des Landes, als er als blutiger Anfänger neu einstieg und von Lucs Erfahrung profitierte. Obwohl nur ein Jahr älter als er, war Luc damals wie ein großer Bruder für ihn gewesen. Ein Vorbild, jemand, bei dem er das Handwerk erlernte. Und jetzt das. Hätte er Geld im Rucksack gehabt, Luc hätte es garantiert ebenfalls eingesteckt.

Er bemerkte die Furcht in Lucs Gesicht.

»Mach keinen Scheiß, Freddy!« Es klang jämmerlich, als flehte er um sein Leben. »Ich wollte doch nur ...«

»Ist mir egal, was du wolltest«, unterbrach er Luc. »Tatsache ist, dass du in meinen Sachen rumwühlst und mir den Stoff geklaut hast.«

Luc lachte angestrengt.

»Den kannst du sofort wiederhaben. Hier!« Er zog das Tütchen aus seiner Hosentasche und hielt es ihm hin.

»Leg's auf den Boden und schieb's rüber zu mir.«

Er trat einen Schritt zurück. Die Pistole im Anschlag, ließ er Luc keine Sekunde aus den Augen. Sein Plan war längst gefasst. Es wurde Zeit, sich endgültig von seinem alten Leben zu verabschieden; auch von den Menschen, die in diesem Leben einen Platz eingenommen hatten. Keine Sentimentalitäten wegen der alten Zeiten. Die Zukunft hielt noch viel für ihn bereit, und Luc war ein Fossil von gestern. Mit einem starken Gefühl von Verachtung betrachtete Freddy sein Gegenüber. Luc hatte sich zu einem erbärmlichen Junkie entwickelt. Er nahm dreimal so viel Stoff wie er, und das Ergebnis war entsprechend. Luc ließ sich gehen, lag den ganzen Tag zugedröhnt auf seiner Matratze. So einer würde nie wieder die Kurve kriegen. Aus, vorbei. Eines Tages würde man ihn im verdreckten Hausflur irgendeines Abbruchhauses finden. Overdose, seit Wochen tot und schon halb verwest. Das würde *ihm* nie im Leben passieren. Er hatte alles unter Kontrolle, auch die Droge. Hätte er Luc bloß nichts von dem Banküberfall erzählt! Jemand, der einen alten Kumpel beklaute, würde ihn auch erpressen oder an die Bullen verpfeifen, nur um an Stoff zu kommen. Yannick hatte ihm neulich gesteckt, dass er Luc schon lange nicht mehr belieferte, weil er nie Geld hatte.

Er bückte sich, hob das Tütchen auf, das direkt vor seinen Füßen gelandet war, und steckte es in seine Hosentasche. Dann drückte er den Abzug seiner Glock. Ein kurzer, trockener Knall. Mit einem ungläubigen Ausdruck auf dem Gesicht sank Luc ohne einen Laut zu Boden.

Rasch steckte er die Waffe ein, griff nach seinem Rucksack und verließ die Wohnung.

Er hatte nichts empfunden, als er Luc mitten in die Brust schoss. Kein Mitleid, kein Bedauern. Mit Lucs Tod war die Vergangenheit endgültig abgeschlossen. Etwas Neues begann. Freddy hatte noch nie im Leben zurückgeblickt.

Auch jetzt, als er durch die Straßen ging und darauf wartete, dass endlich der Tag anbrach und der Bulle das Lösegeld in der Station Châtelet deponierte, spürte er keine Reue. Es gab keinen Unterschied im Töten. Die Leute in der Bank waren für ihn Fremde gewesen. Luc kannte er seit langem, er hatte ihn gemocht und am Anfang sogar bewundert. Dennoch hatte er keine Skrupel, ihn ebenso eiskalt abzuknallen wie die beiden Bankangestellten. Es war wie ein Job, der erledigt werden musste und bei dem sich keinerlei Emotionen einstellten.

Er spürte die Unruhe, die jetzt immer mehr Besitz von ihm ergriff. Nicht nur aus diesem Grund hatte er den Bauwagen erneut verlassen. Die Bullentussi war ihm mit ihrem Gezeter gewaltig auf die Nerven gegangen, und noch war es zu früh für den Countdown. Eine Stunde hatte er noch warten wollen, um dann zurück zum Bauwagen zu gehen. Diese Stunde neigte sich nun dem Ende zu. Als er auf seine Taucheruhr blickte, war es halb fünf. Ohne Hast, aber mit gespannter Erwartung im Herzen, lenkte er seine Schritte in Richtung des Geländes.

Mit dem, was er jetzt tun würde, hatte er lange genug gewartet.

Als er die Metalltür des Bauwagens aufschloss und den Strahl seiner Taschenlampe auf das Gesicht der Bullentussi richtete, reagierte sie nicht. Vornübergebeugt saß sie am Tisch, das Gesicht mit beiden Armen bedeckt. Schlief sie, oder wollte sie ihn bewusst ignorieren? Egal, es änderte ohnehin nichts.

»So, es wird Zeit«, sagte Freddy schneidend. Als die Tussi jetzt mit einem Ruck den Kopf hob und ihn anblickte, sah er die Todesangst in ihren Augen. Ein tiefes Gefühl der Befriedigung durchströmte ihn. Wer an ihrer Stelle hätte keine Todesangst gehabt?

Freddy verschloss die Tür, steckte den Schlüssel ein und öffnete seinen Rucksack.

Als er den Bauwagen wieder verließ, waren die Würfel gefallen. In fünf Minuten würde er hierher zurückkehren, ein letztes, endgültiges Mal. Er grinste. Er liebte das Spiel mit seiner Beute. Und er würde nie genug davon bekommen.

Er hatte sie gefesselt. Alles war sehr schnell und überraschend gegangen. Plötzlich hatte er sich auf sie gestürzt, überwältigt und auf das Matratzenlager gestoßen. Als sie sich wehrte, schlug er ihr heftig ins Gesicht. Nun schnitten erneut Plastikschnüre in Célines Handgelenke, die noch wund und aufgescheuert waren von der Fesselung in der Bank. Der Schmerz kam in Wellen und erfasste jeden einzelnen Nervenstrang. Der Lappen, den er ihr in den Mund stopfte, stank nach Wagenschmiere und rief ein Gefühl der Übelkeit hervor. Céline hätte sich am liebsten übergeben, doch das wäre ihr sicherer Tod gewesen. Erstickt an ihrem eigenen Erbrochenen …

Er würde ihr die Kleider vom Leib reißen und sich über sie hermachen. Das, was sie die ganze Zeit befürchtet hatte, würde nun eintreten. Ihre Angst wuchs ins Unermessliche.

Genauso schnell, wie er sie überwältigt hatte, ließ er nun abrupt von ihr ab. Im Halbdunkel des Bauwagens sah sie das flüchtige Grinsen auf seinen Lippen. Ein Schauer fuhr ihr über den Rücken und erstickte kurzzeitig den ziehenden Schmerz an ihren Handgelenken. Seine dunklen, völlig ausdruckslosen Augen musterten sie wie eine Beute, mit der man noch eine Weile spielt, bevor man sie tötet.

Ohne die Lampe zu löschen, verließ er mit seinem Rucksack über der Schulter den Bauwagen. Diesmal schloss er nicht ab. Angestrengt lauschte Céline, ob er sich entfernte. Sie hörte das Knirschen seiner Schritte, es klang, als umrundete er den Bauwagen. Das Rauschen des Blutes in ihren Ohren wurde so stark, dass sie die Außengeräusche kaum mehr wahrnahm. Sie zwang sich, gleichmäßig und ruhig durch die Nase zu atmen und den Gestank des Knebels zu ignorieren. Fieberhaft dachte sie nach, und ihr Kopf entwarf tausend schreckliche Szenarien. Angst und Panik brachten sie an den Rand der Ohnmacht.

Plötzlich wurde die Klinke heruntergedrückt, und er kam wieder herein. Mit einem Knall ließ er die Tür zufallen und sperrte von innen ab. Er blieb einen Moment stehen, dann ging er mit schweren Schritten zum Matratzenlager. Als sie einen Blick auf sein Gesicht erhaschte, durchfuhr sie ein neuer eisiger Schauer der Furcht. Eine Furcht, die schlimmer war als alles, was sie bisher durchlitten hatte. Das Grauen, das dieser Mann in sich trug, würde ihr Schicksal besiegeln. Céline wusste, dass ihr jetzt das Schlimmste bevorstand und dass am Ende ihrer Qual der Tod wartete. Voller Panik zog sie die Beine an und drückte ihren Körper gegen die Wand. Doch es gab kein Entrinnen. Das Gesicht ihres Peinigers, hinter dieser neuen Maske des Bösen, war jetzt ganz nah. Er hockte sich neben sie auf die Matratze. Sein Anblick war so entsetzlich, dass Céline die Augen schloss. Doch einem inneren Zwang folgend, als müsste sie sich vergewissern, was sie sah, öffnete sie sie kurz darauf wieder. Es war ein Alptraum, grässlicher, als sie ihn sich je hätte ausmalen können. Ein Horrorszenario, unwirklich und doch von brutaler Realität. So also wird es ablaufen, dachte sie voller Panik und Verzweiflung. Sie bekam kaum noch Luft. Schweißperlen liefen ihr über die Stirn, und ihr Herz raste.

Reglos saß er neben ihr und betrachtete sie. Eine Weile geschah nichts. Er wartete einfach und schien das Warten zu genießen.

Dann, nach einiger Zeit, erhob er sich.

Kurz bevor LaBréa in die Rue de L'Orme abbiegen musste, klingelte sein Handy. Es war nicht der Geiselnehmer, der anrief, sondern erneut Gilles von der Spurensicherung.

»Die Dinge spitzen sich zu, Commissaire.«

»Inwiefern?«

»Die Datenbanken sind wieder zugänglich. Wir haben die DNA des Geiselnehmers durchs Register laufen lassen.«

»Und?«

»Das, was ich Ihnen jetzt sage, wird Sie wahrscheinlich umhauen.«

Als Gilles ihm erzählte, um was es sich handelte, drosselte LaBréa das Tempo und brachte den Wagen am Straßenrand zum Stehen. Atemlos hörte er zu, was der Abgleich der DNA des Geiselnehmers mit den Daten im Zentralregister erbracht hatte. Das, was Gilles ihm berichtete, war so ungeheuerlich, dass LaBréa zunächst kein Wort hervorbrachte.

»Sind Sie noch dran?«, wollte Gilles wissen.

»Ja, bin ich. Sind Sie da ganz sicher?«

»Hundertprozentig. Wir haben es mehrfach überprüft. Irrtum ausgeschlossen. Jetzt wissen Sie, mit wem Sie es zu tun haben.«

Ja, das wusste er! Nie im Traum hätte er sich ausmalen können, wer sich hinter dem Mann, der Céline in seiner Gewalt hatte, tatsächlich verbarg. Die Spuren, die er in seiner verzweifelten Recherche verfolgt hatte, entpuppten sich damit auf einen Schlag allesamt als falsche Fährten. Die Lösung war viel naheliegender – man hätte nur darauf kommen müssen! Doch in diese Richtung hatte er nie gedacht. Im Nachhinein erschien ihm das völlig unverständlich. Alles griff ineinander, simpel und schnörkellos. Wieso hatte er das nicht früher gesehen? Offenbar weil es außerhalb seines Begriffsvermögens lag, dass die Vergangenheit ihn je auf diese Weise einholen würde.

Wie ein langer Schatten, der sich unausweichlich genähert hatte und LaBréa nun zurückführte in die dunkelsten Stunden seines Lebens.

Reglos saß er am Steuer seines Wagens. Der Motor lief, und auch die Zeit lief. Sie lief ab, wenn er zu spät kam. Wenige Hundert Meter weiter befand sich das verlassene Baugelände einer Firma und darauf möglicherweise ein alter Bauwagen, der als Célines Versteck genutzt wurde. Dort musste er hin!

Ein nie gekannter Hass bemächtigte sich seiner, ein übermächtiger Wunsch nach Rache. LaBréas Hände umklammerten das Lenkrad des Renaults, bis die Knöchel weiß wurden.

Er würde diesen Mann umbringen. Wenn er ihn erwischte, würde er ihn töten.

LaBréa drückte das Gaspedal durch, und der Wagen schoss mit quietschenden Reifen davon.

Wenig später bog er in die kleine Sackgasse ein, laut Bebauungsplan der Firma *Malin & Fils* der einzige Zufahrtsweg zum Gelände. Vor dem letzten Haus in der Gasse stellte er den Wagen ab und stieg aus. Er blickte sich um. Von seinen Mitarbeitern war noch niemand eingetroffen.

Er würde nicht auf sie warten, sondern sich gleich auf dem angrenzenden Gelände umsehen.

Es war eine stockfinstere Nacht. Die Sterne, die sich einige Stunden zuvor zaghaft am Himmel gezeigt hatten, waren hinter einer dichten Wolkenwand verschwunden. Es sah aus, als würde es bald erneut regnen. LaBréa hielt seine Taschenlampe griffbereit, als er die Sackgasse hinter sich ließ und ein schlammiges, mit Pfützen bedecktes Terrain betrat. Es schien sehr weitläufig. Auf der linken Seite zeichneten sich die Rohbauten der Häuser ab, die einmal als Mietskasernen von der Firma *Malin & Fils* geplant gewesen waren. Rechts führte das Gelände bis zu einem großen Bauzaun, der halb eingerissen war. Im Hintergrund entdeckte LaBréa Bäume und Buschwerk, eine undurchdringliche Wand aus Dunkelheit. Ein Bauwagen war nirgends zu sehen. Was hatte er erwartet? Dass der erste Hinweis in Simons Unterlagen ein Treffer sein würde? Nie zuvor hatte LaBréa sich in seinen Ermittlungen auf so dünnem Eis bewegt. Auf der Suche nach Célines Versteck verließ er sich in seiner Verzweiflung auf Spekulation und Intuition, ohne dass auch nur der geringste konkrete Anhaltspunkt vorlag. Eine Métrolinie, einige Anrufe aus öffentlichen Fernsprechern an der Strecke dieser Linie. Das war alles an Fakten.

Vorsichtig bewegte er sich im Schatten der halbfertigen Hausmauern voran. Nach etwa hundertfünfzig Metern vernahm er ein Geräusch zwischen den Büschen. Bis dahin mochten es weitere fünfzig Meter sein, und die Rohbauten endeten hier. Ein Scheppern, so hörte es sich an. LaBréa blieb stehen, ging in die Hocke und spähte angestrengt in die Dunkelheit. Da war es wieder, das klappernde Geräusch – dann rannte etwas davon, wenige Meter rechts von LaBréas Standort. Eine Katze. In Riesensätzen jagte sie über das Gelände und verschwand durch den defekten Bauzaun ins Nichts.

LaBréa näherte sich dem dichten Buschwerk. Mit der Taschenlampe leuchtete er den Boden ab und entdeckte eine leere Konservenbüchse. Sie lag auf einer kleinen Schneise zwischen dem Gestrüpp. Daher also das Geräusch! Auf der Suche nach Fressen hatte die Katze die Büchse untersucht. LaBréa hob sie auf. Im Schein der Taschenlampe las er das Etikett: *Cassoulet complet.* Er hielt sich die Büchse an die Nase und schnüffelte daran. Sie roch schwach nach Eintopfgericht. Vorherrschend jedoch war ein anderer Geruch: der nach Urin. Er drehte die Büchse um, und ein Rest Flüssigkeit lief über den Rand auf die Erde.

Plötzlich lief es LaBréa eiskalt über den Rücken. Seine innere Alarmglocke schrillte. Irgendetwas stimmte hier nicht. Wie kam eine leere Cassouletdose hierher, die stark nach Urin roch? Katzenpisse konnte es wohl kaum sein.

Immer näher schlich er sich an die Büsche heran und spähte schließlich durch die vordersten Zweige. Die Taschenlampe hatte LaBréa vorsichtshalber ausgeschaltet. Dennoch konnte er jetzt ein Auto sehen, das gut getarnt im Unterholz stand. Auch ohne die Farbe des Wagens erkennen zu können, wusste er, dass er den Fluchtwagen des Geiselnehmers gefunden hatte. Er wandte sich nach rechts. Der Weg durchs Gebüsch machte eine scharfe Kurve, und da entdeckte er ihn plötzlich, den alten Bauwagen, den die Firma *Malin & Fils* hier vor Jahren hatte stehen lassen.

Franck, Claudine und Jean-Marc verließen ihre Beobachtungsposten an den jeweiligen Métrostationen. Mit einem Streifenwagen, den Claudine vom nahe gelegenen Präsidium angefordert hatte, rasten sie im Schein des Blaulichts zu dem alten Baugelände im 20. Arrondissement. Claudine hatte unterwegs zuerst Franck an der Place de la République aufgelesen, und anschließend Jean-Marc an der Station Pyrénées. Während der Fahrt erhielt Franck einen Anruf von Fourès, dem Leiter des Drogendezernats.

»Wir haben heute Nacht ein Meth-Labor im 20. Arrondissement ausgehoben. Nur falls es euch interessiert:

Auf dem Handy des Typen fanden wir die Nummer von eurem Mordopfer in der Rue Massillon, diesem Luc Chambon. Der Kerl war demnach Kunde dort.«

»Danke, Denis.«

»Betreiber dieser Klitsche ist ein gewisser Yannick Fergusson. Der Name klingt englisch, aber der Mann ist Franzose. Vielleicht hat er was mit dem Mord zu tun?«

»Wäre möglich.«

»Wir behalten ihn erst mal für vierundzwanzig Stunden hier. Du kannst ihn dir ja morgen mal vornehmen, Franck.«

»Mach ich. Ach, sag mal, wo genau hatte der Typ denn seine Drogenküche?«

»In einem Abbruchhaus in einer Sackgasse, zwischen Rue Haxo und Rue de l'Orme.«

»Ach ja?« Franck warf Claudine und Jean-Marc einen erstaunten Blick zu. »Zufälle gibt's manchmal ...«

»Was meinst du damit?«

»Ach, nichts. Erzähl ich dir morgen. Also, bis dann, Denis. Ich melde mich bei dir.«

Als Franck seinen Kollegen von dem Gespräch berichtete, meinte Claudine: »Stimmt, das sind komische Zufälle. Luc Chambon hat Crystal eingeworfen und seinen Stoff ausgerechnet aus einem Labor bezogen, das genau dort liegt, wo wir jetzt hinwollen.«

»Da gibt es hundertprozentig einen Zusammenhang.« Franck strich sich über das unrasierte Kinn. Es klang wie das Ratschen auf Sandpapier.

Der Streifenwagen raste in hohem Tempo über die Rue de Belleville. Als der Fahrer, ein junger, uniformierter Polizist, in die Sackgasse einbog, erblickten sie gleich als Erstes den Renault, der am Ende der Gasse geparkt war.

»Einer von unseren Wagen«, meinte Claudine.

»Dann ist der Chef bereits vor Ort«, erwiderte Jean-Marc. »Fahren Sie gleich zurück«, sagte er zu dem Polizisten. »Wir wollen ja hier nicht auffallen.« Sie stiegen aus.

Franck deutete auf das letzte Haus in der Straße. »Ist das das Abbruchhaus, von dem Fourés gerade erzählt hat?«

»Sieht ganz so aus«, meinte Jean-Marc. »Los kommt, wir müssen uns beeilen!«

Wenig später betraten sie das alte Baugelände .

»Am besten verteilen wir uns«, meinte Franck, als er seinen Blick über das Terrain schweifen ließ. »Claudine, geh nach rechts und sieh nach, was hinter dem Bauzaun ist. Jean-Marc und ich, wir schauen uns im hinteren Teil des Geländes um.« Er spähte in die Dunkelheit. »Da stehen Bäume, auch Büsche. Ziemlich unübersichtlich, das Ganze.«

»Der Chef ist dort sicher schon auf der Suche.«

»Das sehen wir ja gleich.«

Es fing wieder an zu regnen. »Scheiße!«, knurrte Franck und zog sich den Kragen seiner Lederjacke hoch bis an die Ohren.

Die drei schlugen ihre jeweilige Richtung ein und bewegten sich geräuschlos und immer Deckung suchend über das Areal. Der Regen spritzte auf den schlammigen Boden, und in Kürze waren Hosen und Schuhe verdreckt.

Nachdem LaBréa die leere Konservendose und kurz darauf den alten Bauwagen entdeckt hatte, waren seine Nerven zum Zerreißen gespannt. Er hockte sich in ein wenige Meter entferntes Gebüsch und wartete. Am liebsten wäre er sofort auf die Eingangstür losgestürmt und hätte versucht, in den Wagen einzudringen. Doch dieses Risiko konnte er nicht eingehen. Wenn Céline hier gefangen gehalten wurde, war der Geiselnehmer möglicherweise bei ihr. Eine sofortige Erstürmung des Wagens hätte vermutlich Célines Tod zur Folge. Abgesehen davon wartete er auf Verstärkung.

Versteckt im Unterholz, war er nah genug am Objekt, um es zu beobachten. Wind kam auf, und dann fing es an zu regnen. Er zog die Baseballkappe tiefer ins Gesicht. Das Gebüsch schützte ihn ein wenig vor dem Regen, der jetzt immer stärker wurde. Von seinem Beobachtungsposten aus hatte LaBréa sowohl den Bauwagen als auch einen Teil des Geländes im Blick. Auf der gegenüberliegenden Seite waren die Reste des alten Bauzauns zu erahnen. Mit einem Mal huschte dort eine Gestalt vorbei. LaBréa brauchte nur wenige Sekunden, um sicher zu sein, dass es sich um Claudine handelte. Er erkannte sie an der Art, sich zu bewegen. Es beruhigte ihn zu wissen, dass seine Mitarbeiter jetzt in der Nähe waren. Franck und Jean-Marc kamen bestimmt von der anderen Seite und würden in Kürze hier auf ihren Chef treffen.

Erneut lauschte LaBréa. Kein Laut drang aus dem Bauwagen. Das mochte an dem immer stärker werdenden Regen und dem böigen Wind liegen, die alle anderen Geräusche überdeckten. Aber vielleicht war der Bauwagen auch einfach leer.

Ganz in der Nähe hörte er jetzt das Geräusch leiser Schritte. Es waren Franck und der Paradiesvogel, die sich den Büschen näherten. LaBréa gab ihnen durch ein kurzes, zischendes Geräusch ein Zeichen, und gleich darauf kauerten die beiden neben ihm im Gebüsch.

»Bingo, Chef«, flüsterte Franck. »Da steht ja der Wagen. Ist sie drin?«

»Keine Ahnung. Und wenn, ist der Kerl vielleicht bei ihr. Wir müssen den Wagen eine Weile beobachten.«

»Die Fenster sind vernagelt. Und die Tür …« Jean-Marc beugte sich nach vorn und zögerte einen Moment. »Die ist meines Erachtens nicht aus Holz.«

LaBréa sah es nun ebenfalls. »Stimmt, die Struktur ist anders.«

»Eine Metalltür«, stellte Franck sachlich fest. »Das macht es schwieriger, Chef.«

LaBréa nickte. Leise sagte er zu Franck:

»Schleichen Sie sich ran, und kriechen Sie unter den Wagen. Wenn Sie irgendwas hören, geben Sie mir ein Zeichen. Wenn sich in den nächsten fünf Minuten nichts tut, versuchen wir, in den Wagen einzudringen. Aber vielleicht ...«

Er beendete den Satz nicht. Vielleicht ist ja alles nur eine Fehlanzeige, dachte er erneut, und dann bin ich genauso schlau wie zuvor. Er mochte sich nicht vorstellen, was das bedeutete. Als er vor wenigen Minuten den Dienstwagen in der Sackgasse geparkt hatte, war es kurz nach fünf gewesen. Zweieinhalb Stunden Zeit bis zur Geldübergabe. Angesichts der Tatsache, dass es um Leben und Tod seiner geliebten Céline ging, war das eine Zeitspanne so kurz wie ein Wimpernschlag.

Franck verließ das Versteck und schlich in gebückter Haltung zum Bauwagen. Auf vier Rädern mit Gummireifen stehend, aus denen die Luft entwichen war, bot das Gefährt gerade so viel Platz, dass Franck bäuchlings unter das Chassis kriechen konnte. LaBréa und Jean-Marc beobachteten ihn gespannt. Schließlich war er nicht mehr zu sehen. LaBréa spürte sein Herz bis zum Hals schlagen. Jean-Marc wusste, wie seinem Chef zumute war, und legte ihm kurz die Hand auf die Schulter. Eine beruhigende und solidarische Geste, für die LaBréa Dankbarkeit empfand. Plötzlich bemerkte er eine Bewegung unter dem Bauwagen. Franck war ein Stück hervorgekrochen und winkte heftig mit der Hand. LaBréa reagierte sofort.

»Er hat irgendwas entdeckt! Sie warten hier, Jean-Marc. Wo bleibt eigentlich Claudine?«

»Sie müsste gleich bei uns sein – sie sucht das Gelände dort drüben ab.«

»Okay. Sie beide überwachen von hier aus den Wagen und das Terrain. Falls der Kerl nicht im Wagen ist und plötzlich auftauchen sollte, wissen Sie, was zu tun ist.«

LaBréa erhob sich, rannte die wenigen Schritte zum Bauwagen und kroch über die aufgeweichte Erde zu seinem Mitarbeiter.

# 24. KAPITEL

Ein paar Sekunden später lag er dicht neben Franck.

»Hören Sie dieses Geräusch, Chef?«

LaBréa konzentrierte sich und lauschte. Er bemühte sich, seinen Atem unter Kontrolle zu halten. Erst nach einer Weile vernahm er dann ein leises Zischen. Ein gleichmäßiger, kaum wahrnehmbarer Ton. LaBréa hob den Kopf und legte sein Ohr an den Unterboden des Gefährts. Das Geräusch nahm etwas zu. Kein Zweifel, es kam aus dem Bauwagen. LaBréa brauchte nur wenige Augenblicke, dann war ihm klar, um was es sich handelte. Bestürzt blickte er Franck an, der bestätigend nickte. Beide dachten dasselbe, und beide wussten, dass höchste Eile geboten war. Vorsichtig verließen sie ihren Lauschposten unter dem Bauwagen und huschten zu der Stelle zurück, wo Jean-Marc auf sie wartete. Inzwischen war auch Claudine eingetroffen. LaBréa informierte die beiden, was sich ihrer Vermutung nach in dem Bauwagen abspielte.

»Wir gehen da sofort rein«, sagte LaBréa leise. »Claudine, Sie bleiben draußen und geben uns Deckung.«

Die Waffe im Anschlag eilte er zusammen mit Franck und dem Paradiesvogel zur Eingangstür des Bauwagens.

Vorsichtig tastete er sich die Stufen hinauf, drückte sachte die Türklinke und stellte fest, dass die Tür verschlossen war. Er trat einige Schritte zurück und gab Franck einen Wink. Dieser zielte mit seiner Pistole auf das Schloss, nickte zum Zeichen, dass er bereit war, und drückte den Abzug.

Dann ging alles sehr schnell.

Ein Loch im Schloss der Metalltür. LaBréa stieß die Tür mit einem Fußtritt auf und stürmte mit erhobener Waffe in den Wagen, dicht gefolgt von Franck und Jean-Marc.

Ein starker Geruch nach ausströmendem Gas schlug ihnen entgegen.

»Polizei, keine Bewegung!«, bellte LaBréa. Mit seiner Taschenlampe leuchtete er durch den Raum. Im hinteren Teil nahm er eine Gestalt am Boden wahr, die sich rasch erhob. Das konnte nur der Geiselnehmer sein. Mit zwei Schritten war LaBréa dort.

Gleichzeitig entdeckte Jean-Marc den Campingkocher und die Butangasflasche darunter, aus der mit gleichmäßigem Zischen Gas entwich. Hastig drehte er den Hahn zu.

Durch die geöffnete Tür strömte rasch Frischluft ins Wageninnere. Das Gas verflüchtigte sich, und das Atmen fiel zunehmend leichter.

LaBréa packte den Mann, dessen Gesicht mit einer Maske bedeckt war, am Arm. Es war eine Gasmaske. Sie wirkte furchterregend und gab dem Geiselnehmer das Aussehen eines vorsintflutlichen Ungeheuers. Er hatte auf Céline gelegen, deren Hose halb heruntergezogen war. Sie hatte die Augen geschlossen und bewegte sich nicht. Ihre Hände waren auf dem Rücken zusammengeschnürt.

An der Kleidung des Mannes war keine Unordnung festzustellen. Bedeutete dies, dass es nicht zum Schlimmsten gekommen war? Dass er Céline noch nicht vergewaltigt hatte?

Zwischen LaBréa und dem Maskierten entstand sofort ein Handgemenge. Der Geiselnehmer griff in die Jackentasche, offenbar um seine Waffe zu ziehen. Doch da hatte LaBréa ihn schon hochgerissen und an die Wand geknallt.

»Übernehmen Sie ihn«, sagte er mit verzerrtem Gesicht zu Franck und Jean-Marc. Die beiden packten zu.

Er beugte sich hastig über Céline, befreite sie von dem dreckigen Stofflappen, der in ihrem Mund steckte, und legte seine Finger an ihre Halsschlagader. Ihr Puls ging schwach und war kaum zu spüren. Er klopfte ihr kräftig auf die Wange.

»Céline?«, rief er. »Kannst du mich hören?« Er hob ihren Oberkörper an, damit Claudine mit ihrem Klappmesser die Fesseln durchschneiden konnte.

Jean-Marc und Franck entwaffneten den Geiselnehmer, legten ihm Handschellen an. Dann zerrte Jean-Marc ihm die Maske vom Gesicht. Sie war aus Latex. Eine Gasmaske, wie sie auch für gewisse Sexspiele genutzt wurde. Anschließend rief Jean-Marc über sein Handy einen Notarztwagen, während Franck den Mann nach draußen schaffte.

»Wir müssen sie sofort hier rausbringen!«, sagte LaBréa zu Claudine. »Wer weiß, wie viel von dem Gas sie schon eingeatmet hat.« Vorsichtig zog er Céline die Hose hoch, nahm sie auf seine Arme und verließ den Wagen. Claudine griff nach einer der Decken, die auf der Matratze lagen, und folgte ihm.

In LaBréas Innerem tobte ein Gefühlskampf, wie er heftiger nicht hätte sein können. In die Erleichterung, dass er Céline befreit hatte und der Geiselnehmer unschädlich gemacht worden war, mischte sich die Angst um den Zustand seiner Freundin. Er wusste, dass Butangas enorm schädlich sein konnte. Vor wenigen Monaten hatte er in einer Fachzeitschrift gelesen, dass immer mehr Jugendliche Butangas aus Feuerzeugen schnüffeln und sich dadurch einen Kick holen. In hoher Konzentration wirkte dieses Gas einschläfernd und minderte die Sauerstoffaufnahme in der Lunge. Zu viel davon einzuatmen führte zur Narkose durch Sauerstoffmangel, was Herzrhythmusstörungen und Kammerflimmern auslösen konnte. Dann drohte der Tod durch Ersticken.

LaBréa blickte in Célines bleiches, gequältes Gesicht. Wie lange war schon Gas ausgetreten? Seit LaBréa den Bauwagen entdeckt und sich auf die Lauer gelegt hatte, mochten etwa zehn Minuten vergangen sein. Um Céline willenlos und gefügig zu machen, hatte der Geiselnehmer die Gasflasche geöffnet und sich selbst mit einer Maske geschützt. Wollte er ihren Tod durch Ersticken als Teil seines Spiels, seines ultimativen Kicks? Wartete er darauf, dass ihr Herz versagte, damit er die Leiche schänden konnte? LaBréa musste die Übelkeit unterdrücken, die in ihm aufstieg. Eines schien klar: Der Geiselnehmer hätte Céline auf keinen Fall am Leben gelassen. Falls die Lösegeldsumme doch noch rechtzeitig zur Verfügung gestanden hätte, wäre der Mann am Morgen um acht am Métrobahnhof Châtelet erschienen, um es abzuholen – doch Céline wäre da schon längst nicht mehr am Leben gewesen.

Claudine entledigte sich eilig ihres Parkas und breitete ihn auf dem nassen Kiesbelag aus. Darüber warf sie die Decke. Vorsichtig ließ LaBréa Céline zu Boden gleiten und begann mit der Mund-zu-Mund-Beatmung. Claudine legte zwei Finger an Célines Handgelenk, um den Puls zu kontrollieren. Bange Minuten verstrichen, dann nickte Claudine.

»Ich spüre ihren Puls, Chef!«

Plötzlich gab Céline das erste Lebenszeichen von sich. Es war ein Laut wie bei einem gequälten und verwundeten Tier. Er schnitt LaBréa ins Herz, doch wenigstens wusste er, dass sie lebte.

In der Ferne ertönte die Sirene eines Krankenwagens. Als er mit hohem Tempo auf das Gelände fuhr, schlug Céline gerade die Augen auf. Fürs Erste unfähig, auch nur ein einziges Wort zu sprechen, stieß sie weitere Klagelaute aus.

»Ganz ruhig, Liebes, ich bin ja da. Es ist alles vorbei. Ich bin da!«, flüsterte LaBréa. Mit einer Geste, die ihr unendliche Mühe zu bereiten schien, streckte sie ihre Arme nach ihm aus. Vorsichtig zog er ihren Kopf an seine Brust. Ihre Stimme klang rau, wie gebrochen.

»O Maurice! Ich hatte solche Angst! Das Baby! Ich weiß nicht, ob unser Baby ...«

Sie brach ab und begann zu schluchzen. LaBréa versuchte, sie zu beruhigen, und fragte dann: »Was hat er dir getan, als er auf dir lag? Hat er ...?«

Céline stöhnte. »Ich weiß es nicht. Er, er, er ...« Sie suchte nach Worten, das Sprechen fiel ihr immer noch schwer. »Erst hat er mich gefesselt und ging raus. Plötzlich kam er wieder rein und trug diese entsetzliche Maske. Dann hat er sich neben mich gesetzt. Irgendwann ist er aufgestanden und hat die Gasflasche aufgedreht. Ich hab's sofort gerochen und geahnt, was er vorhat.«

»Aber es ist ihm nicht gelungen! Jetzt ist alles vorbei. Der Krankenwagen ist da.«

Als der Notarzt und zwei Sanitäter zu ihnen traten, erhob sich LaBréa auf unsicheren Beinen. Er hörte, wie Claudine dem Arzt von der Schwangerschaft erzählte. Céline lebte, sie war bei Bewusstsein und besaß ihr volles Erinnerungsvermögen. Er und seine Leute hatten sie gerade noch rechtzeitig befreit.

Der Geiselnehmer lag unter einer Baumgruppe bäuchlings auf der regennasssen Erde. Franck hatte ihm zusätzlich eine Fußfessel angelegt und stand neben ihm. Langsam ging LaBréa auf den Mann zu. Nachdem er einen Moment auf ihn hinabgestarrt hatte, riss er ihn hoch und lehnte ihn gegen einen der Bäume. Der Mann blickte ihn an. Lag da so etwas wie Spott und Genugtuung in den dunklen Augen dieses Mörders?

Eine unbändige Wut nahm von LaBréa Besitz. Er schlug dem Geiselnehmer mit der Faust ins Gesicht. Der Mann taumelte und krachte seitlich mit der Wange gegen den Baumstamm. Aus seiner Nase floss Blut. Mit eisernem Griff hielt LaBréa ihn fest und schlug noch einmal zu. Der Geiselnehmer fiel zu Boden. LaBréa zerrte ihn erneut hoch, drückte ihn gegen den Baum und verpasste ihm den nächsten Faustschlag.

»Chef, Chef! Nein, nicht!«, rief Franck.

Wieder holte LaBréa aus, noch einmal traf er die Nase. Der Geiselnehmer, der bisher keinen Ton von sich gegeben hatte, ihn nur unverwandt angesehen hatte, stieß einen lauten Schmerzensschrei aus. Sein Gesicht war inzwischen blutüberströmt, und Blut bedeckte auch LaBréas Hand. Wie in Trance schlug er erneut zu. Der Mann schrie, dann war Franck da, packte LaBréas Arm.

»Aufhören, Chef! Sie bringen ihn sonst noch um!«

Schwer atmend ließ LaBréa den Mann los, der auf dem Boden zusammensackte und laut stöhnte.

»Ja, umbringen sollte ich ihn!« LaBréa hörte seine Stimme wie von weit her. »Wissen Sie, wer das ist,

Franck?« LaBréa strich sich die Haare aus der Stirn. »Das ist einer der Typen, die damals in Marseille meine Frau ermordet haben! Eins von diesen Schweinen, die sie in ihrer Arztpraxis überfallen und wegen fünfundsiebzig Euro abgestochen haben!«

Die Erinnerungen verdichteten sich, überrollten ihn. Seit Monaten derselbe Alptraum, immer wieder, in regelmäßigen Abständen. Das Sterben seiner Frau, hundertfach durchlitten in unruhigen Nächten. *Anne steht am anderen Ufer des Sees und winkt ihm aufgeregt zu. Das Wasser im See, eine dunkle, glatte, fast ölige Fläche, schäumt plötzlich auf und überspült den Ufersaum, von dem aus sie ihm weiter Zeichen gibt. Er dreht sich um. Die Häuser der Stadt ragen in den Himmel, höher als gewöhnlich. Graues Licht, als wäre die Welt längst untergegangen. Als er erneut auf den See blickt, ist Annes Gestalt am gegenüberliegenden Ufer verschwunden. Er sucht das Wasser mit seinen Augen ab. Da schwimmt sie direkt auf ihn zu, den Kopf mühsam über die Fluten gereckt. Sie versucht immer noch, ihm zuzuwinken. Jetzt umspült das Wasser seine Füße. Warm dringt es in sein Schuhwerk ein. Als er genauer hinsieht, ist es Blut. Angst erfasst ihn. Wieder hat er Anne aus den Augen verloren. Wo ist sie? Da, ihr Kopf wippt auf den Wellen des Sees, dessen Farbe er jetzt deutlich als dunkelrot erkennt. Es ist, als bewegte Anne sich auf der Stelle, ja, als würde sie sich sogar wieder entfernen. Über den See schießt plötz-*

*lich eine Motorjacht heran. Das aufheulende Geräusch bricht sich an den Häuserfassaden und wird als Echo zurückgeworfen. Es ist ein Geisterschiff, kein Mensch scheint das Boot zu steuern. In diesem Moment schreit Anne laut um Hilfe. Sie hat die Jacht bemerkt und rudert verzweifelt mit den Armen. »Tauch einfach ab!«, will er rufen, doch die Stimme versagt ihm. Inzwischen hat das blutrote Wasser seine Hüfte erreicht. Die Beine knicken ihm weg. Er wirft sich nach vorn und beginnt zu schwimmen. Doch er hat das Schwimmen verlernt. Als er mit weit aufgerissenen Augen nach unten in die warme Flut driftet, dem sicheren Tod entgegen, sieht er, dass das Boot direkt auf Anne zuhält und mit seiner ganzen Wucht ihren Körper erfasst …*

Francks harter Handgriff an seiner Schulter holte LaBréa aus seinen schmerzhaften Erinnerungen.

»Er ist der Mörder Ihrer Frau? Woher wissen Sie das, Chef?«

»Gilles hat es mir vorhin am Telefon gesagt. Er hat die DNA aus der Bankräubermaske durchs Register laufen lassen. Am Tatort in der Praxis meiner Frau wurden seinerzeit keine Fingerabdrücke gefunden, aber DNA-Spuren sichergestellt. Von ihm!« Er deutete mit dem Zeigefinger auf den Geiselnehmer. Erneut wollte er sich auf ihn stürzen. Franck hielt ihn fest.

»Ganz ruhig, Chef!« Francks Stimme war leise. »Ich kann gut verstehen, was Sie empfinden. Doch es …«

»Nein, das können Sie nicht! Niemand kann das, der das nicht erlebt hat! Erst ermordet er meine Frau, dann bringt er meine Freundin in seine Gewalt. Ich, ich ...« LaBréa brach ab, und ein schluchzender Laut drang heiser aus seiner Kehle.

»Kommen Sie, wir gehen ein paar Schritte.« Franck legte den Arm um LaBréa, der sich zu fassen versuchte, und führte ihn weg.

Jean-Marc, der den Worten seines Chefs atemlos gelauscht hatte, bezog neben dem Geiselnehmer Posten. Der lag noch immer am Boden und spuckte Blut aus. Seine Stimme klang, als hätte er den Mund voller ausgeschlagener Zähne, als er LaBréa zurief: »Das wirst du bereuen, du Drecksack! Ich kenne meine Rechte! Einen wehrlosen Mann zusammenschlagen, dafür kommst du in den Knast!«

»Halt's Maul«, herrschte Jean-Marc ihn scharf an. »In den Knast kommt hier nur einer. Und was heißt denn ›zusammenschlagen‹? Von uns hat niemand was gesehen. Du bist bei deinem Fluchtversuch voll gegen den Baum gekracht, du Idiot.« Jean-Marc grinste grimmig, und auch Franck konnte sich ein schadenfrohes Feixen nicht verkneifen, als er LaBréa zum Krankenwagen begleitete.

Céline lag bereits auf der Trage. Der Arzt hatte eine Infusion gelegt, um Herz und Kreislauf zu stabilisieren.

»Ich komme mit, Docteur«, sagte LaBréa und nahm auf dem zweiten Notsitz neben der Trage im Wageninnern Platz. Céline hatte die Augen geschlossen und schien zu schlafen. Eine Welle von Liebe und Dankbarkeit durchströmte LaBréa. Nie hatte er sich Céline so nah gefühlt, nie hatte er sie so geliebt. Es war, als wäre sie ihm neu geschenkt worden. Er beugte sich über sie und küsste sie zart auf die Stirn. Die Türen schlossen sich, und der Krankenwagen setzte sich in Bewegung.

LaBréa betrachtete seine blutverschmierte Hand. Der Arzt, der neben ihm saß, warf einen kurzen Blick darauf und sagte: »Sind Sie verletzt?«

»Keine Ahnung. Aber die Knöchel tun höllisch weh.«

»Ich sehe mir das nachher mal an. Wenn wir im Krankenhaus sind.« Wie beiläufig fügte er hinzu: »Ich hab gehört, wer der Kerl ist, den Sie da geschnappt haben. Mit dem habe ich kein Mitleid!«

LaBréa bemerkte das kurze, konspirative Lächeln auf dem Gesicht des Arztes und verstand. Dieser Mann würde nicht bezeugen, dass ein Commissaire der Brigade Criminelle die Contenance verloren und einen wehrlosen Gefangenen misshandelt hatte.

Es war fünf Uhr morgens, als sie das Krankenhaus erreichten. Céline wurde gründlich untersucht. Das Kind in ihrem Bauch lebte, und alle Werte erwiesen sich als normal. Noch konnte niemand sagen, ob die Stresssituation der Mutter Schäden an dem Ungeborenen verursacht hatte. Das würde sich erst im Lauf der Schwangerschaft, spätestens nach der Geburt herausstellen.

Bei der gynäkologischen Untersuchung wurden keine Spuren sexueller Gewalt nachgewiesen. Der Geiselnehmer gehörte offenbar zu der Sorte perverser Täter, die sich zunächst an der Angst ihrer Opfer weideten und ihre sexuellen Handlungen möglichst lange hinauszögerten, um einen größeren Kick zu erreichen. Die Maske hatte ihn vor dem ausströmenden Gas geschützt, während Céline durch mangelnde Sauerstoffzufuhr einschlief. Wäre es nach ihm gegangen, wäre Céline nie wieder aufgewacht.

Der Geiselnehmer Freddy Ruiz wurde von Franck ins Präsidium am Quai des Orfèvres gebracht. Jean-Marc und Claudine fuhren nach Hause, um einige Stunden Schlaf zu tanken. Auch LaBréa begab sich kurz in seine Wohnung. Er rasierte sich, duschte und verspeiste ein ordentliches Frühstück mit mehreren doppelten Espressos. Ein Anruf im Krankenhaus ergab, dass es Céline den Umständen entsprechend gutging. Schwerere Verletzungen hatte sie nicht erlitten, abgesehen von den Wunden an ihren Handgelenken. Schmerz- und Beruhigungsmittel hatten sie in einen tiefen Schlaf versetzt. Gegen Mittag würde LaBréa sie besuchen.

Anschließend rief er in der Brûlerie an und sprach mit Alissas Mutter. Diese zeigte sich ausgesprochen erleichtert, dass Céline befreit war. In zwei Stunden wollte Jenny nach Hause kommen und ihre Schulsachen abholen. Bis dahin war LaBréa bereits im Präsidium. Heute Abend würde er Jenny kurz berichten, was geschehen war.

Sie würde eine abgeschwächte Version der Geschehnisse zu hören bekommen, damit das Trauma ihrer eigenen Geiselnahme im letzten Jahr nicht wieder aufbrach. Er würde mit ihr essen gehen. Ins *Gamin de Paris,* wohin sonst? Das war schließlich ihr Stammrestaurant. Plötzlich fiel LaBréa ein, das das *Gamin de Paris* seit drei Wochen geschlossen war. Unwiderruflich. Die Besitzerin ging in Rente und zog zu ihrer Tochter aufs Land.

Wie hatte er das nur vergessen können? Aber gut, dann würden sie sich eben ein anderes Stammlokal suchen. An Auswahl mangelte es nicht in LaBréas Viertel.

Als er seine Wohnung verließ, erreichte ihn ein Anruf des Gefängnisarztes. Er hatte Freddy Ruiz untersucht und ärztlich versorgt. »Sein Nasenbein ist gebrochen, Commissaire. Ein paar Zähne fehlen auch. Franck hat mir erzählt, dass er beim Fluchtversuch gegen einen Baum gerannt ist?«

»Stimmt, Docteur.«

»Er selbst behauptet natürlich was anderes.«

»Das machen solche Typen immer.«

»Ich habe ihm ein Schmerzmittel gegeben. Aber er ist trotzdem voll vernehmungsfähig. Allerdings …« Der Arzt zögerte einen Moment. »Der Mann nimmt Drogen. Crystal Meth. Die letzte Dosis hat er gestern am frühen Abend genommen. Jetzt wirkt er aggressiv und nervös. Die ersten Entzugserscheinungen.«

»Danke für den Hinweis, Docteur. Wir beeilen uns mit der Vernehmung.«

# 25. KAPITEL

Punkt acht Uhr betrat LaBréa das Polizeipräsidium. Er ging kurz in sein Büro, dann begab er sich, zusammen mit Franck, ins Vernehmungszimmer, wo der Mörder und Geiselnehmer bereits wartete.

»Was ist mit dem Ermittlungsrichter?«, fragte LaBréa seinen Mitarbeiter, als sie über den langen Flur gingen. »Ich habe Couperin heute früh eine SMS geschickt, aber bei mir hat er sich nicht gemeldet.«

»Komisch, der ist doch sonst immer so früh da!« Franck tippte eine Nummer in sein Handy.

»Mademoiselle Martin? Ist Ihr Chef schon im Büro? Was? Das gibt's doch nicht! Das tut mir leid ... Wird er durchkommen? Halten Sie uns auf dem Laufenden. Nein, wir kümmern uns selbst darum. Mal sehen, wer uns zugeteilt wird.«

Kopfschüttelnd steckte Franck das Handy ein. »Couperin hatte heute Nacht einen Herzinfarkt«, sagte er zu LaBréa. »Er liegt im Hôtel Dieu. Sein Zustand ist kritisch.«

»Ach du liebe Güte ...« LaBréa war ehrlich betroffen. Er mochte Couperin, trotz des angespannten Verhältnisses, das seit dem Sommer zwischen ihnen herrschte.

»Seine Frau hat vorhin die Sekretärin informiert. Was machen wir? Wir brauchen einen Ermittlungsrichter. Soll ich den Gerichtspräsidenten anrufen?«

»Später, Franck, später. Wir verhören Ruiz erst mal allein. Der Richter kann sich dann das Video ansehen.«

Freddy Ruiz wurde von zwei uniformierten Beamten bewacht. Er sah fürchterlich aus. Sein Gesicht war geschwollen, auf mehrere Platzwunden klebten Mullpflaster. Die Haare standen wirr vom Kopf ab, sein Blick flackerte.

LaBréa musterte den Mörder seiner Frau und Geiselnehmer seiner Freundin. Vier Menschen hatte dieser Mann getötet, drei allein am gestrigen Tag. Die Untersuchung seiner Waffe hatte bestätigt, dass auch Luc Chambon mit Freddy Ruiz' Glock erschossen worden war. Céline wäre sein fünftes Opfer geworden.

»Ich will einen Anwalt!«, krächzte Ruiz sofort, als LaBréa ihm gegenüber Platz nahm.

»Erst mal unterhalten wir uns.« Er gab einem der Uniformierten einen Wink. »Nehmen Sie ihm die Handschellen ab. Franck, lassen Sie die Kamera laufen.«

In einer Ecke des Raumes stand eine Videokamera auf einem Stativ. Ein Kabel führte zum Tisch und war mit einem Mikrofon verbunden.

Sobald seine Hände von der Plastikfessel befreit waren, schlug der Geiselnehmer mit der Faust auf den Tisch.

»Ohne Anwalt sag ich kein Wort!« LaBréa fiel auf, dass der Mann schwitzte und gehetzt um sich blickte.

Er antwortete nicht. Mikrofon und Kamera waren eingeschaltet, und LaBréa begann mit dem üblichen Procedere.

»Vernehmung von Freddy Ruiz am 14. Oktober, acht Uhr fünfzehn. Sie wissen, warum Sie hier sind, Monsieur Ruiz?«

Der Mann schwieg, trommelte mit den Fingern auf die Tischplatte und starrte zur Decke. LaBréa wartete einige Sekunden und fuhr dann fort: »Sie werden beschuldigt, am gestrigen Tag, dem 13. Oktober, folgende schwere Straftaten begangen zu haben. Erstens: In den frühen Morgenstunden haben Sie einen Mann namens Luc Chambon in dessen Wohnung in der Rue Massillon erschossen. Zweitens: Um Punkt zwölf Uhr Mittag haben Sie die LCL-Bank am Boulevard Diderot überfallen, zwei Bankangestellte getötet, dreitausendvierhundert Euro erbeutet und eine Bankkundin als Geisel genommen. Mit dieser Geisel sind Sie unter Benutzung zweier Autos geflüchtet, haben sie auf dem Gelände einer Baufirma in einem alten Bauwagen gefangen gehalten, sie gequält und durch ausströmendes Gas zu töten versucht. Drittens: Im Oktober vergangenen Jahres haben Sie in Marseille eine Frau namens Anne LaBréa ausgeraubt und ermordet. Ihre DNA wurde am Tatort sichergestellt. Sie ist identisch mit der DNA am Tatort Rue Massillon und mit der in der Maske, die Sie in der Bank getragen haben. Sie brauchen also nicht zu leugnen.«

Freddy Ruiz hatte die Anklagepunkte eins und zwei ungerührt zur Kenntnis genommen. Als LaBréa den Mord in Marseille erwähnte, kam Bewegung in sein Mienenspiel. Höhnisch verzog er seinen Mund. »Wenn Sie die Schlampe in der Arztpraxis meinen – das war doch Ihre Frau, oder?«

LaBréa sah aus dem Augenwinkel, wie Franck ihm einen kurzen Blick zuwarf, offenbar in der Hoffnung, dass er sich durch diese Worte nicht provozieren ließ. Obwohl die Bemerkung von Freddy Ruiz eine Welle von Wut in LaBréa auslöste, beherrschte er sich.

»Und deshalb dürfen Sie mich überhaupt nicht befragen.« Ruiz' Stimme klang triumphierend. »Weil Sie befangen sind, das wissen Sie doch selbst!«

»Also geben Sie den Mord an Anne LaBréa zu?«, fragte Franck rasch.

»Gar nichts gebe ich zu!«, schrie Freddy Ruiz mit sich überschlagender Stimme. Ein plötzliches Zucken durchfuhr seinen Körper. Seine Hände begannen zu zittern, sein Blick wurde glasig und irrte erneut wild durch den Raum.

»Ich brauch Nachschub, verdammt nochmal! Gebt mir was! Der Doktor hat gesagt, ich krieg was, wenn ich's brauche. Und jetzt brauch ich's!«

»Wenn wir hier fertig sind«, erwiderte LaBréa ungerührt. »Crystal steht nicht auf unserer Menükarte.«

Freddy Ruiz stieß einen Schrei aus und sprang auf. Sofort waren Franck und die beiden Polizisten bei ihm und zwangen ihn auf den Stuhl zurück.

»Mach keinen Ärger«, knurrte Franck. »Sonst leg ich dir die Handschellen wieder an. Je schneller du alles ausspuckst, desto eher sind wir hier fertig.«

Schwer atmend sackte der Mann in sich zusammen.

»Kommen wir zurück auf den Mord in Marseille«, fuhr LaBréa fort. »Durch die Auswertung des Tatortes wissen wir, dass seinerzeit *zwei* Täter in der Arztpraxis waren. Sie – und noch jemand. Wer war das?«

Freddy Ruiz antwortete nicht. Immer stärker zitterten seine Hände, er schien nur noch ein Häufchen Elend.

LaBréa musterte ihn. Als er letzte Nacht von Gilles erfahren hatte, dass die DNA des Geiselnehmers in der Wohnung von Luc Cambon gefunden worden war, hatte er sich gefragt, was diese beiden Männer verband? Später, als der Abgleich mit der DNA aus Annes Praxis vorlag, war es ihm wie Schuppen von den Augen gefallen. Natürlich! Die Antwort lag auf der Hand, und sie war ganz einfach.

»Ich will Ihnen sagen, wer noch mit dabei war, wer Ihr Komplize war: Luc Chambon. Der Mann, den Sie heute Morgen erschossen haben.« LaBréa ließ seine Worte nachwirken, doch Freddy Ruiz reagierte nicht. Seine Stirn glänzte schweißnass, und nur mit Mühe hielt er sich auf dem Stuhl.

Franck schaltete sich ein. »Weshalb hast du ihn umgebracht? Hat er dich erpresst, weil du die Ärztin ermordet hast?«

»Ich hab sie nicht ermordet!«, schrie der Geiselnehmer, sprang erneut auf und wurde unsanft von Franck wieder nach unten gedrückt. »Das war Luc! Luc hat sie umgebracht. Die ganze Sache war Lucs Idee!«

Unmerklich nickte LaBréa. Wie nicht anders zu erwarten, schob Freddy Ruiz den Mord an Anne auf seinen Komplizen. Der war nun tot und konnte sich nicht mehr dazu äußern. Wer auch immer damals in der Praxis die tödlichen Messerstiche ausgeführt hatte, spielte jedoch keine Rolle. Freddy Ruiz war durch den DNA-Nachweis überführt, sich dort aufgehalten zu haben. LaBréa würde alles daransetzen, dass er auch wegen des Mordes an Anne LaBréa angeklagt und verurteilt werden würde.

Der lange Schatten … Wie eine Laune des Schicksals hatte er sich seit Annes gewaltsamem Tod über LaBréa gelegt, ohne dass er es ahnte. Vergeblich hatte die Marseiller Polizei nach dem Mord an Anne die Täter gesucht. Nun, nach einem Jahr, war LaBréa der Mörder seiner Frau durch eine seltsame Verkettung von Zufällen in die Hände gespielt worden. Er verspürte keine Genugtuung, nicht einmal Erleichterung, obschon doch alles vorbei und Céline gerettet war. Nur ein Gefühl großer Leere und Erschöpfung.

Wenig später brach LaBréa das Verhör mit dem vierfachen Mörder ab. Seine Entzugserscheinungen waren so stark, dass eine weitere Vernehmung zum jetzigen Zeitpunkt sinnlos erschien. Die Beweislage war ohnehin erdrückend.

Am Mittag fuhr LaBréa zu Céline ins Krankenhaus. Es war ein milder, schöner Oktobertag. Bevor er das Hôpital betrat, blickte LaBréa zum Himmel auf und konnte plötzlich leichter atmen. Mit den Sonnenstrahlen, die die Stadt in ein warmes Licht hüllten, kehrten bei LaBréa Kraft und Hoffnung zurück. In sechs Monaten würde Céline ihr Kind zur Welt bringen. Und es gab nichts, was die Freude darüber trüben sollte.

# EPILOG

Zwei Monate später begann der Prozess gegen Freddy Ruiz, der im Januar des darauffolgenden Jahres zu einer lebenslangen Gefängnisstrafe mit anschließender Sicherungsverwahrung verurteilt wurde. Das Verfahren um den Mord von Anne LaBréa wurde von der Hauptverhandlung abgetrennt und nach Marseille verlegt. Dort erwartete Ruiz ein zweiter Prozess.

Céline erholte sich rasch von ihren körperlichen Verletzungen. Die Verarbeitung der traumatischen Erlebnisse während der Geiselhaft ging langsamer voran. Sie befand sich in entsprechender Therapie bei einer Traumaspezialistin, die die Profilerin Véronique Andrieu ihr vermittelt hatte.

Die Schwangerschaft verlief weiterhin normal, und LaBréa hoffte, dass die Geburt des Kindes Célines seelischen Zustand weiter stabilisieren würde.

Zu Weihnachten fand die Hochzeit in Célines Heimatort Nuits Saint Georges statt. Céline behielt ihren Mädchennamen Charpentier, während das Baby den Namen LaBréa tragen sollte.

Die Geiseln aus der Bank verarbeiteten das Geschehen auf unterschiedliche Weise. Der Bankangestellte Leonardo Nadal kündigte seinen Job und übersiedelte in seine Heimatstadt Strasbourg. Unfähig, wieder in seinem alten Beruf tätig zu werden, schlug er sich zunächst mit Gelegenheitsarbeiten durch, bevor er in eine tiefe Depression fiel. Nach einem missglückten Selbstmordversuch verklagte er die LCL-Bank auf Schadenersatz. In einem Vergleich mit der Konzernspitze erhielt er fünfzigtausend Euro Schmerzensgeld.

Als Marguerite Brancard nach Hause zurückkehrte, befand sich ihre Mutter in einem jämmerlichen Zustand. Zu schwach, um ihrer Tochter die üblichen Vorwürfe an den Kopf zu schleudern, lag sie weinend und völlig aufgelöst im Bett. Dennoch blieb Marguerite ihrem Vorsatz treu und erkundigte sich nach einem Pflegeheim. Zwei Wochen später stand ein Heimplatz für die Mutter zur Verfügung. Marguerite kündigte die Wohnung und erfüllte sich als Erstes den lang gehegten Traum einer Reise ans Meer, wo ihr neues Leben begann.

Der Krimiautor Christian Chatel begann mit viel Elan seinen Roman über die Geiselnahme in einer Pariser Bank und beendete das Manuskript in kurzer Zeit. Doch sein Verlag zeigte wieder einmal wenig Begeisterung für das Werk. Die Geschichte der Geiselnahme war in der Zwischenzeit in allen Zeitungen und in Fernsehsendungen ausführlich behandelt worden. Das

Thema erschien nicht mehr aktuell. Der Roman wurde nur in einer kleinen Auflage gedruckt, zum üblichen Vorschusshonorar. Ein Publikumserfolg wurde das Buch nicht.

Nach dem Tod ihres Mannes Guy Thinot führte seine Witwe das Blumengeschäft *Millefleur* zunächst allein weiter. Einige Zeit später verkaufte sie den Laden und zog zu ihrem Sohn Serge nach Nantes. Dieser hatte inzwischen geheiratet und arbeitete als Schiffsbauingenieur auf einer großen Werft.

Capitaine Cédric Leconte, der bei der Verfolgung des Geiselnehmers und der Beschaffung des Lösegeldes keine besonders gute Figur abgegeben hatte, wurde kurz darauf unter Umgehung einer Beförderung zu einer Spezialeinheit an die spanische Grenze versetzt. LaBréa und er sollten sich nie wieder begegnen.

Ermittlungsrichter Couperin erholte sich nur allmählich von seinem schweren Herzinfarkt. Es folgten Monate in einer Reha. Angesichts seines fortgeschrittenen Alters und seines angeschlagenen Gesundheitszustandes ließ er sich schließlich vorzeitig pensionieren. Aus Kostengründen wurde seine Planstelle nicht wieder neu ausgeschrieben.

LaBréas Vorgesetzter Thibon ließ sich zunächst nur mit Mühe davon abbringen, disziplinarisch gegen LaBréa vorzugehen. Seine Frau Françoise vermittelte zwischen den beiden. Bei einem privaten Abendessen in Thibons Wohnung wurden die Wogen geglättet, Entschuldigungen und Erklärungen abgegeben. Danach schienen alle Dissonanzen ausgeräumt. Doch LaBréa und Thibon wussten beide, dass dieser Burgfrieden nur von kurzer Dauer sein würde.